DEBUT OR DIE

데뷔 못 하면 죽는 병 걸림

1

1판 1쇄 발행 | 2022년 12월 8일
1판 4쇄 발행 | 2024년 8월 28일

펴낸이 | 권태완 우천제
펴낸곳 | (주)케이더블유북스
편집자 | 한준만, 이다혜, 박원호, 이고은

출판등록 | 2015-5-4 제25100-2015-43호
KFN | 제3-7호

주소 | 서울특별시 구로구 디지털로31길 62 에이스아티스포럼, 201호
E-mail | paperbook@kwbooks.co.kr

ISBN 979-11-404-1048-4 04810
      979-11-404-1047-7 (set)

데뷔 못 하면 죽는 병 걸림

1

백덕수

CONTENTS

Chapter.1 ——————— 7

Chapter.2 ——————— 167

Chapter.3 ——————— 349

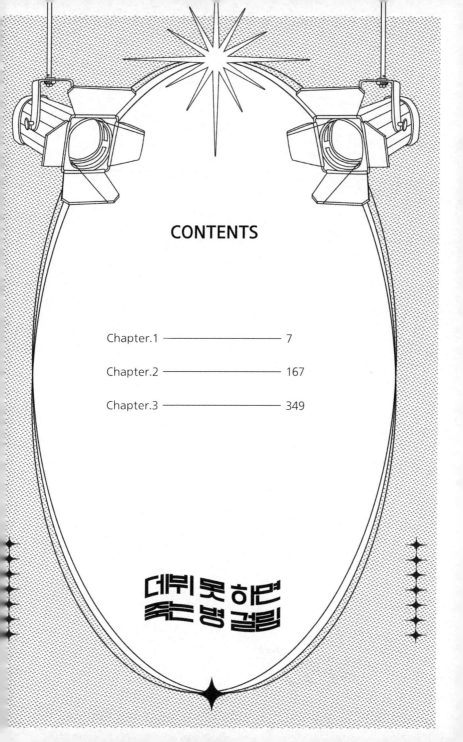

데뷔 못 하면
죽는 병 걸림

CHAPTER
1

눈 떠보니 낯선 천장이라면 다른 세상인 게 국룰 아닌가?

나는 아니었다. 웬 곰팡이 슨 모텔 방에서 깬 것이다.

"으으……."

머리가 깨질 것 같았다. 나는 이마를 부여잡으며 몸을 일으켰다. 퀴퀴한 냄새를 풍기는 담요가 발밑으로 떨어졌다.

그러니까…… 보자, 내가 이번에도 시험에 떨어진 걸 확인하고 혼자 술 처마시다 잠들었던 것 같은데. 설마 내 원룸에서 모텔까지 기어들어 왔단 말이야?

"미쳤나…."

나는 스스로에게 욕을 퍼부으며 화장실로 들어갔다. 물도 뺄 겸, 지금 몰골 좀 확인해 볼 생각이었다. 안 봐도 술에 찌든 공시생이겠지만.

그리고 거울을 보고는 우당탕 넘어졌다.

"으윽! ……X발."

반사적으로 욕을 내뱉었다. 그러면서도 상황이 믿기지 않아서 이를 악물었다.

나는 떨리는 손으로 머리를 털고 다시 거울을 들여다봤다. 거울 안에는 여전히 낯선 얼굴이 보였다.

비쩍 마른, 곱상한 어린애다.

…패닉에 빠지지 않기 위해 숨을 골랐다. 이미 끊은 담배가 간절했다.

"…허."

나는 목소리마저 낯설다는 것을 그제야 깨달았다. 혀라도 깨물고 싶은 기분이다.

이게 대체 무슨 상황이지?

나는 간신히 정신을 차린 채 낯선 몸을 이끌고 모텔 방을 수색했다. 침대에서 유서로 보이는 쪽지와 빈 약통을 발견했다. 이 녀석이 수면제로 음독자살을 시도했었나 보다.

유서 내용을 대충 읽어보니 고아에 자퇴했는데 억울하고 막막해서 이만 세상을 떠난다는 내용이었다. 괜히 입이 씁쓸했다. 몸이 바뀌어도 어째 또 고아냐.

싸구려 화장대에 놓여 있던 지갑도 찾았다. 뒤지니 지폐 몇 장과 이 몸의 주민등록증이 나왔다.

[박문대 0×1215 - 3××××××]

"뒷자리가 3…."

'회춘이긴 하군.'

나는 맥 빠진 소리를 하고는 주민등록증의 사진을 살펴봤다. 아까 거울에서 본 몰골보다는 낫지만 영 얼굴이 어두웠다. 그래도 인상이 어두운 것치고는 준수한 얼굴에 동안이긴 했다.

이제 23살인가. 더 어릴 줄 알았는데.

"……."

아니, 지금은 이런 생각을 할 때가 아니다.

나는 침착하게 생각하려 애썼다. 어쨌든 대충 상황 파악하면서 진정했으니, 슬슬 내 원래 몸의 행방을 찾아서 대책을 강구해 봐야겠다는 생각이 든다. 자살 시도한 이 녀석이 내 몸에 들어갔을지도 모르고.

나는 지갑을 챙겨 들고 모텔 문을 열었다. 그리고 굳었다.

정면에 보이는 창문에서 눈이 흩날리고 있었다. …술 처먹고 뻗기 전에는 7월이었는데.

"맙소사."

나는 침을 꿀꺽 삼켰다. 그리고 허겁지겁 도로 모텔 방으로 들어와서 탁상 달력을 들어 올렸다.

[202× 12월]

…3년 전 달력이다. 시야가 아찔해졌다.

다시 진정하는 데는 그렇게 많은 시간이 소요되진 않았다. 거야, 과거로 온 것보다 몸이 바뀐 게 더 충격이 컸기 때문이다.

나는 침대에 걸터앉아서 한숨을 쉬었다.

'기억나는 로또 번호도 없는데 왜 하필.'

그러다 번뜩이는 헛소리에 고개를 치켜들었다.

'…사실 과거가 아니라 다른 세상일 수도 있지 않나.'

미친 생각이었지만 미친 상황에 압도된 탓에 설득력 있게 들렸다. 가끔 찾아보던 웹툰이나 웹소설에서는 이런 일이 제법 나왔던 것 같다. 헌터물이라고 부르던가…?

나는 얼빠진 말투로 작게 중얼거렸다. 장담하는데 제법 모자라 보였을 것이다.

"상태창…?"

당연하겠지만 아무 일도 일어나지 않았다. 젠장. 나는 수치심에 침대를 손으로 두들겼다.

뜰 리가 있겠냐, 이 병신 같은…….

[이름 : 박문대 (류건우)]

Level : 0

칭호 : 없음

가창 : C

춤 : –

외모 : C

끼 : –

특성 : 잠재력 무한

뜨네?

나는 침대에서 굴러떨어졌다.

"으윽!"

등이 아파서 끙끙대면서도, 나는 생각했다.

'상태창 내용이… 예상했던 게 아닌데?'

"……"

상태창까지 뜨니 오히려 원하는 만큼 차분해질 수 있었다. 확실히 물리법칙을 무시하는 상황이니 지금 이게 장난이 아니라는 게 피부로 와닿았으니까.

지금 나는 모텔에서 나와서 근처 PC방에 들어와 있다. 이 세상이 3년 전이라는 것 외에 다른 변수가 있는지 찾아보기 위해서이다.

참고로 카운터에 부탁해서 원래 내 번호로 전화 걸어봤는데 없는 번호라고 안내가 나왔다. 대학 계정도 로그인이 불가능했고 과제 때문에 만든 SNS 계정도 없어졌다. 즉, 이 세상에 원래 '나'는 없는 것 같단 말이다.

뭐 큰 미련이 있는 건 아니다. 이미 부모님은 중학교 때 사고로 돌아가셨고, 친척들도 대학 들어갈 즈음에는 다 연락이 끊겼다. 변변한 인맥이 있던 것도 아니고, 그나마 있던 인간관계도 공시생활이 길어지며 다 사라졌다.

게다가 그 공시생으로 허비한 세월을 생각하면, 사실상 손절해도 이상할 게 없는 몸이란 뜻이다.

"주문하신 햄라면이요."

"아, 감사합니다."

나는 스스로 냉정하게 평가를 마치고 쟁반을 받았다. 그리고 라면을 입에 후루룩 넣으며 검색엔진을 살펴봤다.

음, 3년 전이면 내가 한참 '본격적인 공부'를 한답시고 설칠 때였다. 스마트폰 해약하고 인터넷선 끊었던 시절이라 이 페이지들이 아주 익숙한 느낌은 아니지만 그렇다고 위화감이 느껴지진 않았다.

딱 3년 전 느낌이다. 그 당시 유행하던 것들이 눈에 띈다. 게임, 영화, 노래… 아이돌.

아이돌이라.

"흠."

다 먹은 라면 그릇에 젓가락을 놓았다. 그리고 팔짱을 꼈다.

그 상태창, 내용이 아무리 봐도 아이돌 특정이었다. 내가 이 몸에 들어온 이유를 모르겠는데, 그 상태창 내용과 관련이 있을까? 이 몸 원래 주인인 '박문대'가 아이돌 지망생이라 소원이라도 빈 건가?

……아니면 내 대학시절 행적 때문에? 영 모르겠다. 하지만 이용할 수 있는 건 이용해야지.

"상태창."

거의 숨소리만으로 작게 중얼거리자 또 반투명한 상태창이 내 시야에 불쑥 뜬다. 가창이 C등급, 외모도 C등급. 나머지는 빈칸이다.

'시도해 보지 않았기 때문인가.'

불쑥 그런 생각이 떠올랐지만 우선 미뤄두기로 했다. 이 상황에 지금 당장 춤과 끼를 발산하고 싶을 리가 없었다.

'그럼 상태창의 다른 내용이라도 확인해 볼까.'

나는 PC방에 들어오다가 봤던 노래방 간판을 떠올렸다.

"오."

우선 확인 결과부터 말하자면, C등급은 낮은 등급은 아닌 것 같다.

노래를 썩 괜찮게 부를 수 있었다. 일단 음색이 좋고, 성량이 양호했다. 발성도 깨끗했으니 '기본기가 좋다'는 느낌이라고 할까. 확실히 재능은 있구나 싶었다.

그리고 그것보다 더 놀라운 것은, 이 창이 떴다는 점이다.

[업적 달성! 〈최초의 시도〉]

Level 0 → 1

1 포인트 획득했다!

"업적?"

혼자 되물은 것뿐인데 또 다른 창이 떴다.

[진행 중 업적]

10번의 시도 (0/10)

100번의 시도 (0/100)

최초의 경험 (0/1)

10번의 경험 (0/10)

…….

밑으로 스크롤바가 끝도 없이 이어졌다. …노가다라 이거군. 심지어 단위가 갈수록 양심 없게 뛴다. 게다가 절반은 확인이 불가능한지 공란이고.

나는 약간 감흥이 식어서 창을 껐다. 하지만 일단 포인트라는 걸 받았으니, 게임스럽게 사용해 볼까 싶은 마음은 생겼기에 상태창은 불러냈다.

하단에 '남은 포인트 : 1'이 새롭게 표시되어 있었다.

"가창에 1 포인트 분배."

그러자 상태창의 내용이 변했다.

[이름 : 박문대 (류건우)]

Level : 1

칭호 : 없음

가창 : C+

춤 : –

외모 : C

끼 : –

특성 : 잠재력 무한

가창이 바로 C+가 됐다. 이거 정말 반영된 건가?

곧바로 아까 불렀던 노래를 다시 선곡해 똑같이 불러봤다. 그리고 놀라운 결과를 받아 들었다.

"……잘하네?"

확실히 차이가 있었다. 듣기 더 편해지고, 더 다듬어진 소리가 나왔는데 그렇게 부르는 방식을 목이 저절로 습득한 느낌이다.

그리고 상태창에 뜬 '특성'.

"잠재력 무한이라."

보통 사람은 타고난 재능에 따라 노력 대비 성과가 달라지며, 끝없이 노력해도 한계가 있다. 성장할 수 있는 최대치, 잠재력의 한계가. 하지만 지금 이 상태창은 노력 대비 터무니없이 고효율인 데다가 성장 한계가 없다고 보여주고 있다. 게다가 해보니 실제로 실력이 느는 것도 확인했고.

나는 턱을 쓰다듬으며 생각했다.

아이돌….

'새로운 몸의 진로로 삼으란 뜻인가?'

그리고 그 순간, 상태창 위로 팝업이 튀어 올랐다.

"…!!"

[돌발!]

상태이상 : '데뷔가 아니면 죽음을' 발생!

시뻘건 글자 밑으로 줄줄 글씨가 이어졌다.

['데뷔가 아니면 죽음을']

: 정해진 기간 내로 아이돌로 데뷔하지 못할 시, 사망

남은 기간 : D-365

"뭐?"

어처구니없는 내용이었지만 불길한 예감이 들었다. 이미 다른 사람 몸에 들어온 것부터가 미친 상황인데, 더 이상한 일이 발생하지 않으리란 보장이 없으니까.

다 읽자마자 괴상한 팝업은 사라졌다. 그리고 아니나 다를까, 상태창에 이상한 항목이 추가되었다.

[이름 : 박문대 (류건우)]
Level : 1
칭호 : 없음
가창 : C+
춤 : −
외모 : C
끼 : −
특성 : 잠재력 무한
!상태이상 : 데뷔가 아니면 죽음을

이거 진짜인가?

"X발……."

나는 욕지거리를 뱉으며 이마를 감쌌다. 식은땀이 묻어났다. 이미 상태창이 통한다는 것을 확인한 상태였으니, 이 엿 같은 문구도 실현될 가능성을 무시할 수 없었다.

'대체 이딴 게 왜 튀어나온 거지? 내가 아이돌을 떠올려서?'

기가 차서 헛웃음이 튀어나왔다. 하지만 동시에 이런 생각까지 들었다.

'…설마 그동안 데이터팔이 짓 좀 했다고 벌 받나?'

그래, 아이돌.

사실 개인 사정으로 익숙한 분야였다.

대학 다니던 시절에 아이돌들 대리로 찍어주고 생활비를 괜찮게 벌었었기 때문이다. 그 과정에서 좀… 돈독 오른 짓도 해봤고.

별꼴을 다 보고 별 소문도 다 들어봤다. 게다가 환경이 사람을 만든다고, 하도 찍으러 다니다 보니 한때는 쓸데없이 이 분야에 과몰입하기까지 했다. 그때 자발적으로 이것저것 알아보기도 해서, 나름 소양이 있는 분야다.

나는 얼굴을 비벼서 식은땀을 닦아낸 뒤, 팔짱을 끼고 상태창을 노려보았다. 뭐가 뭔지는 모르겠다. 어이없고, 열 받고.

하지만 죽을 생각은 없다. 그러니 침착해지자.

'그래, 어차피 폐급 인생이었는데 새로운 출발을 시켜주겠다는 거지. 그것도 이렇게 유리한 조건으로.'

게다가 내가 이 몸에 들어온 연유를 추적하려면, 이 비현실적인 상태창을 더 이용하고 확인해 봐야겠지.

"흠."

자기합리화가 마무리되었다. 나는 맛이 간 채로 히죽 웃었다.

'…이맘때 즈음 아이돌 서바이벌 프로 하나가 대히트 쳤었지?'

[아이돌 주식회사]

이맘때 한참 흥행몰이하던 서바이벌 예능 시리즈다.

몇십, 몇백 명의 아이돌 지망생들을 모아다가 투표로 떨어뜨리는 오디션이 유행한 뒤, 그 포맷을 답습한 프로그램도 여럿 나왔다. 이 '아이돌 주식회사'도 그 양산형 프로 중 하나였으나 이게 특히 유명해질 수 있었던 이유가 있다. 자본주의적으로 더 악랄해졌기 때문이다.

우선 시즌 1 때 광고문구를 보자.

[매수하는 만큼 자라는 당신의 아이돌 주식!]

그렇다. 돈 쓴 만큼 '주식'이라는 이름으로 투표할 수 있다는 뜻이다.

그 프로가 올해로 시즌 3였다. 모종의 이유로 시즌 2가 폭삭 망해버린 다음, 그 시즌을 없던 취급하며 '재상장'이라는 포부 넘치는 부제를 달고 나왔다. 덕분에 시즌 3가 택도 없는 뇌절이며 망할 거라고 비웃던 사람들이 많았다.

…나는 어땠냐고? 시험 준비하느라 아무 생각 없었지.

아무튼, 사람들의 예상과는 달리 시즌 3는 공전의 히트를 친다. 엄청난 논란과 비난이 난무하지만, 화제성과 시청률을 꽉 잡으며 음원 사이트 진입 8만 명, 초동 60만 장을 팔아치우는 남자 아이돌을 배출한다.

그래서 나도 이 프로에 나가보려고 한다.

오늘은 그 첫 단계를 위해 외출했다.

"네, 다 됐습니다! 머리 주문하신 대로 옆은 많이 안 쳤어요."

"예. 감사합니다."

이제야 좀 생김새에 어울리는 몰골이 됐군. 잘 다듬어진 머리를 미용실 거울로 바라보며 생각했다.

요 며칠 잘 먹고 잘 잔 게 영향을 줬는지 우울에 찌든 퀭한 느낌은 이미 많이 사라진 상태였다. 덕분에 덥수룩한 앞머리를 쳐내고 이마를 드러내도 괜찮았다. 때마침 옆에 앉아 파마를 받던 아주머니께서 립서비스를 해주신다.

"어머, 학생 너무 잘 어울린다~ 훤칠해졌어!"

나는 감사 인사를 하고, 카운터에서 현금으로 계산을 진행했다.

'은행 가서 조회하니 통장에 돈이 어느 정도는 있어서 다행이었지.'

내역을 보니 부모님 보험금이라 못 쓴 모양인데, 미안하지만 내가 좀 써야겠다.

'…돈 벌면 원금 채워서 아동복지단체에라도 기부할까.'

약간 씁쓸했다. 등본을 떼고 휴대폰 개통하면서 이것저것 조사해 봤는데 이 '박문대'의 자살은 충동적인 행동도 아니었던 것 같다. 방도 빼고(월세가 밀려서 보증금도 거의 못 받았다) 폰도 해지한 상태던 것이다.

'심지어 자기 생일날에.'

어지간히 죽고 싶었나 보다. …뭐, 이해는 간다. 나도 그랬으니까.

'좋은 곳에 있기를.'

나는 짧게 묵념하고 감상을 마무리한 뒤, 바로 미용실 문을 열고 나왔다. 정오에 가까운 시간, 햇살이 눈을 찔렀다. 외출 목적 달성까지 아직 할 일이 많았다.

'일단 확실히 하자.'

난 이미 이 프로그램의 미션, 데뷔 멤버, 반전에 테마곡까지 다 알고 있다. 물론, 떨어질 공시 준비하느라 디테일은 좀 떨어졌지만 그래도 당장 이보다 더 적합한 등용문을 찾기는 힘들었다. 대충 2차만 통과해도 어디 중소 기획사라도 잡아볼 수 있을 만큼 판이 커질 프로니까.

다만 결정적인 문제가 있다면 이미 이번 시즌의 참가자 모집 공개 오디션이 끝났다는 점이다.

'하지만 나는 약간의 힌트를 알고 있다.'

그걸 되는 데까지 활용해 볼 생각이다. 내 목표는 이미 참가자 모집 오디션이 끝난 그 서바이벌 프로의 참가자가 되는 것이다.

'그것도 일주일 내로.'

방송국이 아니라, 이 주변 노래방에서.

─아주사? 아, 아이돌 주식회사. 거기 작가 하나가 완전 또라이잖아.

이건 사진 동아리 뒤풀이에서 어떤 놈이 킥킥거리며 말했던 개소리다. 방송국에 다니는 친척으로부터 들었다며, 이런저런 루머를 떠드는 놈이라 그다지 마음에 드는 종자는 아니었다.

–무슨 노래방 같은 데서 참가자 섭외한다더라. 방송국 있는 그… 있잖아. 성수동? 거기 노래방 돌면서 일반인 섭외해서 PD한테 깨졌대. 짬도 안 되는 게 설쳤다 이거지. 완전 얼빠진 년 아니냐?

그놈은 이후에도 섭외에 관해 중구난방으로 가열 차게 떠들어댔다. 술자리에서 헛소리하는 거야 흔히 있는 일이라지만, 단체모임 뒤풀이에서 이 정도까지 재미없게 지 말만 떠드는 놈은 또 드물었다.

'이 자식 부른 사람 누구냐.'

'다신 부르지 말자.'

'그래.'

사람들이 떨떠름하게 눈으로 대화를 나눴다. 당연히 나도 이 개소리를 믿지는 않았다. 그냥 공짜 술에 집중하고 있었지.

하지만 놀랍게도 교차검증 해준 사람이 있었다.

–그 섭외한 일반인이 이고윤이야.

–…어?

이고윤은 시즌1로 데뷔한 여자 아이돌이다. 청초한 외양으로 구수한 사투리를 쓰는 명랑, 쾌활, 엉뚱한 이미지로 인기를 얻었었다. 주변에서 적당한 감탄사가 나왔다.

–우와, 데뷔한 애 맞지?

–응.

—오… 어떻게 아셨어요?

졸업을 앞둔 신문방송학과 선배였던 그녀는 덤덤히 말을 이었다.

—그 '얼빠진 년'이 우리 언니거든.

순간 떠들던 놈의 말이 어눌해졌다. 주변에서 흥미 본위의 경멸이
놈에게 쏟아졌다.

—…아, 하하, 아니 그 표현은…….
—근데 PD한테 깨진 적은 없어. 대신 돈은 더 받네.
—…….

이후 그놈은 입 닥치고 조용히 앉아 있게 됐다.
덕분에 편하게 술을 즐길 수 있어 썩 고마웠다. 그 선배가 해당 섭외
썰을 대신 푸는 걸 들으면서 소맥을 마셨던 것 같은데.
아무튼, 제법 재밌는 상황이었던 터라 기억에 잘 남아 있었다. 서바
이벌 참가자 모집 오디션에서 맘에 차는 인물이 정원미달일 때, 오디
션이 끝나고 일주일 정도 방송사 근처 노래방을 돌며 체크한다고 했
던가.

—거리 노래방 같은 거 하는 애들이 더 낫지 않나? 섭외하기도 편하고.
—거긴 이미 가수 지망생들이 많아서 오히려 피한다더라. 굳이 일반인

을 섭외하려는 건 서바이벌 참가자답지 않게 신선한 캐릭터가 필요해서라던데.

반드시 데뷔할 만한 참가자를 뽑으려는 게 아니라, 방송에 재미를 더하기 위해 뭣 모르는 완전 일반인을 섭외한다는 말이었다. 요새 아이돌 지망생들이야 다 함부로 떠들지 말라고 기획사에서 교육을 받을 테니까. 결국 이 일반인 참가자는 방송의 재미를 위해 희생될지도 모른다는 뜻이기도 하다.

'물론 지금 중요한 건 그게 아니지.'

중요한 건 시즌 3에서도 그 작가가 아직 이 방법을 계속 쓰고 있을 확률이 높다는 점이다.

'일단 성공해 본 건 놓기 힘들다.'

어쩌면 시즌2가 망했으니, 오히려 예선 오디션 풀이 안 좋아져서 더 열심히 하고 있을지도 모른다.

그러니 객관적으로 생각해 보자. 이 '박문대'의 몸은 비쩍 마르긴 했지만, 얼굴도 준수하고, 키도 괜찮다. 게다가 노래도 괜찮으니, 일단 만나면 한번 찔러보기라도 할 가능성이 분명 있다. 게다가…….

'레벨을 올려야 된다.'

연습 업적을 달성해서 스탯에 투자해야 했다. 뭐라도 특출난 게 있어야 뽑아달라고 비벼라도 볼 것 아닌가.

나는 마이크를 잡고 노래를 선곡했다. 그리고 슬쩍, 내가 들어온 노래방 문을 돌아보았다.

문은 통유리로 이루어져 있었다. 10~20대를 겨냥해 밝고 탁 트인 느낌을 주고 싶었던 거겠지만, 동시에 밖에서 들여다보기 좋은 인테리어. 이 노래방을 고른 이유다.

내가 기다리는 사람은 방송일에 종사하는 작가였다. 안 그래도 프로그램 준비로 바쁠 시기에 외출까지 해서 일반인을 살펴봐야 한다면, 웬만하면 방송국 근처에 있고 살펴보기 쉬운 곳부터 올 확률이 높았다.

'그러니 지금은 이 노래방이 최적의 선택이다.'

나는 망설임 없이 열 곡을 미리 예약한 뒤, 간주 점프를 누르며 노래를 시작했다.

[업적 달성! 〈10번의 시도〉]

Level 1 → 2

1 포인트 획득했다!

얼마 지나지 않아 10곡을 부르는 업적 하나를 달성했다.

'물론 제일 만만해서 금방 달성할 줄은 알고 있었지만.'

이번에도 포인트를 가창에 투자하니, 해당 스탯이 C+에서 B-로 바뀌었다. 전처럼 시험 삼아 같은 곡을 한 번 더 불러보았다.

'음.'

이번에는 아예 기본 베이스가 좋아진 느낌이다. 음색이 더 깊어지고 성량이 늘었다. 아마 알파벳 단위가 바뀌는 성장은 이런 식인가 보다. 이 속도라면 초반에는 말도 안 되도록 빠르게 능력치를 올릴 수 있을 것 같은데, 지금은 그보다 먼저 집중할 일이 있었다.

"아, 전 이런 사람이고요."

이렇게 바로 걸릴 줄이야. 대충 시기를 계산해 봤을 때 좀 이르다 싶게 시작했는데, 의외의 선득점이다.

나는 안경 쓴 여성이 내미는 명함을 받아 들었다. 여성은 피곤한 안색이었지만 일부러 밝은 목소리를 내고 있었다. 내게 괜찮은 인상을 주려는 것 같은데, 예상대로 흥미를 불러일으키는 것에는 성공한 모양이다.

명함에는 기대한 이름이 적혀 있었다.

[류서린]

신문방송학과였던 그 선배의 이름이 '류서진'이었다.

'그냥 봐도 자매 이름이군.'

"학생은 이름이 어떻게 돼요?"

"박문대라고 합니다."

"이름도 개성 있네. 진짜 한번 잘 생각해 봐요. 학생한테 스타성이 있는 것 같아. 우리 프로 진짜 스타성 있는 사람 잘 발굴하거든요."

"…감사합니다."

나는 굳이 반색하지는 않았다. 너무 흥미 있는 듯 보이면 이 상황을 노린 것처럼 보일 수도 있으니까. 보통 예선 프로필에서 다 걸리겠지만, 혹시라도 노리고 온 놈들은 거르고 싶겠지.

괜찮은 접근이었는지, 여성이 더 말을 붙였다.

"학생 얼굴도 잘생겼고, 노래도 잘하고. 우리 프로 나오기만 하면 정말 잘 될 것 같은데. …흠, 오늘 가서 테스트 영상 한번 찍어볼래요?"

"예?"

한 번에 검증을 끝내려는지, 여성이 약간 밀어붙이듯 말했다.

"그렇네. 부모님께 연락해 봐요. 아들 방송에 섭외됐다고, 방송국 간다고 하면 좋아하실 텐데."

"…제가 부모님이 안 계셔서요."

그 말을 하는 순간, 작가로 추정되는 이 여자의 눈에 작은 불꽃이 튀었다. 자극적인 소재로 판단한 모양이다. 하긴, 서바이벌에서 사연팔이는 필수요소다. 즙 짠다고 욕까지 먹으니 오히려 더 좋다. 혹시 써먹을 수 있을지 모르니 더 놓치기 아깝겠지.

하지만 작가는 얼른 그 기색을 감췄다. 그리고 더 부드럽게, 안됐다는 듯 말했다.

"아이고… 미안해요. 내가 괜한 소리를 했네."

"괜찮습니다."

"그냥 방송국 구경한다 생각하고 편하게 한번 보러 오라고 한 말이에요. 이런 경험 흔하게 할 수 있는 건 아니잖아요~"

"…음."

슬슬 승낙할까.

나는 머뭇거리는 것처럼 잠시 뜸을 들이다가, 천천히 고개를 끄덕였다. 그러자 여성의 얼굴이 노골적으로 환해진다.

"아, 잘 생각했어요! 방송국 바로 요 앞이야!"

그렇게 첫 번째 목적을 달성했다. 예상 이상으로 순탄한 시작이었다.

작가에게 거의 끌려가듯 방문한 방송국에서는 별일 없었다. 카메라를 앞에 두고 가볍게 인터뷰를 한 정도였을 뿐이다. 하다못해 형식적으로라도 춤을 춰보라는 요청도 없었다. 댄스학원에 다녀보는 건 어떻겠냐는 조언도 당연히 없었고.

내게 기대하는 역할이 확고하다는 증거이기도 했다.

뭐, 그런 건 아무래도 상관없긴 하다. 중요한 건 내가 참가자 명단에 이름을 올렸다는 사실이지.

하지만 예상외의 요소가 있긴 했다. 내 예상보다 첫 녹화 날짜가 훨씬 가까웠던 것이다.

"…열흘 뒤요?"

"그래요. 박문대 군은 지금 마지막에 딱 들어온 거야. 원래 이렇게 자리 잘 안 나는데, 진짜 운 잘 탔어~ 문대 군이 워낙 괜찮아서 이 자리 잡은 거예요."

땜빵이라는 소리를 참 잘 포장한다. 나는 약간 당황한 와중에도 심드렁히 생각했다.

말 좀 다듬어서 한다고 비용이 나가는 것도 아니니 얼마든지 사근사근히 해줄 만했다. 물론, 이것도 뚜껑 열어보고 별 쓸모없으면 언제 그랬냐는 듯 돌변하겠지만 말이지. 이 동네만큼 사람 손절이 빠른 분야도 드물 것이다.

게다가 일반인에게 별 조언도 없이 다짜고짜 너 혼자 열흘 후 촬영과 평가곡을 준비하라는 게 제대로 된 요구일 리가 없지 않은가. 천연덕스럽게도 아무렇지 않은 일처럼 이야기하고 있지만, 소속사가 있는 참가자였다면 회사에서 항의했을지도 모르는 상황이다.

'편곡이고 나발이고 그냥 인스트라도 대충 깔고 해서 욕이나 먹으라는 거겠지. 욕먹을 정도까지는 아니면 통편집될 테고.'

하지만 이 정도는 예상했나.

"…예. 감사합니다."

나는 아무 낌새도 눈치채지 못한 것처럼, 그러나 코앞이었던 촬영 날짜에 좀 긴장한 듯이 고개를 꾸벅거렸다. 작가에게서 흡족한 기색이 스쳐 지나갔다.

"우리가 고맙죠~ 그럼 자세한 건 또 연락 줄게요."

축객령이었다.

나는 미련 없이 방송국을 나오며, 앞으로 열흘간의 계획을 세웠다. 준비시간이 짧으니, 계획했던 것보다 극단적인 방법을 써야 할 것 같았다.

그렇게 바쁜 열흘 끝에 첫 번째 촬영 날이 왔다.

서바이벌 프로그램 구성상 당연한 이야기지만, 우선 참가자 개인을 각각 평가하는 심사로 시작했다.

1차 심사.

아이돌 서바이벌을 한 번이라도 본 사람이라면 대충 짐작하겠지만, 이

때 굳어진 인상이 프로그램 끝날 때까지 가는 경우도 드물지 않다. 그러니 특별히 주목받을 요소가 없는 참가자라면, 애매하게 평타를 치는 것이 가장 나쁘다.

차라리 완전히 망해서 우스갯거리라도 되면 차후 편집 방향에 따라 성장 서사라도 달아줄 수 있다. 하지만 여기서 별 특징을 드러내지 못하고 통편집되면 정말 답이 없다.

그렇다고 시청자 욕받이를 노리고 있다는 말은 물론 아니지만.

"본인 번호 기억하시죠? 번호로 호명되구요. 안내받으면 이 복도로 입장해 주세요~"

촬영은 굳이 참가자들이 한 명씩 세트장 복도를 걸어 통과하는 작위적 모습을 찍는 것부터 시작됐다. 티저에 넣을 용도로 제작하는 것이겠지만, 그 40초짜리 영상을 위해 쓰는 촬영시간이 벌써 2시간이 넘었다. 그도 그럴 게 참가자만 77명이었으니까.

'순 어린애들뿐이군.'

나는 대기실이라고 부르기도 민망한 세트장 공터에 흩어져 앉은 면면을 쭉 둘러보다가, 약간 의욕이 사라졌다. 아무리 상태창이고 회귀라지만, 이 애들 틈에서 아이돌까지 지망하려니 이제야 슬슬 민망한 일이라는 실감이 들었기 때문이다.

"저기, 안녕하세요."

주변에 여기저기 말 걸고 다니던 애들 중 하나가 내게도 말을 붙여왔다. 이 녀석이 마냥 신난 건지, 눈치껏 안면을 터놓으려는 건지는 모르겠다. 중요한 건 겉모습이 중학생으로 보였다는 점이다.

이 나이 먹고 중학생과 사회적 인맥 형성을 목적으로 통성명을 하고 있구나……

"혹시 혼자 지원하셨어요?"

"예."

"와, 저도 그런데. 아, 혹시 나이가…?"

"…스물입니다."

9살을 사기 치려니 입이 간지러웠으나 의외로 기분이 좋았다.

"혹시 소속사 있으세요?"

"아뇨."

"아, 그쵸! 보통 아주사는 소속사 나와서 출연하는 경우 많잖아요. 원래 어느 소속사셨냐는 건데……."

"원래도 없었는데요."

"아… 그러시구나."

즉시 중학생 놈은 확 성의가 없어졌다. 그리고 대충 말을 마무리하고는 다른 사람에게 또 말을 붙이러 떠났다. 벌써부터 사회를 잘 파악하고 있는 것이 성공하겠다 싶은 녀석이었다.

물론 저 머리 굴리는 태도는 카메라로부터 숨겨야겠지만, 그거야 본인이 알아서 할 일이고. 아무튼 중학생부터 저러고 있다니, 살벌한 판이다. 이번에는 비현실적인 상황에 휘말린 나머지 터무니없는 판단을 한 게 아닌가 의심이 들었다만 이미 엎질러진 물이었다.

"저희 세트 이동하실게요!"

본방송 촬영이 드디어 시작됐기 때문이다.

나는 미어캣처럼 떼 지어 이동하는 중고등학생들을 따라 발걸음을 옮겼다. 첫 번째 심사가 진행되는 메인 스테이지 옆에서 내 순서를 기다리기 위해.

내가 불린 것은 대충 초중반 정도였다.

"이세진B 참가자는…… 15위입니다! 자리에 착석해 주세요."

"감사합니다!"

MC의 말에 심사받던 참가자 중 하나가 고개를 꾸벅 숙인다. 같은 기획사 출신이라 묶어서 심사하던 4명의 참가자 중 하나였다. 그나마 개중 건질 만한 물건이었지만, 제작진의 마음은 그다지 편치 않았다.

'극단적이야.'

펜을 돌리던 작가, 류서린은 눈살을 찌푸렸다. 시즌 3는 전 시즌보다 투자가 줄었다. 당연했다. 시즌 2가 망하고 간신히 다시 시작한 시즌이니까.

'재상장' 같은 웃기는 부제까지 달아가며, 시즌 2의 그림자를 없애기 위해 제작진들은 모두 이를 악물고 방송을 준비했다. 하지만 인맥과 기획으로 어떻게든 메꾸고 감춰도 티가 나는 부분은 있었다.

그중 하나가 인재 풀이었다.

적당히 훈련된 후보군들이 다른 오디션 프로로 여럿 유출된 것이다. 77명을 맞추기 위해 겉이라도 그럴싸해 보이는 놈들을 채워넣었더니 속 빈 강정 비율이 늘었다.

못하는 놈들이 너무 많으면, 아무리 편집으로 재미를 살리려 해도 한계가 있었다. 한국 오디션 프로에서 실력 없는 놈을 띄우는 건 불가능에 가까웠다. 없는 실력을 어떻게든 포장하다가 조금만 삐끗해도 온갖 말이 쏟아졌다. 화제성을 동반한 증오가 아니라, '노잼', '기만'이라는 키워드를 중심으로.

그나마 데뷔권으로 점찍어둔 1군 참가자 머릿수는 채웠지만, 거기까지 다크호스 없이 프로그램을 꾸려가는 건 여간 어려운 일이 아니었다.

'지금 나오는 애도 그렇고.'

이번에 평가받을 참가자는 첫 본방 촬영을 열흘 남겨두고 집어넣은 생초짜였다. 막판에 참가자 중 하나가 음주운전을 해서 황급히 쳐내며 뽑은 터라 별 기대는 없었다.

'이름이… 뭐더라? 심사 나오면 말하겠지, 뭐.'

저 참가자는 적당히 목소리 좋고 마스크도 나쁘지 않은 데다가, 만일의 경우 써먹을 사연도 있었다. 덕분에 다급함에 낮아진 그녀의 기준점을 훅 넘었지만, 그 장점을 다 합쳐도 결국 보결들보다 나은 수준일 뿐이다.

'뭐… 비교용으로는 쓸 수 있겠지.'

심사위원들도 가정사 외엔 특별한 사항이 없는 서류를 휙 넘겨보고는 감흥 없는 표정으로 잡담하는 중이었다. 그래서 그녀도 은근히 그런 생각이 들었다.

'그래, 차라리 엄청 못해라. 어그로라도 끌게.'

어중간하게 못하는 놈이 계속 나오면 질리지만, 몇 명 정도는 규격 외로 못해도 프로의 풍성함을 채워줄 것이다. 비웃음도 관심이라는 명언하에서 말이다.

일반인이 열흘 만에, 그것도 혼자서 준비한 무대니 웃길 만큼 못할 확률이 제법 됐다. 그녀는 약한 기대감을 가지고 스테이지를 힐끗 보았다.

"다음 참가자, 무대로 입장하시겠습니다!"

마침 그 일반인 참가자가 무대 위로 올라오고 있었다.

다행히 샵은 제대로 잡았는지 얼굴은 그때보다 준수해 보였지만… 문제는 지루한 듯, 우울한 듯 오묘한 분위기였다. 지난번에는 가정사 때문인가 했으나 이 많은 카메라 앞에서도 저런 태도라고?

사실 대리 촬영을 다니며 카메라가 바글바글한 광경을 수도 없이 봐 온 탓이었지만, 그것을 알 길이 없는 작가는 의아해했다.

'…긴장한 티가 잘 안 나는 타입인가?'

아무래도 상관없긴 했다. 그럼 못하는 주제에 거만하게 구는 이미지로 잡으면 되지. 작가는 열심히 머리를 굴렸다. 그사이, 무대로 올라온 박문대는 MC의 말을 듣고 있었다.

"예. 참가자. 자기소개 부탁드립니다."

"…박문대라고 합니다. 잘 부탁드립니다."

그리고 꾸벅 고개를 숙였다. 그러자 심사위원석에서 헛웃음과 코웃음이 작게 나온다.

"아니, 그것뿐이에요?"

마이크를 잡은 한 남자 심사위원이 웃음 섞인 목소리로 물었다. 은근히 부정적인 뉘앙스의 말투였다. 제대로 말 안 하냐는 뜻이었겠지만, 박문대는 진지하게 고개를 끄덕여 보였다.

"예. 소개할 만한 경력이 없습니다."

그러자 심사위원석에서 실소가 터졌다.

"어휴, 독특한 친구네!"

"재밌어~"

몇 명은 작게 속닥거렸지만, 당연히 마이크에는 잘 잡혔다.

"아, 여기 지원서 보니까 정말 아무것도 없네요."

"그러게."

슬슬 '왜 나온 기예요?' 같은 발언이 등장할 때도 됐다.

하지만 무대 이후에 하는 게 더 인상적일 것이라 생각했는지, 심사위원들은 다들 적당히 웃음기를 감췄다. 그리고 작가진은 생각했다. 쓸만한 컷 좀 나올 수도 있겠네.

"그럼 무대 한번 볼게요."

"예."

악의 어린 흥미와 함께, 참가자는 스탭이 건네주는 마이크를 받아 들었다. 얼마 지나지 않아, 간주가 흘러나오기 시작했다.

그리고 모두가 당황했다.

'이 곡이 여기서 나와?'

무대 위로 깔리는 것은 부드럽고 감각적인 반주였다. 심사위원 몇 명이 수군거리기 시작했다.

"어?"

"티홀릭?"

몇 년 전, 3년 연속 대상을 수상했던 초대형 남자 아이돌 '티홀릭'은 공백기에 들어갔다. 군입대로 인한 어쩔 수 없는 인원 부족 때문이었다.

그래서 대신, 소속사는 아직 영장이 나오지 않은 막내 메인보컬의

솔로 활동을 밀어줬다. 강렬한 코러스의 타이틀곡을 내세운 미니앨범이었다.

그러나 이 앨범의 진가는 타이틀곡이 아니라 커플링곡이었다는 것을 시간이 밝혀냈다.

놀랍게도, 역주행으로 음원차트 3위까지 올라갔던 것이다.

한 대세 여성 솔로가수의 SNS 추천 글에서부터 시작된 물결은 몇몇 예능을 거치며 작은 파도가 되었다.

그 커플링곡이 〈PARTY IN ME〉다.

풍성한 밴드 사운드와 세련된 신스가 잘 조화된 이지리스닝곡은 그 해 여러 대학축제에서 불리며, 결국 연간 100위 안에 안착했었다.

그리고 지금 촬영장에 흐르고 있는 것은, 명백히 그 전주였다.

특유의 아코디언풍 코러스 멜로디가 깔린 반주가 흐르는 아이코닉한 인트로.

물론 명곡은 맞았다. 잘 부르면 인상적인 곡도 맞았다.

그래서 더 이상한 일이었다.

'이걸… 뭣 모르는 상태에서 선곡할 수가 있나?'

이건 포지션이 아주 애매한 곡이기 때문이다.

유명 아이돌의 전성기 대표곡도 아니고, 그렇다고 기성 가수의 유명곡도 아니다. 그렇기에 아이돌 서바이벌에서든 가수 서바이벌에서든, 첫 평가에서 곧바로 떠올리고 선곡할 수 있는 곡이 아니었다.

둘 모두의 카테고리를 미묘하게 빗나갔기 때문에 생각해 내기가 쉽지 않았다. 게다가 곡이 유행한 지 몇 년이나 지난 이 시점에는 더더욱 그렇다.

뻔한 곡이 나올 줄 알고 따로 선곡을 지정하지 않았더니 이런 변수가 생겼다.

물론, 제작진은 참가자가 제출한 음원을 미리 확인할 수 있었다. 그러나 안 그래도 참가자가 77명이나 됐다. 굳이 땜빵에게까지 시간을 쓸 가치가 없어 대충 넘긴 게 화근이었다.

'이런 애매한 곡은 비교편집이 어려운데……'

작가는 불만스럽게 펜을 탁탁 쳤다. 선곡에 놀랐던 심사위원들도 어느새 약간 방만한 태도로 전주가 끝나길 기다리고 있었다.

그리고 박문대가 입을 열었다.

–난 내가 알고 있던 나를 기억해

빛나고 눈부신 계절 너머

지치고 나약한 시절까지

끝도 없던 나날 끝에서도

깨진 나를 담아주는 것, Oh-

오직 나

그래 It's me

"…!"

좋다.

엇박으로 시작해 읊조리듯 이어지는 첫 번째 벌스부터 말끔했다.

귀에 편안하게 들리는 탓에 잘 모르는 사람이 많지만, 보통 이 곡을 부르면 그 미묘한 박자를 다 놓치고 부르기 쉬웠다.

어딘가 아마추어 같아진다는 뜻이다.

하지만 이 참가자는 자잘한 멜로디를 복잡한 박자마다 정확히 집어넣고 있었다.

'단, 따단-, 딴, 단, 다안-, 따단.'

"…!"

무의식중에 탁자를 치던 심사위원 중 한 사람이 깜짝 놀랐다. 딱 맞아 들어갔던 것이다.

이러면 쪼개진 박자니 뭐니 자세한 것을 모르는 일반 시청자라도 '잘 부른다'는 인상을 받는다. 반주와 정확히 맞아 들어가게 부르니까. 게다가…….

'발성이… 좋네?'

발성이 두드러지게 좋았다. 그냥 우렁찬 게 아니라, 좋은 음색이 입체감 있게 들린다.

'노래방에서도 이랬던가?'

작가는 처음 만났을 때 들었던 노래를 떠올려 봤지만, 이 정도는 아니었던 것 같았다. 이렇게 불렀으면 섭외할 때 인터뷰를 더 땄을 것이다. 선곡도 좀 봐주고.

'그럼 열흘 만에 이렇게 늘었다고?'

당황한 작가와는 상관없이, 노래는 벌스를 넘어 프리코러스로 접어들었다.

-그래서 나

나는 나를 기념해야 해

다신 잊지 말아야만 해
자 기억해
지금까지

에스컬레이터식으로 음이 올라가는 와중에도 단 한 번도 음이 플랫
되는 일이 없었다. 호흡이 부자연스러운 부분도 없었다.
이쯤 되니 작가도 다른 것이 눈에 들어왔다. 가령 심사위원들의 놀
란 표정 같은 것이.

−항상 오늘을 살아낸
놀라운 기적을
잊지 마, 지우지 마
그러니 축하해
지금을 기념해
That's the party in me
매일이 PARTY인 것처럼, Ooh−
Let's PARTY

고음이 쭉쭉 뻗어나간다. 버거워 보이지도 않는다. 한 옥타브쯤 한계
가 남은 것처럼 수월하고 깨끗하다. 마구 지르는 대신 말하는 것처럼
조곤조곤 아름답게 들려야 하는 곡에 딱 맞는 방식이었다.
이제 작가는 차라리 허허 웃고 싶어졌다.
'그래 잘됐네…, 아주 메인보컬감이네……. 안 그래도 보컬 포지션

부족했는데 우와, 잘된 거 아니겠어? 내 안목 진짜 대단하다. 그냥 길 가다 섭외해도 이런 게 굴러들어 오다니.'

다시 2절 벌스가 나왔다.

박문대는 1절과 멜로디는 같으면서 박자가 달라지는 복잡함도 자연스럽게 소화했다. 브릿지를 지나 마지막 후렴구에서 한번 전조되는 부분까지 당연한 것처럼 훌쩍 목소리가 올라갔다.

뒷목이 짜릿해지는 고음이 기분 좋게 치고 지나갔다. 과하지 않았지만 그렇다고 설렁 넘어가지도 않은, 훌륭한 클라이맥스였다.

그리고 다시 말을 건네듯 벌스 첫마디로 돌아오며 곡이 끝났다.

—…난, 내가 알고 있던 나를 기억해

참가자는 마지막 음까지 좋은 소리를 냈다.

반주가 끝나자마자 박문대는 꾸벅 인사했다. 그리고 약간 멀뚱히 말을 덧붙인다.

"…들어주셔서 감사합니다."

짧게 정적이 흘렀다. 작가는 펜을 움켜쥐었다.

'그래. 보내 버리지 말고 킵해두자.'

그녀가 박문대의 위치를 재조정할 때, 심사위원들은 흥분해서 마이크를 들었다.

"와, 문대 씨!!"

"예."

"본인 잘한 거 아시죠!?"

"……잘 부르려고 열심히 연습했습니다."

그러자 다른 심사위원이 휙 말을 채갔다.

"아냐, 이런 건 그냥 타고나는 거야. 재능 있네요."

직설적인 것으로 유명한 안무가였다.

그는 마음에 들었다는 듯이 눈을 가늘게 뜨며 미소를 짓고 있었다.

방송이라 일부러 좀 과하게 말하는 것도 있겠지만, 맘에 없는 소리를 하는 부류는 아니었다.

박문대는 속으로 쾌재를 부르며 고개를 꾸벅 숙였다.

계속해서 심사위원들의 호평이 쏟아진다. 특히 보컬 코치로 출연한 여성 솔로가수, 뮤디가 눈을 빛내며 극찬했다.

"우선 음색이 참 시원해요. 그리고 발성이 좋아서 그게 더 잘 들려요."

"그죠? 진짜 막 귀 옆에서 말하는 것처럼…."

"맞아맞아."

동의의 목소리가 쏟아진다. 그러자 뮤디가 고개를 끄덕이며 빠른 목소리로 말을 이었다.

"또 목소리가 장르를 안 타고 어울릴 것 같은데, 이게 아이돌에게 굉장히 중요한 부분이거든요. 괜히 때 탄 것 같은 쿠세(버릇)도 없고, 앞으로가 굉장히 기대돼요. 정말."

"감사합니다."

"문대 씨는 아직 소속사 들어가 본 적 없죠? 아까 경력 없다고 그러던데, 여기 보니까 진짜 딱히 이력이 없더라구요."

"예. 아직은…."

그러자 젊은 남자 심사위원이 치고 들어온다. 얼마 전 재계약 시즌에 멤버가 2명 유출된 유명 남자 아이돌의 멤버.

"그럼 특별히 레슨받은 적도 없어요?"

"네."

"전혀? 그러니까 학원도요?"

박문대는 묵묵히 고개를 저었다.

물어본 심사위원은 약간의 의심이 섞인 표정으로 감탄했다. 그러자 뮤디가 활짝 웃으며 다시 입을 열었다.

"그래그래, 막 아무 소속사하고 하는 것보다 진국인 한 방을 기다리는 게 좋을 수도 있어. 분명 좋은 데서 제안이 올 것 같아요!"

"덕담 감사합니다."

작가는 뮤디의 소속사가 남자 아이돌 런칭을 준비 중이라는 것을 문득 떠올렸다.

'그러고 보니 쟤 자기 소속사에 지분 있었지.'

그리고 그녀는 여전히 예의 바르게, 그러나 대단히 감명받은 것 같지도 않게 고개를 꾸벅거리고 있는 참가자를 쳐다보았다.

그러다 다시 한번 호평 일색인 심사위원석을 보곤, 이상한 기분에 휩싸였다.

뭔가… 은근히 넘어간 것 같은 기분이랄까. 분명 실력 좋은 참가자를 발굴한 건 방송에 이득일 텐데, 찜찜했다. 작가는 턱을 괴다가, 박문대가 잡고 있는 핸드 마이크를 보고 번뜩 떠올렸다.

'쟤 결국 춤은 제대로 안 췄잖아!'

물론, 박문대도 안무 같은 동작은 했다. 하지만 이 곡 자체가 활동용으로 제작된 것이 아니었기에 그 동작은 어디까지나 율동 수준이었다. 댄서들이 주변에서 제대로 된 안무를 하면, 박자 맞춰서 비슷하게 손을 뻗고 다리 몇 번 움직이도록 구성되었던 것이다.

그러나 사람들의 뇌리에는 댄서가 포함된 본래의 무대가 잔상으로 남아 있었다. 저 빈약한 손발짓을 봐도 멋대로 주변에 댄서를 채워서 생각하고는 '원래 무대도 그랬으니까' 하고 넘어가기 쉬운 것이다. 특히나 노래를 기깔나게 잘 부른 경우라면 더욱!

게다가 탑티어 아이돌의 컨셉추얼한 곡을 한 건 맞으니, 거의 보컬 능력치만으로 비벼놓고서도 '문대 씨는 아이돌이 하고 싶은 게 맞나요?' 같은 질문도 피해갈 수 있다.

결국, 박문대의 상황에서 고를 수 있는 최고의 선택지였던 셈이다.

'이건 센스를 넘어서서, 노련함까지 느껴지는데…….'

작가는 어쩐지 속은 느낌이 들어 탐탁잖은 눈으로 박문대를 훑어보았다. 그리고 그런 작가의 마음을 읽기라도 한 듯이, 조용히 다른 심사위원들의 호평을 지켜보던 한 심사위원이 마이크를 들었다.

무명 시절, 장맛비 속에서 웃으며 아크로바틱을 하는 직캠으로 역주행에 성공했던 여자 아이돌 그룹, '세인트유'의 영린이었다.

"지금 안무 난이도가 거의 없는 무대였는데, 춤을 따로 제대로 볼 수 있을까요?"

작가는 박수를 치고 싶었다.

'됐다.'

요 며칠 질리도록 이 곡만 부르며 레벨업에 집중한 보람이 있었다. 포인트란 포인트는 다 가창에 부은 결과, 현재 내 상태창의 '가창' 항목은 이렇다.

[가창 : A-]

당연한 선택이었다.

일단 한국에서 가수가 노래를 못한다는 건 아이돌이고 뭐고 아웃이었다. 춤 못 추는 건 연습량으로 커버할 수라도 있지, 노래를 못하는 건 사전녹음을 틀어도 티가 났다.

게다가 아이돌 지망생 풀에서는 통상적으로 메인보컬 지망생이 메인댄서 지망생보다 적었다. 그러니 초기에 메인보컬 포지션을 한번 각인시켜 두면, 데뷔조에서 한자리 차지할 수 있을 확률이 높아진다.

다음은 평가곡 선정 방식.

이것도 부정적 피드백이 현저히 적은 것으로 보아 내 접근 방식이 맞았던 것 같다. 내 약점을 토대로 심사위원들이 할 만한 비판을 예상한 뒤, 그 반응이 나올 만한 곡을 다 제외하는 여과법 말이다.

'춤이 왜 그래요?'
—본격적인 안무가 있는 곡 삭제.
'춤은 아예 안 추시네요?'
—발라드 삭제.

'노래는 잘하시네요. 근데 아이돌 같은 느낌은 아닌데?'

―아이돌 곡만 남기고 다 삭제.

'이 곡을 혼자 소화하시는 건 무리가 아니셨나.'

―편곡도 못 하는 마당에 괜한 모험 말고 3명 이상이 부른 곡 다 삭제.

'아무래도 원곡자하고 비교돼요!'

―최근 3년 이내 발매 곡 다 삭제.

그리고 남은 곡 중에 가장 음원차트 기록이 좋은 곡을 골랐다. 흠, 다시 생각해도 좋은 전략이었다.

이대로 슬쩍 넘어갈 수도 있겠다고 생각했는데, 역시 분위기에 안 휩쓸리는 인간이 하나쯤은 있었다. 나는 마이크를 잡고 있는 심사위원과 눈을 마주쳤다.

아는 얼굴이었다. 나한테 아이돌을 찍는 것이 돈이 된다는 걸 알려 준 첫 번째 아이돌이다. 덕분에 1학년 2학기 등록금을 충당했었다.

'저쪽도 그 물난리 아크로바틱 직캠으로 노력파 이미지를 얻어서 제법 화제가 됐던 것 같으니 원원이었지.'

하지만 이번에는 그다지 서로 이득이 되는 만남은 아닌 것 같다.

"트레이닝 받지 않으셨다는 건 알겠어요. 하지만 첫 번째 심사를 하는 자리니까 기본 상태라도 체크해야 하지 않을까요? 오디션 프로에 참가하셨다면 한 곡 정도는 준비해 오셨을 것 같아서."

여기서 '준비해 온 게 없어서요' 같은 소리는 미친 짓이다. 차라리 입 닥치고 있느니만 못한 발언이라고 할 수 있다.

"예. 그럼 이 곡 가능할까요."

스탭 한 사람이 얼른 무대 아래 가까이로 다가와 내게 손짓했다. 나는 다가가서 생각해 둔 곡을 말했다.

그러자 카메라가 따라와서 스탭이 움찔거리는 것까지 찍는다. 이러는 걸 보니 웬만하면 통편집은 피할 것 같다.

'노력한 보람이 있군.'

그리고 곧바로 경쾌한 반주가 촬영장을 채웠다.

"…!?"

전국민이 익숙할 인트로가 스스슥 지나가더니, 발랄한 보컬이 귀를 때렸다. 나는 기억하고 있던 아이코닉한 시작 포즈를 취했다.

심사위원 중 한 명이 마시던 물을 뿜었다.

−아, 나도 그래! 널 좋아하는걸~

심장이 뛰는 이! 기분은~ 팝콘 같아!

POP! POP!

터지는 비트가 막 울려~

가슴 가득 넘치는 이 느낌!

찹찹찹, 간단한 발동작에 진지하게 고개를 *끄덕여* 주는 건 춤을 요청한 영린뿐이다. 여기서 프로는 그녀뿐인 듯했다.

슬슬 내 동년배 절반은 출 수 있는 파트가 나온다.

−POP! POP!

넌 나의 Popcorn~ (Oh Yeah!)

내 맘을
CON CON CON CON
Control해~

10년 전에 발표된 말랑달콤 〈POP☆CON〉의 후렴구가 힘차게 고막을 두들겼다. 일명 수능 금지곡으로, 병맛 가사와 미칠 것 같은 중독성으로 그해 수험생들의 듣기평가를 망하게 한 주범이었다.

참고로 나도 그때 수능 봤다. 돈 없어서 재수는 못 했고.

–POP POP!
터지는 Popcorn~ (Ooh~)

온갖 사람들이 커버 댄스를 올린 것으로도 유명했는데, 그만큼 난이도가 평이했다. 더 대놓고 말하자면, 초등학교 저학년도 연습하면 출 수 있는 수준이었다.

아마 10년 전 유행 당시에 가지고 나왔으면 욕만 먹었겠지. 하지만 지금은 어떻게 추억보정으로 엮어서 개그로 넘어갈 수 있을 것 같아 선곡해 봤다.

물론 정색한 채로 열심히 추고 있는 중이다. 남은 개그로 봐도 참가자인 내가 실실 웃으며 대놓고 그러면 비호감일 테니까. 어디까지나 출 수 있는 범위 내에서 열심히 준비했다는 인상을 줘야 했다.

물론, 실제로 열심히 한 것도 맞았다. 이걸 연습하면서도 레벨을 올렸으니까. 〈최초의 움직임〉, 〈10번의 움직임〉 업적 달성으로.

박수 치며 폭소 중인 심사위원들을 보니 좀 실수한 것 같긴 했지만… 모르겠다. 지들 알아서 평가하겠지.

1절 마지막 동작을 한 후에 춤을 멈췄다.

"후우."

숨을 갈무리하며 고개를 꾸벅 숙이자, 좀 정신 차린 것 같은 박수가 나왔다.

"감사합니다."

영린이 제일 먼저 마이크를 잡았지만, 치고 나온 건 안무가였다. 얼마나 웃었는지 눈이 시뻘겋다. 웃다가 눈물이라도 난 꼴이다.

"와, 씨……. 아 그게 나올 줄은 꿈에도 몰랐네. 팝콘 나올 때 문대 씨 열 살 아니었어요? 그때 장기자랑으로 준비라도 했나?"

"그건 아니지만, 제가 말랑달콤 선배님 팬이라서 준비해 봤습니다."

"크하!"

참고로 말랑달콤의 가장 최근 앨범 발매가 4년 전이었다. 전성기가 지나도 너무 지나서 스무 살짜리가 팬이라고 말하면 특이해 보일 정도였다. 이성 아이돌이라도 아무런 꼬투리가 되지 않을 수준이니까.

아니나 다를까 물어본 안무가가 또 폭소했다. 그 옆에서 뮤디가 흐뭇하게 중얼거렸다.

"아… 귀엽네~"

"열심히 했어, 일단 열심히는!"

남자 아이돌 심사위원이 거들었다. 아까 경력 없다고 할 때 서렸던 의심이 깨끗이 가신 표정이었다.

그제야 영린이 겨우 입을 열었다.

"그렇다고 잘했다는 건 아니에요."

이럴 줄 알았다.

편집으로 클로즈업과 효과음이 들어갈 만한 상황이었다. 그리고 세 배는 커진 빨간 자막으로 저 대사가 '두둥' 뜰 것 같은데.

나는 대충 편집 각을 예상해 보며 남은 심사평을 기다렸다.

"일단 몸을 움직일 때 숙련도가 없는 게 보여요. 지금 분위기로 좋은 평을 받는다고 해도, 앞으로의 미션들이 버거울 거예요."

"각오하고 있습니다."

내가 아니라 상태창이.

삼킨 뒷말이 어떻든 간에, 영린은 무겁게 고개를 끄덕였다.

"그래요."

그리고 표정을 풀며 덧붙였다.

"…어쨌든, 노력한 건 보입니다. 수고하셨어요."

"감사합니다."

오늘 '감사합니다'만 열 번쯤 말한 것 같다. 앞으로도 이런 빈도로 가려나.

그렇게 가늠할 때쯤, 심사위원들은 내게 들리지 않게 마이크를 들지 않고 서로 의견을 주고받고 있었다.

이쯤 해서 이 프로의 잔인한 요소가 하나 더 나온다. 여기서는 첫 심사에도 1위부터 77위까지 순위를 매겨 버린 후 그대로 좌석을 배정했다. 그것도 심사를 받자마자 나오는 임시순위를 이용해서 곧바로.

그리고 자리가 찬 상태에서 다음 참가자가 더 잘하면, 순위가 밀리고 자리를 비켜줘야 하는 것이다. 하위권이 그렇게 한 칸씩 밀리다 꼴찌에 착석해서 우는 장면을 찍는 게 이 프로 전매특허기도 하다.

'다행히 나는 그 꼴까지는 안 날 것 같지만.'

내 순위는… 24위 정도일까.

"박문대 군의 등수는…… 17위입니다!"

일부러 미는 장면 찍으려고 5위쯤 고평가하니 실제로는 내 예상과 유사했다는 의미다.

'분위기빨로 너덧 계단 더 올라간 것 같은데.'

시간 지나서 심사위원들의 콩깍지가 벗겨지면 바쁘게 중고등학생들에게 자리를 비켜줘야 할지도 모르겠다. 뚱하게 생각하면서도 열심히 고개를 조아리자니 좀 웃기긴 했다.

"감사합니다."

"내가 빡세게 가르쳐 줄 테니까 다음에는 순위 더 올려요."

안무가가 씩 웃으며 말했다. 이러고 실력이 안 늘면 바로 돌변하겠지만, 나에게는 상태창이 있었다.

'저 안무가가 감동하는 장면을 뽑을 수 있으면 좋겠는데 말이지.'

나는 다시 한번 고개를 꾸벅거리고 좌석들이 놓인 세트로 향했다. 순위가 새겨진 좌석들은 위로 갈수록 크고 화려하고 푹신해졌다. 천박할 만큼 확실한 차이가 느껴졌다.

내가 앉을 17위는 기업 임원이 앉을 것 같은 가죽 의자였다. 착석하니, 건너건너 15위에 앉아 있던 참가자가 인사를 해왔다. 서글서글한 인상에 박문대의 또래로 보였다.

"안녕하세요~"

"안녕하세요."

"노래 너무 잘하셨어요!"

"감사합니다. 그쪽도 잘하셨을 것 같습니다."

"네? 아하하!"

제대로 못 봤으니 장담은 못 하겠다만, 순위 보니 그럴 것 같다는 뜻이 있는데 잘 통한 것 같다. 참가자는 소리 내며 웃더니 자신의 가슴팍에 붙은 이름표를 가리켰다.

"저는 이세진이라고 합니다!"

"……!"

하마터면 탄식할 뻔했다. 나는 최대한 뻔뻔한 얼굴로 대답했다.

"박문대입니다. 잘 부탁드려요."

"잘 부탁드립니다~"

자연스럽게 대화를 끝내고 앞을 보자, 타이밍 좋게도 다음 참가자가 들어왔다. 하지만 나는 방금 들은 이름을 떠올리고 있었다.

'이세진.'

이 프로를 통해 데뷔한 이름이었다. 그러니까 약속된 승리의 인맥이라고 할까.

그런데 문제가 있다.

저놈 이거 끝나고 내년에 마약 터진다. 그것도 유통으로.

분명 원룸 근처 국밥집에서 9시 뉴스에 뜬 저 이름을 봤다.

['아이돌 주식회사' 출신 이세진, 마약유통 혐의로 검거.]

'…앞으로 말 걸지 말자.'

손절은 타이밍이 중요했다. 그럼 이제 막간을 이용해 상태창이나 볼까.

[이름 : 박문대 (류건우)]

Level : 5

칭호 : 없음

가창 : A-

춤 : D

외모 : C+

끼 : C

특성 : 잠재력 무한

!상태이상 : 데뷔가 아니면 죽음을

남은 포인트 : 1

우선 방금 스테이지로 레벨업했는지 포인트가 생겼다. 〈최초의 무대〉 업적을 깬 덕인 것 같다. 그리고 춤과 끼 항목도 방금 무대로 생성된 듯싶었다.

'연습 중에는 비활성화 상태였는데, 공식적으로 인정받아야 생기는 건가?'

명확한 기준은 모르겠다.

어쨌든 연습하면서도 어렴풋이 느끼긴 했지만… 끼야 그럭저럭 괜찮다 쳐도, 춤은 '박문대' 역시 썩 재능이 없었나 보다. 춤이 D면 그냥저 냥 보통 사람 수준인 것 같은데. 앞으로 두세 번은 포인트를 춤에 투 자해야 뭐라도 해볼 수 있을 것 같다.

반면에 외모 항목은 상태창의 새로운 가능성을 보여줬다. 포인트를 투자하지 않았는데도 실제 외모를 신경 쓰니 평가가 올라갔던 것이 다. 상태창의 레벨업 효과와는 별개로 내가 능력치를 올릴 수 있다는 뜻이었다. 꽤 긍정적인 요소다.

마지막으로, 특이한 팝업이 하나 더 떠 있었다. 상태창 바로 옆에 작게.

[성공적 무대!]
과반수에게 감명을 주었습니다!
: 일반 특성 뽑기 ☞ Click!

'이상한 게 또 나왔군.'

그래도 '성공', '감명' 같은 단어가 있는 걸 봐서는 보상이란 뉘앙스 가 강했다.

머리를 만지는 척하며 뽑기를 클릭해 봤다. 그러자 제법 흥미로운 것 이 떴다. 회색 슬롯머신 그림이었다. 이미 당겨진 레버 옆의 슬롯이 팽 팽 돌아가고 있었지만, 속도는 점점 느려지더니 곧 슬롯의 내용까지 슬 쩍 확인할 수 있을 정도가 됐다.

칸 몇 개는 황동색, 대부분은 회색이었다.

[강심장]

[망신살 지우개]

[악어의 눈물]

[잠은 죽어서 자는 것이다]

[날 봬!]

……

"……"

아니, 무슨 특성일지 보자마자 짐작이 가는 건 좋지만… 그래도 너무 조악한 이름 아닌가.

나는 기대가 식은 채로 슬롯머신을 바라보았다. 어쨌든, 곧 멈출 것 같기는 했으니까.

둥둥… 둥!

슬롯머신에서 꽃가루가 튀어나왔다.

멈춘 칸은 황동색이었다.

[특성 : '잠은 죽어서 자는 것이다(D)' 획득!]

−활성화 시, 잠을 자지 않아도 피곤하지 않다.

: 00:01~04:00 동안 경험 가속 보너스+30%

일주일간 지속, 1회용

"……!"

의외로 굉장히 유용해 보이는 특성이 걸렸다. 이름은… 좀 그렇지만. 어쨌든 '뽑기'라더니 말 그대로의 의미였다. 운빨X망겜 필수요소까지 나오다니, 재밌네.

나는 상태창 맨 밑, 특성 항목에 '잠은 죽어서 자는 것이다(비활성)'가 추가된 것을 확인했다. 언제쯤 쓰는 게 가장 효과적일지 좀 고민해 보자.

"강민조 참가자는… 56위입니다!"

평가는 쭉쭉 진행되고 있었다. 아직 데뷔 멤버는 내 옆의 약쟁이 의심군을 제외하면 나오지 않은 상태다.

나는 다음 참가자가 들어오는 것을 지켜보았다. 팔다리가 긴 호리호리한 체격이 쑥 무대 위로 올라왔다. 혼자인 걸 보니, 특별히 다른 연습생과 연고가 없는 참가자였다.

순위석에 앉은 참가자들 사이에서 웅성거림이 퍼졌다. 물론 이번 참가자가 혼자 올라와서는 아니었다.

"와!"

"대박."

들어온 참가자가 대단히 미남이었기 때문이다. 밑에서 심사위원이 대놓고 감탄하는 소리까지 들렸다.

"꽃사슴같이 생겼어~"

내가 보기에도 저 정도면 데뷔를 걱정하지 않아도 될 수준의 외모였다. 굳이 서바이벌에 안 나와도 될 급이라고 할까. 분명 이 프로 이후에 뭐라도 했을 것 같은데.

하지만 가슴팍의 이름표를 보니 모르는 이름이었다.

[선아현]

저 얼굴로도 데뷔를 못 하다니 어지간히 실력이 없나 싶다. 직캠 데이터 팔아봤던 웬만한 현역 아이돌보다 잘생겼는데. 흠, 상태창으로 환산해 보자면… 외모를 제외한 모든 능력치가 F~D 사이지 않을까.

'남의 상태창을 볼 수 있으면 확실히 알 수 있을 텐데.'

놀랍게도 그런 생각을 하자마자, 정말 참가자의 옆으로 창이 떠올랐다.

"…!"

남도 볼 수 있던 거였나.

[이름 : 선아현]

가창 : B- (A)

춤 : A (EX)

외모 : A+ (S+)

끼 : B (A+)

특성 : 근성(비활성화)

!상태이상 : 자아존중감 결핍

화려한 상태창이었다. 이번 심사에서 거뜬히 10위 안에 들겠거니 싶

을 정도로. 괄호 안에 있는 건 최대 성장치인가? 그렇다면 앞날도 창창했다.

하지만 맨 마지막 항목이 눈에 띈다.

!상태이상 : 자아존중감 결핍

저 얼굴로? 차라리 거만함이 뜨면 그러려니 했을 것이다.

어쨌든, 남을 확인할 수 있다는 건 대단한 이득이었다. 여차하면 엔터테인먼트 회사에 비비기만 해도 굶어 죽진 않을 것 같았다. 흥미롭게 항목을 살피고 있자니 MC의 목소리가 들렸다.

"네, 참가자분 자기소개 부탁드립니다!"

그리고 선아현이 마이크를 들었다.

마이크를 쥔 손이 부들부들 떨리고 있었다.

"아, 아아, 안녕하세요……."

"…!"

긴장해서 실수로 더듬은 게 아니었다. 위화감이 들 만큼 어색한 말투였으니까.

뚜렷한 말더듬 장애 증상이었다. 게다가 본인이 자신의 언어장애를 굉장히 의식하고 있다는 게 느껴졌다. 불안함과 창피함이 부담스러울 만큼 와닿았다고 해야 하나.

'이래서 그런 거군.'

나는 단번에 이 참가자, 선아현의 상태창을 납득했다.

그래도 이 정도 외모와 실력이면 말더듬을 서사로 소화해 버릴 수 있겠는데, 왜 데뷔를 못 한 거지? 역시 '자아존중감 결핍'이라는 상태이상이 문제인가. 좀 더 자세히 알 수는…….

[자아존중감 결핍]
−자신을 경멸합니다.
: 모든 능력치 두 단계 감소

"…!"
갑자기 또 팝업이 떴다. 생각만으로 세부항목도 확인이 가능할 줄이야.
'아주 유용도 하셔라.'
내 상태이상도 다시 확인해서 남은 수명이나 봐야겠네.
빈정대고 있지만, 사실 저 상태이상의 내용이 생각보다 과격하다는 것에 좀 놀라긴 했다. 게임에서 이런 디버프가 걸리면 접고 말 텐데. 하필 인생게임이라 리셋을 못하니 저쪽도 어지간히 짜증 날 것이다.
"아현 군, 혹시 말할 때…… 어렵나요?"
"제… 제, 제가… 어, 어릴 때, 사고를 당해서요……."
"아……."
무대에서는 사연팔이가 시작되고 있었다. 정확히는 선아현은 자신의 상태에 대해 설명하려는 것 같고 제작진은 사연팔이로 만들려 애쓰는 중인 것 같다. 내 주변 참가자들에게서도 작위적인 반응들이 터져나온다.
특히 굉장히 안타까운 듯 울상인 표정으로 고개를 주억거리는 놈은 분명 리액션 컷으로 활용될 것 같았다. 이런 대사까지 치고 있었으니까.

"어떡해……."

이런 민감한 화제에 대한 반응은 저렇게 접근하면 안 될 텐데. 한 치만 편집에서 어긋나도 '저런 반응도 폭력이다' 같은 소리 나온다. 나는 그냥 별 동요 없이 '그렇구나' 하는 표정으로 전방을 응시했다.

심사위원들은 뻔한 덕담을 몇 마디하고는 조심스럽게 무대를 요청했다.

"그럼 아현 군, 무대 볼 수 있을까요?"

"네, 네……."

이어진 무대는 그렇게 나쁘지 않았다. 그냥 전체적으로 좋게 볼 수 있는 정도.

즉, 상태창이 맞다면, 저 참가자 본인 실력보다 말아먹었다.

"선아현 군은 18위입니다!"

멘탈과 전략이 없으면 이런 상황이 나는 것이다. 저 상태창으로 나보다 낮은 등수라니. 어쨌든 실력은 괜찮게 느껴졌는지 아니면 나쁜 소리를 하기 싫어서인지, 평은 좋았다.

"잘했어요~"

"앞으로 기대할게요."

심사위원들이 각종 훈훈한 소리를 주워섬겼다. 엄지를 치켜드는 사람까지 있다.

하지만 깊게 고개를 숙여 인사를 한 선아현의 얼굴은 어두웠다. 애써 표정을 피려 애쓰며 무대에서 나오더니, MC의 안내를 따라 내 옆자리로 올라왔다.

"……"

인사를 해야 할 것 같긴 한데…… 선아현은 내 자리를 힐끔거리면서도 말은 걸지 않는다.

'혹시라도 내가 무시하는 장면으로 나오면 안 되지.'

그러나 입을 열기는 귀찮았다. 그래서 그냥 옆으로 고개를 꾸벅거리자, 선아현이 화들짝 놀라며 머리를 연신 주억거린다.

"다음 심사를 받을 참가자는, 5명입니다! 최진수 군, 홍성 군……."

나는 속으로 남은 참가자의 명수를 세어보다가 약하게 한숨을 내쉬었다. 한참 남았군.

그리고 시간이 얼마나 지났을까.

'피곤하다.'

눈이 뻑뻑했다. 이 무식한 놈들이 77명을 다 심사할 동안 참가자들을 세트에서 못 벗어나게 한 것이다.

심지어 중간 브레이크 타임 때도 조를 나눠서 화장실만 보내줬다. 혈기왕성한 어린애 수십 명을 다 관리하기 불편해서 그런 거겠지만, 덕분에 인내심이 갈수록 바닥나고 있다.

상태창 한 번 보면 다 각이 잡히는 입장에서는 모든 무대가 다 지루하기 짝이 없었다. 현역 아이돌 무대도 행사 찍으러 가서 질리게 봤는데 새삼 연습생의 무대가 감명 깊을 리 없었다.

'물론 두세 번 정도 인상 깊은 경우가 있기도 했지만.'

나는 저 위의 과하게 화려한 소파에 앉은 두 명을 힐끗 쳐다보았다. 현재 1, 2등이다. 같은 유명 기획사 출신인데, 확실히 잘했다. 상태창도 화려했고.

둘 다 데뷔하는 데다가 한 명은 1등이었지. 저놈들한테 붙어야 데뷔 확률이 높아지긴 할 텐데… 이 나이 먹고 십 년 전에나 어울렸을 청소년 서열놀음을 할 생각을 하니 까마득했다.

'일단 팀전이 나올 때 다시 생각해 보자.'

그리고 정말 다행스럽게도, 슬슬 심사가 끝나갔다.

"류청우 참가자는… 9위입니다!"

밀었군. 마지막 참가자가 이미 빽빽이 차 있던 상위권을 비집고 들어왔다. 이렇게 되면… 내 등수는 이제 22위였다.

대단히 선방했는걸. 사실 수치적으로 나보다 실력이 좋았던 참가자를 한… 7명은 제친 것 같았다. 과대평가가 티 나지 않게 앞으로도 잘 관리해야겠다.

"감사합니다!"

서글서글한 인상의 전 양궁 국가대표가 씩 웃으며 무대를 나왔다. 올림픽 단체전에서 금메달도 땄다던데 잘 모르겠다. 데뷔조에 들었던 것만 기억이 났다. 어쨌든 군대는 안 갈 테니 기획사가 좋아할 인재였다.

잠깐. 그러고 보니, 나… 군대 가야 하나.

'예전 몸에선 4급 받고 시청 사회복무로 빠졌었는데.'

생각해 본 적 없던 무서운 화제가 머릿속을 점령하기 직전에 촬영이 끝났다.

"컷! 수고하셨습니다! 참가자분들 바로 이동하실게요~"

"옙~"

여기저기서 산발적으로 박수와 대답이 나왔다. 스탭의 안내에 따라 이동하면서도 머리가 아찔했다. 이번 촬영 끝나자마자 '박문대'의 신검 여부부터 확인해야겠다.

"등수표 받으시고~ 탑승하시면 됩니다!"

숙소는 세트장에서 도보로 10분 거리에 있었다. 시즌 1의 대성공 이후 방송국 뒷산 부지에 새롭게 만든 숙소였으니까. 하지만 굳이 운송 수단을 이용했는데, 이유는 당연했다.

'방송 컷 뽑아내려는 거지.'

등수에 따라 운송수단이 달랐으니 말이다.

"참가자분들! 10위까지 이쪽으로 와주세요~"

"헐, 리무진!"

"우와~ 진짜 좋아요!"

"대박."

카메라에 엄지를 치켜들며 검은 리무진에 탑승하는 최상위권 참가자들 뒤로 최하위권 등수의 참가자들이 보였다.

51위부터 77위까지는, 도보로 이동했다. 애써 긍정적인 척 유머러스하게 넘기는 척 애를 쓰려 하지만, 울 것 같은 표정을 참는 게 곳곳에 보였다. 그 참가자들을 집요하게 쫓는 카메라들도.

불행을 자극적으로 뽑는 데에 도가 텄다. 솔직히, 좀 징그러운 판이다.

"오, 좋은걸?"

11위부터 25위까지는 프리미엄 버스 차량이 기다리고 있었다.

이세진이 싱글벙글 웃으며 버스에 먼저 탑승했다. 같이 앉는 불상사를 피하고 싶어서 약간 기다렸다가 적당히 나도 버스에 올라탔다. 그러자 우당탕 뒤에서 누군가 황급히 따라서 올라오더니, 우물쭈물하며 내 옆에 슬그머니 앉았다.

선아현이었다.

"……?"

너는 왜…?

뭐, 됐다. 말도 안 거니 조용해서 좋았다.

숙소는 순식간에 도착했다. 그리고 지난 시즌처럼, 이번에도 등수별로 다른 층을 사용했다. 팀전 미션이 나올 때까지는 이 유사 카스트 제도가 계속될 것이다.

11위부터 25위까지는 널찍한 5인실이 배정되었다. 등수별로 5명씩 끊어서 한 방인 덕에 20위인 이세진과 떨어졌다. 운이 좋았다.

"와~ 나! 이 침대 찜!"

이층 침대 2채와 싱글 침대 1채로 구성된 침실에 입장하자마자 한 놈이 작위적으로 싱글 침대에 뛰어들었다. 카메라에 개구지고 쾌활해 보이고 싶었나 보다.

나는 적당히 이층 침대 아래쪽을 잡았다. 그러자 이번에도 후다닥 선아현이 내 위쪽 침대에 짐을 올렸다.

"……"

쳐다보니 고개를 숙인다. 어째 꼬붕을 데리고 다니는 느낌이….

이후 지급받은 트레이닝복으로 갈아입고 집합할 때도 졸졸 따라왔다. 가만 보니 기가 센 연예인 지망생들이 부담스러워서인 것 같았다. 상대적으로 조용한 일반인이 편한 거겠지.

당장 엮여서 문제 될 인물도 아닐 것 같으니 그냥 뒀다. 다만, 언쟁만 해도 내 쪽이 인성으로 트집 잡힐 수 있으니 굳이 같은 팀으로 고를 만큼 친해지진 말아야겠다.

"여러분은 이제부터 본격적인 트레이닝에 진입하게 됩니다! 이름하여~ 맞춤형 이동클래스!"

MC가 과장된 말투로 이미 다들 알고 있을 시스템을 소개했다.

"여러분은 지금 심사위원분들께 받은 성적을 바탕으로 보컬, 댄스의 등급이 정해지셨습니다!"

"네!"

"각 클래스는 상중하로 나뉘며, 각각 수준별 맞춤 트레이닝을 통해 실력향상을 도모하게 됩니다."

여기까지는 다른 오디션과 비슷했다. 이다음이 문제였다.

"그리고 여러분은 언제든 실시간으로 클래스가 변동될 수 있습니다!"

"…!"

"모든 것은 여러분의 노력과 정진에 달려 있습니다!"

가령 '보컬 중급'에서 트레이닝 중에 가르침을 스펀지처럼 빨아들여 갑자기 잘하게 된다면, 다음 타임부터 '보컬 상급'에서 트레이닝을 받는 것이다. 물론 못하면 바로 클래스가 내려간다는 뜻이기도 했다.

이 짓을 열흘간 한 후 테마곡 개별 평가를 통해 최종 등급이 결정된다. 어린애들 멘탈을 사정없이 태워서 분량을 뽑겠다는 의미였다.

"이번 배지는… 박문대 참가자!"

"예."

나는 예상대로 '보컬 상급'과 '댄스 하급'을 받았다. 금색으로 빛나는 보컬 배지와 칙칙한 동색 댄스 배지를 어깨에 달자니 좀 남사스러웠다. 배지는 어찌나 과장스러운지 싸구려 티가 났다.

참고로, 배지가 아예 지급되지 않는 경우도 있었다. 인터넷에서는 이 경우를 '폐급'이라고 불렀다.

"배지가 없는 분들은… 등급 외입니다. 이분들은 하급 클래스를 함께 듣지만, 밤에 시간 외 특수 트레이닝도 받아야 합니다."

솔직히 이 악물고 한다면 그냥 하급보다 카메라를 받기 유리한 위치였다. 스토리 짜기도 좋고.

'하지만 막상 당사자가 되면 다른 생각이 들겠지.'

저기 손을 부들부들 떨고 있는 아역배우 출신이 좋은 예시였다. 십 년 전에 천만 명이 본 스릴러 영화에 나왔다던데, 이후 불우한 사정으로 활동하지 못했다고 구구절절 말하더라.

저 참가자는 댄스가 등급 외 판정, 보컬도 하급이다. 상태창으로는 각각 F급 D급. 아이돌 자체보다는 방송 재기를 노리고 나왔을 것이다.

단지 좀 놀라운 점은, 저쪽 이름도 '이세진'이었다.

동명이인이 있을 줄은 몰랐다. 당연히 데뷔한 쪽은 다른 쪽이겠지만. 왜 저쪽이 데뷔한 이세진이라고 생각하지 않냐고? 딱 봐도 초반 화제성용으로 써먹고 버릴 패처럼 보이니까.

일단 기분 상한 걸 못 참는지 대놓고 표출했다.

'PD가 좋아하겠군.'

이윽고 배지가 다 배부되자 거대한 스크린에 불이 들어왔다.

"지금, 여러분이 연습할 곡이 공개됩니다. 앞으로 열흘간! 여러분은 최선을 다해 이 곡을 마스터해서 〈아이돌 주식회사〉의 주주님들께 선보이게 됩니다!"

내년까지 질리도록 온갖 장소에서 흘러나올 곡이었다. 심지어 미디어를 끊은 공시생인 나도 후렴 안무까지 기억났다. 〈POP☆CON〉급은 아니었지만, 그래도 따라 할 만한 동작이었다.

"이번 재상장 시즌의 곡… 〈바로 나(Shining Star)〉입니다!"

귀에 붙는 비트와 함께 적당히 벅차고 참아낼 만큼 유치한 가사가 흘러나오기 시작했다.

-무대 위 서 있는 나

아직은 모를 거야

내 안에 요동치는 STAR LIGHT

섬광처럼 네게 다가갈걸

화면에 댄서가 나타나 안무 동작을 소화했다. 여기저기서 탄성과 오묘한 신음이 나왔다. 그리고 나도 깨달았다.

후렴의 그 난이도는 훼이크였다. 대중성을 위해 거기만 따라 하기 쉽게 만들어놓고 도입부는 더럽게 복잡하게 구성해 둔 것이다.

외울 엄두도 내지 못하고 1절이 혹 지나갔다. 그리고 후렴이 터져 나왔다.

  −오늘 무대 위에 빛나는 건
  바로 나!
  그래 네가 만들 Shining Star
  바로 나!
  마침내 깨어나 빛을 발해
  잘 봐, 이 순간~
  내가 제일 빛나는걸!

심지어 후렴의 '그 안무'도 발재간까지 보니, 하다가 넘어질 것처럼 보였다.
"……."
나는 곧바로 마음을 정했다.
"상태창."
그냥… 자지 말자.
"…'잠은 죽어서 자는 것이다' 활성화."

칼로리. 칼로리를 잘 계산해야 했다.
무슨 말인가 하면, 안 자고 활동하는 만큼 칼로리 소모가 심할 것을 진작 알아차려야 했단 뜻이다. 첫날 밤을 샐 때 배가 고파서 짜증을 낼 뻔했다.

—이, 이, 이거… 드실래요?

그리고 선아현이 초콜릿바를 줬다. 고마워서 몇 마디 하다 보니 말을 놨다. '박문대'랑 동갑이더라. 시퍼런 어린애랑 말을 놓으니 정말 회춘한 실감이 났다.

이튿날부터는 삼시세끼와 음료수까지 최대한 입에 욱여넣었다. 밥이야 뭐… 짬밥 맛이었지만, 양 제한이 없다는 점은 좋았다.

그렇게 아흐레째 되는 날, 안무를 다 외웠다. 처음부터 끝까지 한 동작도 빼놓지 않고.

피로 없이 밤 시간을 다 쓸 수 있다는 건 확실히 효과가 있었다. 게다가 레벨업도 몇 단계 이뤄졌다.

[이름 : 박문대 (류건우)]

Level : 7

칭호 : 없음

가창 : A-

춤 : D

외모 : C+

끼 : C

특성 : 잠재력 무한, 잠은 죽어서 자는 것이다(D)

!상태이상 : 데뷔가 아니면 죽음을

남은 포인트 : 3

500번까지는 백 단위 업적이 제법 있어서 다행이었다.

하지만 포인트 분배를 일부러 하지 않았다. 지금 해봤자 큰 임팩트가 없을 테니까.

'오늘까지… 5명.'

벌써 5명이나 댄스 하급에서 중급으로 승급했다. 겨우 며칠 트레이닝을 받았다고 실력이 극적으로 늘어난 사람은 드물 테니, 대부분 첫 심사를 망쳤다가 이제 자기 실력을 찾아간 거겠지.

'여기에 포함되어 봤자 묶여서 지나가 버릴 확률이 높다.'

그럼 승급의 의미가 없었다. 실력이 늘어났다는 걸 좀 더 극적으로 보여줘야 했다.

'심지어 나는 쓸 만한 장면도 충분하지.'

첫날부터 안무가에게 깨졌기 때문이다.

-다시!

-발, 왼발 굽히고!

-팔을 왜 휘둘러? 위로 잡아!

첫째 날, 클래스가 시작하자마자 안무가는 말을 놓고 참가자들을 전방위로 무자비하게 조졌다. 덕분에 분위기는 갈수록 초상집처럼 무거워졌다.

그리고 클래스가 끝날 때 즈음, 안무가는 나를 콕 집어 말을 걸었다.

－문대야.

－예.

－너 안무 계속 이러면 다음 평가에서 답 없어.

－…….

내가 이 클래스에서 특출나게 못하는 편은 아니었다. 애초에 '하급' 클래스였으니까. 굳이 따지자면 중간 정도일까. 몸치 아닌 일반인이 열심히 노력하는 수준이었다.

하지만 이 안에서 내가 제일 첫 등수가 높았다. 그러니 이건 기대치의 문제였다.

아니나 다를까, 지난 시즌과 비슷한 대사도 나와주고.

－아니, 나 그런 생각도 든다. 내가 등수를 잘못 줬어. 너 애초에 그 등수를 받을 실력이 아니었던 것 같아.

정답이었다. 아마 본인도 알면서 방송 재미를 위해서 이러는 거겠지.

－제대로 하자, 응? 정신 차리고.

－예.

정말 운 좋게 재능이 있는 경우라면 모를까, 대부분은 며칠 트레이닝 받는다고 갑자기 없던 기본기가 생길 일은 없다. 하지만 나는 가능하니 그냥 결심한 것처럼 고개나 끄덕이자.

알맹이 없는 비판과 조언은 감흥 없었다. 하지만 남이 보기에 마음 상할 만한 일로 보인다는 게 중요했다. 이런 자극적인 소재는 아까워서라도 살려야 했다.

그러니 나는 기다려야 한다.

"수고하셨습니다!"

"그래, 포기하지 말고."

땀에 절어 헉헉거리는 참가자들의 인사에 안무가가 고개를 끄덕거렸다. 그리고 스탭들이 카메라를 정리하는 것을 확인한 후, 자신의 폰을 들여다보며 클래스를 나갔다.

"후우."

오전의 댄스 클래스는 이걸로 끝. 이제 식사 후 보컬 클래스다.

점심은 불고기와 미역국이 나왔다. 먹을 수 있는 만큼 열심히 먹어 뒀다. 그리고 간단한 샤워 후에, 홀로 보컬 상급 클래스로 이동했다.

아, 그러고 보니 고백할 것이 있다.

"그럼 문대가 불러봐야겠네~"

보컬은 날로 먹는 중이다.

보컬 클래스의 트레이너는 심사위원 뮤디였다.

내 첫 평가에서 후한 점수를 줬던 그녀는 다른 참가자들에게도 좋은 말을 전방위로 던졌었다. 그래선지 트레이닝도 좋은 말로 다독이는 편이었다.

물론, 화를 내는 상황이 아예 없단 뜻은 아니다.

"원길아, 그게 아니라⋯ 하."

"⋯⋯."

5일째 같은 박자를 틀린 참가자가 고개를 푹 숙였다.

자책감보다는 짜증 난 표정을 숨기려는 것 같지만, 아무래도 상관없는 일이었다. 중요한 건 저 호인 코치도 지긋지긋함을 숨기기 힘들어할 만큼 실수가 잦다는 점이니까.

그리고 여기 원흉이 있다.

"문대야. 여기 한번 불러볼래?"

"예."

트레이너의 지목에 앞으로 걸어 나오자 전자 피아노로 반주가 깔렸다. 나는 반주에 맞춰 익숙하게 프리코러스 부분을 소화했다.

"미래를 그리네 별똥별처럼~"

깨끗한 소리와 정확한 박자에 트레이너가 고개를 끄덕이자, 깨지던 참가자가 초조하게 발을 비볐다.

그렇다. 내가 이 테마곡을 처음부터 너무 잘 불러 버린 게 화단이었다. 이미 이 곡을 알고 있던 사람과 모르는 사람과의 출발점이 차이 나는 것은 어쩔 수 없는 일이었다.

심지어 나는 데모가 아니라 완성곡을 들은 상태였으니 그냥 기억나는 것을 토대로만 불러도 괜찮았던 것이다. 게다가 하필 내 목소리가 이 곡에 딱 맞아떨어졌다. 부르는 방식도 때 타지 않은 느낌이라 좋다고 트레이너가 흐뭇해하더라.

그리고 지금도 흐뭇해하는 뮤디를 보며 수군거리는 놈들도 있었다.

"…쟨 진짜 잘한다."

"그러게."

가뜩이나 기준치가 높은 상급 클래스에서 기대치의 표본 같은 참가자가 일반인 출신이기까지 하니, 다른 녀석들은 영 죽을 맛일 것이다. 특히나 보컬만이 장점인 참가자라면 더하겠지.

첫 평가에서 확인한 바로는 이번 시즌에 보컬이 A급인 참가자는 2명이었다. 그리고 둘 다 댄스는 C급 이하. 나를 포함해서 다들 고만고만한 조건이었다.

그리고 지금 깨지는 중인 저 '최원길'이란 참가자가 바로 그 두 명의 A급 중 하나였다. 재밌는 건, 촬영 전에 내게 인맥감별을 시도한 중학생이 바로 이놈이다. 중학생이 아니라 고1이더라.

어쨌든 자의식이 비대할 나이에 며칠째 트레이너에게 이런 소리를 듣고 있으니 열 받을 만도 했다. 그것도 자기가 만나자마자 무시했던 상대와 비교당하면서.

"그렇지!"

내가 부르던 프리코러스 파트가 끝나자마자 트레이너가 속이 시원하다는 듯 건반을 팅 튕겼다. 경쾌한 타격음에도 최원길은 고개를 들지 않았다.

"원길아, 여기 어떻게 불러야 하는지 알겠어?"

"……."

능력치상 이 정도로 실수가 잦을 것 같지는 않은데. 첫날 내가 완곡을 클리어한 이후 지속적으로 시비를 걸더니, 결국 멘탈이 박살 난 모양이다.

어디 보자, 첫날에는 대충 이런 식으로 시작했던 것 같다.

―와, 형님 노래는 또 칭찬받으셔서 다행이네요. 댄스 하급에서도 얼른 올라오셔야죠!

―좀 아마추어 같은 느낌이라 순수해서 이 곡에 잘 맞으시는 것 같아요.

애매하게 사람 신경 건드는 말을 툭툭 던졌었지. 상대가 섣불리 화내면 역으로 병신 취급당할 교묘한 뉘앙스였다. 게다가 전부 마이크 뗀 후에 한 말이기도 하고.

하지만 이 정도로는 열 받는 걸 참을 수 없었던지 결국….

―운 되게 좋으시네요. 부럽다. 연예계에서 제일 중요한 요소잖아요. 춤도 어떻게 운으로 할 수 있으면 좋았을 텐데 아쉬우시겠어요. 그래도 파이팅!

―역시 열심히 하는 사람 위에 운 좋은 사람 있는 게 맞는 것 같아요. 되게 목숨 걸고 간절한 사람들이 여기 대부분이잖아요. 근데 어쩌다 참가했는데도 이렇게 좋은 평 받으시고.

이 수위까지 왔다.

이제는 노골적으로 시비를 걸어서 슬슬 대충 무시하기도 민망해지고 있다. 그렇다고 일부러 아는 걸 못할 수도 없으니 어쩔 수 없는 노릇이다.

너는 모르겠지만, 이쪽도 생사가 걸려 있어서 말이다…….

"침착하게, 너무 긴장하지 말고 다시 해보자."

"……네."

최원길은 애써 노래를 다시 시작했다. 그리고 또 실수를 했다.

'안됐군.'

나는 그날도 보컬 클래스가 끝날 때까지 트레이너에게 칭찬을, 최원길을 비롯한 몇몇 참가자들에게 날 선 시선을 받았다. 이런 서열을 가늠하는 분위기가 오랜만이라 피곤했지만 나쁘지 않았다. 진짜 X밥이면 이런 견제도 없었을 테니까.

그리고 두 클래스의 이런 상태가 모두 그대로인 채로 차곡차곡 연습 업적이 쌓이며 트레이닝 마지막 날이 왔다.

마지막 날 오전, 보컬 상급 클래스의 참가자들은 음원을 녹음했다. 어차피 떼창으로 들어가는 데다가 이름이 명시되는 것도 아니라 큰 의미는 없을 것이다. 대신 오후에 집중하자.

기다리던 등급평가의 시간이었다.

세트장에 불이 켜진다.

"다들 잘 지내셨나요?"

"아~ 힘들었어요!"

"저도 아주 그냥… 피곤해서 푹 잤네요."

"열심히 지도하시느라?"

"그렇죠! 아, 오늘 보람이 있어야 할 텐데."

심사위원들은 의자에 둘러앉으며 서로에게 적당한 인사말을 던졌다. 이미 오전에 대기실에서 인사를 끝낸 상태였지만, 방송용 오프닝 신을 위한 보여주기식 대화였다.

그들이 들어와 앉은 세트장은 다대일 면접실처럼 꾸며진 방이었다. 지지난 시즌의 세트장을 재활용한 것으로, 특수한 효과가 준비되어 있었다. 사전에 최대한 리액션을 보여달라고 당부받은 심사위원들은 모르는 척, 천연덕스럽게 말을 던졌다.

"여기 완전… 그거 같네요. 되게 중요한 면접 볼 것 같아."

"중요한 면접 맞죠~ 등급 면접!"

"아이돌 주식회사에 입사하기 위한 면접인가요?"

심사위원들의 말이 끝나기 무섭게 그들이 앉은 의자 앞 책상에 불이 들어온다.

"와!"

책상에 화려한 필기체로 'SHINE YOUR STAR'가 번쩍였다. 이번 시즌의 캐치프레이즈가 거창한 모습을 드러내자 심사위원들이 다른 시즌에서 으레 그랬듯이 박수를 보내기 시작했다.

하지만 거기서 끝이 아니었다. 벽까지 덜컹 움직이기 시작한 것이다.

"어어?!"

"이거 뭐야!"

심사위원들의 능숙한 리액션과 함께 면접실 세트장의 벽이 바닥으로 내려갔다. 그러자 벽이 사라지며 탁 트인 전체 세트장이 드러났다. 고개를 이리저리 돌리는 심사위원들의 뒤에서 MC의 목소리가 쩌렁쩌렁 울렸다.

"더 새로워진 아이돌 주식회사의 재상장! 그 첫 번째 관문은… 전면 공개 평가입니다!"

"와!"

심사위원들의 등 뒤를 채우고 있던 것은 야외극장 같은 관객석이었으며, 그 앞자리를 참가자들이 빼곡히 메우고 있었다. 그냥 임시대기용 자리인 줄 알았던 참가자들이 경악하는 모습과 프로페셔널한 MC의 모습이 대비되었다.

"같은 곡을 연습한 77명의 참가자들은 서로를 관객으로 평가를 치르게 됩니다!"

사실 첫 평가 때도 참가자들은 서로의 무대를 볼 수 있었다. 그러나 같은 곡을 같은 기간 내에 연습한 사람들을 대놓고 관객으로 두고 평가할 줄은 몰랐는지 다들 얼굴이 굳었다. 지난 시즌까지는 혼자 연습실에 입장해서 단독평가를 받았기 때문이었다.

"등급평가, 그 순서는 순위대로, 그러나~ 반대로 갑니다!"

"…!"

"77위 추성구 군 앞으로 나와주세요!"

호명된 참가자가 반쯤 죽은 것처럼 비틀거리며 무대로 향했다.

동정 어린 시선과 속삭임이 쏟아졌지만, 박문대는 입을 다문 채였다. 선아현의 첫 등수평가 때처럼, 동정은 편집에 따라 기만적으로 보일 수도 있다는 걸 익히 봐온 탓이었다. 촬영 데이터 가격을 매기기 위해 주기적으로 아이돌 커뮤니티를 서치하던 경험에서 나온 감각이었다.

"네. 수고하셨습니다."

"…감사합니다……."

당연하게도 77위 참가자는 1절 대부분을 날리고 평가를 완전히 망쳤다.

"……."

싸늘하고 불안한 분위기 속에서 그다음도, 다다음 순서의 참가자도 무대를 반쯤 뭉갰다. 대여섯 명쯤 그렇게 보내고 나니, 심사위원들도 얼굴에서 불편함을 감추지 못했다.

잔인하고 적나라한 순서 배치였다. 하지만 제작진이 손해 볼 것은 없었다.

'어차피 못할 거면 자극적인 컷이라도 뽑아야 출연료 값을 하지.'

버림패로 쓴 것이다. 그리고 더 확실히 조명하기 위해서이기도 했다.

하위권 중 멘탈이 무너질 상황에서도 무대를 이 악물고 소화할 수 있는 정신력의 소유자. 혹은 이 짧은 기간에도 의미 있는 성장을 보여 준 참가자들을 말이다.

실력이 처참한 참가자 중 눈에 띄게 잘생기거나 사전에 인지도가 있는 사람들은 실력으로 눈길을 끈 게 아니니 상관없을 거란 계산도 들어 있었다.

재밌게도, 전자와 후자를 모두 충족하는 참가자도 있었다.

"이세진 참가자, 고생 많았겠어요."

"장하다!"

"허, 허억, 헉…. 감사, 합니다."

아역배우 출신 이세진이었다. 시뻘건 얼굴로 겨우 숨을 몰아쉬면서도 일단 곡을 끝까지 놓치지 않고 따라간 것이다.

'소화했다'고 표현하기에는 턱없이 부족했고 어색했다. 하지만 무대를 말아먹은 비슷한 등수의 참가자들이 전후에 배치되니 상대적으로 훨씬 괜찮아 보였다.

박문대는 짧게 의심했다.

'혹시 저쪽이 데뷔하는 이세진인가?'

물론 장담할 수 없는 일이었기에, 그는 해당 참가자를 경계 리스트에 포함시키는 것으로 생각을 곧장 마무리했다.

'약쟁이는 멀리해야지.'

그리고 지루한 중간층 평가구간이 이어졌다.

참가자들의 실력은 점점 괜찮아졌고, 간혹 눈에 띄는 참가자도 있었다. 하지만 같은 곡을 마흔 번 넘게 듣는 것은 질리지 않기가 더 힘든 일이었다. 초반의 끔찍한 분위기가 진정된 후에는 다들 자기 실력은 얼추 챙겼기에, 심사위원들도 평안을 되찾고 무료함을 느끼기 시작했다.

"으음…."

"괜찮네요."

그 무료함이 최고점을 찍었을 때 즈음이 박문대의 차례였다.

선아현이 허연 얼굴로 박문대에게 주먹을 들어 보였다. 비장한 표정이었다. 바로 직전에 평가를 마친 그는 그럭저럭 괜찮게 곡을 소화해냈다.

"화, 화… 화이팅."

"…? 어, 그래."

애는 왜 갑자기 친하게 굴지?

박문대는 의아해하면서도 입으론 착실히 인사를 돌려주었다. 사회적 눈치 보기의 승리였다.

그는 터벅터벅 걸어서 무대 위로 올라갔다. 고양감으로 머리가 슬쩍 달아오르는 느낌이 낯설었다.

"22위 박문대 군!"

"예."

심사위원들은 전체적으로 심드렁한 태도였다.

'노래는 잘하고 춤은 못 추겠지.'

며칠간의 도돌이표로 박문대에 대한 기대감이 사라진 안무가는 약간 퉁명스럽게까지 생각했다.

'슬슬 귀찮다.'

"등급평가 시작합니다."

지겨운 전주가 흘러나오며, 박문대는 첫 번째 동작을 시작했다. 양팔을 당겨 몸을 돌리는 큰 동작이었다.

"……?"

제일 먼저 위화감을 느낀 것은 안무가였다.

'선이 다른데?'

바로 이틀 전 마지막 대면 클래스 때까지만 해도 박문대는 '춤 선'이랄 게 없었다.

맺고 끊는 점, 힘을 주고 빼는 점을 맞출 수 있는 감각. 그게 율동과 춤을 가르는 기준이라면 박문대의 움직임은 율동이었다. 분명 그랬는데……

'왜… 잘 추지?'

─무대 위 서 있는 나

엄밀히 말해, 박문대의 춤은 경탄스러울 만한 정도는 아니었다. 그냥 군무에 들어가면 안 튀겠구나 싶은 완성도.

하지만 달리 말하자면 군무에 낄 수 있을 만큼의 보는 즐거움은 갖췄다는 것이다.

'당장 저게 데뷔곡이라고 쳐도…'

얼추 다른 인원에게 밀리지 않을 것 같았다. 말도 안 되는 발전이었다! 안무가는 예상 못 한 상황에 약간 흥분했지만, 곧 냉정해졌다.

'이틀 만에 갑자기 없던 재능이 생길 순 없지.'

그러니 머리를 좀 썼다면, 딱 첫 도입의 임팩트를 위해 극 초반만 어떻게든 맞추려고 했을 터다.

'조금만 있으면 도로 율동으로 돌아갈…'

"……"

하지만 돌아가지 않았다. 박문대는 처음의 그 수준을 그대로 끌고 후렴에 들어갔다.

아니, 오히려 후렴에서 완급조절이 더 괜찮아졌다. 대다수의 하급 클래스 참가자처럼 사지 끝을 흐느적대지 않는다. 관절 주변을 대충 뭉개 추는 게 아니라 확실히 각을 잡는다.

–오늘 무대 위에 빛나는 건… 바로 나!

게다가 노래도 단 한 부분 놓치거나 생략하는 부분 없이 정직히 다 부르고 있다. 기교는 부족하지만, 음 이탈 한 번, 플랫 한 번 없이 깨끗하고 울림 좋은 소리였다.

안무가의 옆에서 심사위원 뮤디가 경쾌하게 펜을 두드렸다. 무의식 중에 나오는 행동인 것 같았는데, 그만큼 마음에 쏙 든다는 뜻일 것이다. 보컬에는 큰 조예가 없는 그의 귀에도 지금까지 참가자 중에 박문대가 제일 나았다.

–잘 봐, 이 순간… 내가 제일 빛나는걸!

아니, 훌륭한 수준이다. 깨끗한 음색이 귀에 콱콱 들어온다.

'문외한이 저 춤을 따라가면서 노래를 안정적으로 부르려고 얼마나 노력을 했을까?'

안무가는 무심코 온정적으로 생각해 봤다. 그는 '잘하는, 전도유망한, 가능성 넘치는' 사람과 그렇지 못한 사람을 확실히 구분해서 대우했다.

그리고 지금 안무가의 내면에서, 춤에 별 재능이 없어 보여 떨어졌던 박문대의 등급이 재조정됐다.

'자기 장점이 노래니까, 안무 중에 노래를 안정적으로 불러야 한다는 데 신경 쓰느라 그동안 안무는 익히는 것에 급급해 보였던 건가.'

하지만 그래도 위화감이 사라지진 않긴 했다.

'…아무 계기 없이 이틀 만에 춤이 되긴 힘든데.'

그 와중에 박문대는 기어코 2절 마무리까지 템포와 힘을 잃지 않고 곡을 끝마쳤다.

"……."

심사위원석은 고요했다. 그는 의아함과는 별개로, 문득 긍정적인 감정이 머리로 치고 올라오는 것을 느꼈다.

기특함이었다.

"후욱, 후, 감사합니다."

곡이 끝난 직후, 박문대는 체력을 다 쥐어짜 냈는지 시뻘겋게 달아올라서 숨을 몰아쉬고 있었다. 과감히 선곡을 지르고 표정 변화도 없던 첫 평가 때의 뻔뻔함 대신, 열감이 가득한 얼굴이었다.

참… 노력했구나, 하는 기분이 들게 하는 얼굴.

그런 간극은 보는 사람을 꽤히 울컥하게 만드는 효과가 있었다. 안 그래도 안무가의 옆에서는 뮤디가 금방이라도 칭찬을 한 바가지 쏟아낼 것 같은 눈을 하고 있는 중이었다. 아마 정도는 덜하겠지만 다른 심사위원도 마찬가지일 것이라고 안무가는 짐작했다.

하지만 자기만큼 이 임팩트를 방송적으로 살릴 사람은 없었다. 보름간 댄스 클래스에서 갈군 게 자신이니까. 그래서 안무가는 영린에게 첫 평가를 주라는, 제작진의 암묵적인 눈치를 일부러 못 본 척했다.

그리고 먼저 마이크에 대고 입을 열었다.

"문대야."

"후우…, 예."

"잘했어."

"……."

간단해서 더 확실한 칭찬이었다. 박문대는 대답 대신 씩 웃었다. 보름 내내 무덤덤했던 그 참가자답지 않은, 개구지게 보일 만큼 확실한 미소였다.

역시 좋은 반전은 승리한다. 이 공식이 아이돌 오디션 프로에서 통하지 않을 리가 없었다.

나는 심장이 목 밖으로 튀어나올 것처럼 숨이 찬 와중에도 안도감으로 마음이 편안해졌다. 심사위원들에게 괜찮은 리액션이 나오고 있었다.

"세상에, 너무 기특하다."

"문대 씨 오늘 뭐, 흠잡을 곳이 없네요~"

"참 잘했어."

돌연사로부터 한 걸음 더 멀어진 느낌이었다.

'역시. 촬영 내내 모은 포인트 3점을 전부 춤에 투자한 건 정답이 맞았다.'

그래서 지금 춤은 C.

솔직히 가창을 키울 때보다 레벨업의 체감이 컸다. 머리로 알아도 몸이 따라와 주지 않던 것이 순식간에 체득되는 느낌이었다. 쓸 수 없던 근육을 갑자기 쓸 수 있게 되는 감각도 전신에 선명했다. 쾌감이 느껴질 정도였으니까.

'아마 이 정도면 상급은 못 가도 중급 클래스 참가자와 비슷할 것 같은데.'

심지어 첫 일주일간 잠도 자지 않고 안무만 외웠으니 툭 치면 튀어나올 만큼 안무 숙달도 됐다. 이 곡으로 한정 짓는다면 웬만한 댄스 중급 클래스보다 괜찮을지도 모른다는 뜻이다.

'그걸 중간 과정 없이 한 번에 터뜨렸지.'

통편집만 되지 않는다면, 이걸로 일단 1차 탈락은 패스할 것이다. 차근차근 생존을 향해 잘 나아가고 있는 것 같다.

그리고 예상 질문도 나왔다.

"근데 문대야, 이틀간 대체 뭐 했어?"

안무가의 질문에 심사위원 뮤더가 입 모양으로 '왜요?' 하고 되묻는 게 나한테도 보였다. 안무가가 그것에 대답이라도 해주듯 설명을 덧붙인다.

"춤이 갑자기 되네? 우리 안 본 이틀 만에 갑자기."

"그게…."

나는 숨을 고르고, 일부러 살짝 어수룩하게 머리를 털었다. 민망해하는 것처럼 보였을 것이다.

"잘하는 친구한테 물어봤습니다."

"잘하는 친구?"

"선아현이요."

말하자면 연막이다. 상태창으로 레벨업했다고 할 수는 없으니 대신 감성적으로 슬쩍 넘어가려고 한다.

마침 룸메이트에 댄스 상급 클래스인 선아현이 있었다. 또래한테 직접 실전성 넘치는 조언을 받으니 확 늘었다는 건 없는 사례도 아니니까, 그림상 한번 시도해 보았다.

―혹시 시간 괜찮아?

―나, 나한테 말한…?

―어. 미안한데 혹시 상황되면 이 동작 좀…….

―으, 응! 돼!

―…음, 그래.

게다가 선아현은 내가 대충 운만 뗐더니 반색하면서 너무 열심히 가르쳐 줬었다. 못 늘었으면 미안했을 정도였다. 거의 두 시간쯤 동작마다 쪼개가며 열정적으로 알려줘서 좀 당황했었다.

'대충 구색만 맞추려던 거였는데…….'

아무튼, 감 못 잡는 일반인 참가자를 도와준 이미지면 선아현한테도 손해는 절대 아닐 것이다. 나쁘지 않지 뭐.

상황을 좀 더 강화해 볼까. 쓸데없는 말을 더 덧붙여보자.

"…아현이 되게 친절해요."

"야, 그럼 난 안 친절하다는 소리야?"

안무가가 곧바로 찌르고 들어왔다. 하지만 얼굴은 피식피식 웃고 있는 게 장난치는 기색이 가득했다. 대충 잘 넘어간 느낌이다. 심사위원들의 사이에 훈훈한 분위기가 감돌았다.

"제가 첫 평가에서 말했던 내용, 기억하시나요?"

'세인트유'의 영린이 부드럽게 물었다. 진짜 묻는 게 아니라 말문을 트는 문장인 것 같았다.

"춤에 숙련도가 아예 없어서, 앞으로 미션이 버거울 거라고 했는데."

영린이 희미하게 웃었다.

"제가 잘못 말한 것 같네요. 박문대 씨는 버거워도 잘 이겨내실 것 같습니다."

"감사합니다."

"오늘, 참 잘 봤습니다. 다음에는 좀 더 움직임에 여유가 있으면 좋겠어요."

"그럴 수 있도록 노력하겠습니다."

저 말 하나로 갑자기 여유를 가질 수 있을 리는 없지만, 대답은 확실히 해야 하는 게 오디션 프로그램이었다. 좀 재밌군.

어쨌든, 성공적이었다. 나는 이어지는 심사위원들의 호평을 받으며, 적당히 예상했다.

'등급은 골드겠군.'

다른 여타 아이돌 오디션 프로들처럼, 〈아이돌 주식회사〉에서도 테마곡은 가장 먼저 대중에게 노출되는 컨텐츠였다. 그리고 테마곡의 분량은 당연히 잘하는 사람 위주로 돌아간다. 이 '잘하는 사람'의 기준을 가르는 것이 이번 등급이었다.

클래스 나누는 배지에서 대충 짐작했겠지만, 골드-실버-브론즈 순으로 상중하 등급이 나뉘었다.

"그러나 브론즈의 조건도 충족하지 못하는 참가자는… 방출입니다!"

저 소리는 매 시즌마다 했지만 한 번도 실현된 적은 없으니 신경 쓰지 않아도 된다. 그리고 이 세 분류 위에 등급이 하나 더 있었다.

"더 새로워진 모습으로 돌아온 〈아이돌 주식회사〉, 이번 재상장 시즌을 대표하는 플래티넘 등급을 받게 될 참가자는 과연 누구일까요!"

바로 플래티넘 등급이었다.

인터넷에서는 다단계부터 부모님 안부 묻는 게임까지 온갖 비유를 들어 이 등급을 밈(Meme)화했었지. 제작진의 작명 센스가 다이아까지는 가지 않아서 솔직히 약간 안심이다.

내 속마음이야 어쨌든 간에 다른 참가자들은 다들 바짝 굳은 채로 MC의 발표를 기다리는 중이었다. 참가자 각자의 앞에는 화려한 금속 상자가 배치됐고 그 안에 등급을 상징하는 배지가 들어 있었다.

나는 이미 등급을 짐작하고 있었기 때문에 별생각이 없었다. 실버는 26위부터였는데, 대충 상태창 수치만 봐도 이제 25위 안에는 들었다. 그리고 플래티넘 등급인 10명 안에 들기에는 수치가 부족했고.

'그럼 골드지 뭐.'

"참가자 여러분, 등급박스를 오픈해 주세요!"

나는 심드렁한 티를 내지 않으려 표정을 잡으며 상자를 툭 열었다가… 굳었다. 상자 안에는 홀로그램 반사 처리를 한 백금빛 배지가 번쩍거리고 있었다.

플래티넘 등급 배지였다.

"······."

내가 굳어 있자니, 옆에서 자신의 금색 배지를 들어 올리던 선아현이 고개를 기웃거렸다. 그리고 자기가 화들짝 놀랐다.

"우, 우, 우와, 우와아!"

"뭐야? …헐, 대박!! 와 대박이야!!"

마찬가지로 골드 배지를 들고 있던 (전)20위 이세진이 내 상자 속을 보고 소리를 지르더니 내 등을 때리며 외쳤다.

"너 진짜 대박! 플래티넘!!"

언제부터 우리가 친했다고 이러는지 모르겠다. 오며 가며 인사만 하지 않았나? 그것도 저쪽이 먼저 해서 마지못해 했는데.

나는 심호흡 후에 상자에서 배지를 집어 들었다. 다른 참가자들은 내가 감격해서 그런다고 생각하는 것 같지만, 사실 머릿속이 복잡했다.

'왜 플래티넘이지?'

시즌마다 두셋 정도는 실력의 절대치가 아니라 성장치를 보고 플래티넘 등급을 주는 건 알고 있었다. 하지만 내가 그 정도까지는 아닌 것 같았는데.

그리고 깨달았다.

'…그 등급평가 순서!'

그것 때문에 중하위권에서 확 솟구쳐 오를 사람이 줄어든 것이다. 그래서 상대적으로 내가 뛴 것 같았다. 춤이 회귀로 인한 예습과 밤샘 연습으로 확실히 숙지된 상태라, 동급 상태창들보다 괜찮았던 것도 한몫한 것 같고.

"……흠."

나는 배지를 손에서 굴렸다. 눈도장 찍은 건 확실한 것 같은데, 어쩐지 뒷맛이 찝찝했다.

'이거 잘못하면 큰일 날 것 같은데.'

내가 다음 평가에서 한 치만 잘못해도 무슨 편집이 들어갈지 몰랐다. 첫 시즌에서도 한 참가자가 이런 비슷한 루트로 호되게 당했었다.

아니, 생각해 보니 다음 평가까지 갈 것도 없었다. 지금 플래티넘 등급을 받는 게 편집점이 조금만 어긋나도 욕을 있는 대로 처먹을 것이다. 당장 저기서 날 노려보고 있는 최원길이 '솔직히, 완전하게 납득이가지는 않았어요' 같은 인터뷰라도 하면 아주 좋은 먹잇감이 될 테지.

그렇다고 여기서 싫은 티를 내는 건 미친 짓이다.

'어쩔 수 없지.'

나는 천천히 배지를 들어서 몸에 달았다. 고개를 돌리자 플래티넘 배지를 달고 있는 다른 참가자들이 보였다.

예상대로 첫 번째 평가 1, 2위는 둘 다 플래티넘. 그 외에도 소파에 앉았던 인원들은 대부분 다시 플래티넘을 받았다. 몇몇 골드로 떨어진 참가자들의 틈을 나와 10위권 참가자들이 파고든 모양이었다.

20위권은 나뿐이었다. 젠장.

'집중포화가 쏟아지겠군.'

…아니, 좋게 생각하자. 실제로 좋은 일이니까.

'분량은 많겠네.'

어차피 무대 직캠 뜰 때까지는 분량 싸움이었다.

초반에 무조건 탈락은 면하겠으니, 내 목표인 '1년 내로 데뷔'에는 착실히 다가가고 있는 중이었다.

'여기서 미친 비호감만 되지 않으면 된다.'

나는 굳게 다짐했다. 꼬투리 잡힐 일을 더 줄이자. 미친 듯이 레벨업을 해서 춤 노래에 다 때려 박자.

"플래티넘 등급을 받은 참가자분들부터 무대 위로 올라와 주세요!"

······그리고 일단은, 테마곡 무대에서 무조건 춤 스탯이 A인 참가자 주변은 피하자. 비교되면 답이 없으니까.

테마곡 무대는 플래티넘 등급 그룹을 중심으로 부채꼴로 참가자들이 배치됐으며 당연히 등급이 높을수록 앞으로, 센터로 왔다. 그 외에는 플래티넘 그룹만 출 수 있는 파트가 있다는 게 등급 특혜의 전부였다.

그러나 카메라에 한 컷 잡히는 게 초반 등수를 바꿀 수도 있기 때문에 다들 등급에 신경 쓰는 눈치였다. 게다가 제작진들이나 트레이너들도 등급에 굉장히 큰 의미가 있는 것처럼 말하고 움직이니 아직 어린 참가자들이 휩쓸리기 딱 좋았다.

무슨 말이냐 하면 플래티넘 배지 달자마자 말 거는 참가자가 다섯 배는 늘었다는 뜻이다. 고등학교 때도 겪어보지 못한 노골적인 사회적 서열에 약간 회의감이 들었다.

이렇게 분위기를 조성하다니, 이런 훌륭한 인성의 제작진들이 앞으로 무슨 짓을 할까······.

다행히 악랄한 제작진들도 연출적인 생각은 있었다.

플래티넘 등급 중에서도 댄스가 A 이상인 참가자들을 시작 타이밍과 댄스 브레이크에서 동선상 더 앞에 배치했다. 그리고 댄스가 비교적 약한 참가자는 교묘하게 뒤로 뺐다.

"박문대 참가자 여기로."

"예."

뭐, 당연히 나도 이 경우였다. 내 댄스브레이크에서의 동선은 골드보다도 살짝 뒤였다. 내 바로 옆에 선아현과 이세진(골드)이 보였으니까.

그러고 보니, 아역배우 이세진은 실버를 받았더라. 대충 흐름만 봐서는 진짜 저쪽이 데뷔하는 건 아닐까 의심스럽다.

"좀 아쉽지 않냐?"

그래서 이런 이세진(골드)의 친한 척 정도는 대충 넘기게 되었다. 혐의점에서 약간 벗어났다고 무심코 허들이 내려갔다.

"별로."

나는 덤덤히 대답했다. 플래티넘 등급치고 무대 위치가 그다지 좋지 않은 점을 말하는 거겠지.

"와, 나는 되게 아쉬웠을 것 같은데."

"넌 그럴 만도 하지."

"응? 왜 그렇게 생각해?"

"춤을 잘 추니까."

이세진의 춤은 A-였다. 보컬은 C+였는데, 고음에서 음 이탈만 나지 않았어도 저쪽이 나 대신 플래티넘으로 들어갔을지도 모르지.

"으음, 고마워!"

어쨌든 이세진은 기분이 좋아졌는지 활짝 웃었다. 그때, 불쑥 다른 목소리가 치고 들어왔다.

"춤 못 쳐요?"

맨 앞 정 가운데 서 있던 플래티넘 등급의 참가자였다.

멀뚱한 표정에 별 악의는 없어 보였지만, 문제는 저게 처음 등수평가에서 1위를 했던 놈이라는 점이다. 그리고 내가 알기로는 최종 1위기도 했다.

이름은 차유진. 내가 가던 고시촌 백반집 TV에서도 몇 번 얼굴을 본 적 있을 만큼 유명했다.

그런데 예상보다 희한한 놈이었다. 마이크도 켜져 있고 카메라도 돌아가는데 이렇게 묻는다고? 이렇게 막 던지는 성격으로 용케 1위를 했구나.

물론 상태창 내역도 그렇고, 평가마다 확실히 눈에 띄게 잘하긴 했다. 게다가 방송 편집 역시 우호적이었을 확률이 높았다. 괜히 이런 소재로 엮이지 말자.

그래서 일부러 피식 웃었다.

"내 평가 안 봤어요?"

그러자 뜨끔한 표정이 됐다. 의외로 이런 데서 양심에 찔리는 타입인가 보지.

"우리는 자기 무대를 준비해야 돼요. 그래서 잘 안 봤어요."

"그럼 다음에 보면서 판단해 보세요."

"알겠습니다."

차유진은 고개를 끄덕이더니 앞으로 시선을 돌렸다. 이세진이 황당하다는 기색으로 웃었다.

"외국에서 와서 그런가 봐, 말투가 독특하네?"

"그러게."

이세진 쪽도 카메라를 의식했는지 대화가 더 나가지는 않았다. 대신, 나는 무대 밖 스탭을 쳐다보았다. 슬슬 그쪽도 정리가 된 것 같았다.

"리허설 들어갑니다!"

스탭이 소리를 질렀다. 역시 세팅이 끝난 게 맞았나 보다.

나는 한숨을 참았다. 길바닥에서 장비 챙기며 기다리는 것도 힘들었는데, 이걸 직접 하게 될 줄이야.

지금 시각은 오전 6시. 그리고 본무대 녹화는 오후 4시.

고난의 행군이 될 것 같았다.

그리고 현재, 오후 8시.

본 촬영까지 마무리되었다.

"수고하셨습니다~!"

처음 예상대로… 고난이 따로 없었다.

"허어……."

"아… 죽겠다."

옆에서 앓는 소리를 내며 참가자들이 줄줄 바닥에 엎어졌다. 다들 땀에 절어 있었다. 나도 상태가 다를 게 없었지만, 먼저 엎어진 참가자들이 바닥을 메우고 있어서 앉을 공간도 없었다.

웃기는 일이었다.

'체력이 바닥났다.'

우선 오전 내내 녹초가 되도록 리허설을 했다. 그리고 그 후에야 짧게 휴식 겸 점심시간을 받았다. 식사는 아직 관련 PPL을 못 땄는지 그냥 은박지 싸인 김밥이었다. 대충 먹고 나니 우르르 스타일리스트 관련 직군들이 촬영장에 들어왔다.

―아, 진짜 뭘 둘 데가 없어~

―머리 이쪽으로 숙이세요!

―빨리 할게요.

그들은 대기실로 쓰이는 공터에서 열악한 환경에 짜증을 내면서도 참가자들을 기계적으로 화장시키고, 머리를 매만졌다. 솔직히 누군들 극적인 변화는 없었지만, 일단 방송용으로 봐줄 만큼은 됐다.

그 후에는 방송용 유니폼으로 갈아입었다. 이때쯤 내 쪽으로 카메라가 들어왔다.

―옷 마음에 드세요?

―…예.

여기서 싫다고 대답할 놈이 있기나 할까?

―어떤 점이 좋아요?

-음, 제복과 교복을 아우르는 디자인이라, 다양한 컨셉을 연출할 수 있을 것 같네요.

77명이 똑같은 옷을 입으니 남고로 돌아간 것 같아 좀 징그럽다는 감상은 말할 수 없어서 아쉽군. 말이 끝나자마자 주변의 다른 참가자들이 우수수 끼어들었다.

-저는 다양한 액세서리를 매치할 수 있어서 좋습니다~
-아! 배지랑 잘 어울리는 것도 좋아요!

여기서 나와봤자 지나가는 한두 컷일 텐데, 다들 정말 열정적이기 그지없었다.

그리고 본 촬영.
솔직히 여기서는… 편집이 어떻게 들어갈지 모르겠다.

-다시 갑니다~
-어억……

서른 번쯤 열사병에 걸릴 것처럼 더운 곳에서 떼거리로 춤을 추고 있자니 그런 걸 신경 쓸 정신이 없었다. 무슨 칭찬도 듣고 비판도 듣고 감동을 노린 동기부여 멘트도 들은 것 같은데, 머릿속에서 흐물흐물하다.

솔직히 기억이 희미했다. 서른 번 중에 제작진 놈들이 어떤 컷을 쓸지도 모르겠고.

나는 정신을 차리려고 애쓰며 PD의 말을 들었다.

"여러분, 정말 수고 많으셨고……,"

본무대 끝 즈음에야 슬그머니 나타난 메인 PD는 알맹이 없는 공치사를 하는 듯하더니, 다행히 몇 마디 후에는 쓸 만한 정보를 내놨다.

"……그리고 이번 무대는 다음 주 금요일 뮤직밤에서 나갈 거구요. 여러분은 그다음 날에 다시 촬영을 시작할 거예요. 그때까지 잘 쉬시는데요, 이게 여러분에게 엄청난 기회라는 건 절대 잊으시면 안 돼요. 이 기회 잡으셔야죠."

누가 보면 참가자가 노력만 하면 기회를 잡을 수 있는 줄 알겠다. 본인이 원하는 대로 기회를 재단할 수 있는 PD의 말에 참가자들은 열심히 호응했다.

"열심히, 죽도록 해봅시다."

"예!!"

"그럼 다음 주에 봐요. 수고했어요~"

"고생하셨습니다!"

다들 남은 힘을 쥐어짜서 환호를 지르고 박수를 친다. 나도 일단 박수를 쳤다. 손이 후들거렸다.

"……."

다음 주 뮤직밤 모니터링 때까지, 체력부터 키워야겠다.

일주일은 순식간에 흘러갔다.

체력을 키우려던 내 계획은 반만 성공했다. 첫 촬영이 끝나자 갑자기 열이 올라서 사흘간 약 먹고 이불 신세를 졌기 때문이다. 박문대의 몸이 몇 주간의 빡빡한 노동을 견디지 못한 모양이었다.

어쨌든, 3일 만에 털고 일어난 후에는 전투적으로 식사량을 늘렸다. 그리고 춤 연습과 근력운동을 병행하는 중이다.

[MusicBOMB!]

지금 뮤직밤을 시청하면서도 아령을 들고 있으니 제법 열심이라고 볼 수 있겠지. 그러니 반 정도는 성공이라고 치자.

[시원 씨, 신나는 EDM으로 돌아온 SoulWe의 무대, 잘 즐기셨나요?]
[그럼요, 시원이는 신나서 가슴이 다 시원~한데요?]
[지금 장난치신 거예요? 우우~]
[우우~]

화면에서 아이돌 한 쌍이 쾌활하게 사회를 본다. 프롬프터를 열심히 읽고 있는 것 같지만, 그래도 손발이 오그라드는 대본을 제법 능청맞게 읊었다. 바쁜 스케줄에도 시간을 쪼개가며 애쓰는 모양이다.

[시원 씨! 이제 장난 아닌 다음 무대, 바로 소개해 볼까요?]

[네. 그 소식 들으셨나요, 윤지 씨?]

[어떤 소식인가요?]

[주주님들께서 애타게 기다린 그 뉴스요! 바로바로~ 〈아이돌 주식회사〉가 재상장했습니다!]

[와아아!]

곧 시작하겠군. 나는 아령을 내려놓고 스마트폰을 들어 올려 미리 접속해 둔 페이지를 켰다. 거대 포털 사이트에서 만든 시청자 불판으로, 일반적인 인터넷 반응을 두루 살피기 가장 좋은 페이지였다.

마침 대형가수의 컴백 주도 아닌 터라 페이지는 아이돌 주식회사 이야기로 가득 차 있었다.

['MusicBOMB' talk talk!]

-재상장이래ㅋㅋㅋ실화냐?

-뇌절도 가지가지

-와 고굽척 시즌3!

-ㅋㅋㅋㅋㅋㅋ응 재상장 아냐 상장폐지야

-뭐임? 갑자기 여기 왜 이래요?

 ㄴ아주사 새시즌 만든대여ㅋ

 ㄴ아…….

-ㅎ노잼 무대 대신 댓글 보러온 거 나뿐임?

음. 예상대로의 반응들이 난립 중이군. 새로고침을 누를 때마다 색

다른 조롱이 우르르 쏟아졌다. 기존 뮤직밤 시청자들보다 몰려온 사람들이 더 많은 것 같았다.

그리고 그 반응들을 요약하자면 시즌 3는 무리수고 망할 게 확실하다는 말이었다. 시즌 2가 너무 장대하고 화려하게 자폭한 탓에 시리즈 자체에 망한 프로라는 인식이 굳게 박힌 듯했다.

아니나 다를까 시즌 2를 인용한 조롱도 눈에 띈다.

-이번에는 남자끼리 터지나? 더 큰 대한민국 가나요?ㅋ
└대한민국에선 동성결혼이 안 되자나 시즌2의 아성을 뛰어넘을 수는 없겠네^^ㅋㅋㅋㅋㅋㅋ
└시발ㅋㅋㅋㅋ

시즌 2가 자폭한 주요 원인이 여기에 있다. 남녀를 섞어서 참가자를 받고 혼성 아이돌 오디션으로 진행했던 것이다.

다시 생각해도 괴이한 발상이었다. 제작진이 무슨 바람이 들었던 건지 궁금하다. 정석대로 시즌 2는 남자 버전으로 만들었으면, 아니, 하다못해 여자 버전을 한 번 더 진행했어도 그 꼴은 안 났을 것이다.

그 꼴이 뭔가 하면….

-모르죠~ 또 누가 혼전임신 터져서 아이돌 오디션 계의 레전설로 남을지도
└억ㅋㅋㅋㅋ 두 시즌 연속 통수잼!
└지금이야 웃지 시발 그때는 진짜 트라우마될 뻔했음. 미친 새끼들 왜 오디션 프로에 기어 나와서 애먼 시청자들 빡치게 하고 지랄이야

ㄴ히익 급발진;

ㄴ예능에 과몰입 오졌쥬~

ㄴ응 그냥 예능 아냐 돈 처먹는 오디션이야~

ㄴ그 와중에 세기의 로맨스로 어떻게든 엮어보려고 아주사에서 염병첨병 떤 거 생각하면 아직도 치가 떨림ㅎ

그렇다. 혼전임신이 터졌던 것이다…….

연애여도 치명적인 이 판에 혼전임신이, 그것도 참가자들 간에 터졌다. 더 큰 문제는 혼전임신이 터진 두 참가자가 시즌 2를 견인하던 인기 참가자들이었다는 점이다.

제작진은 어차피 혼성 그룹이니 즉각 퇴출보다는 화제성 몰이에 써먹고 슬쩍 빼는 쪽이 그나마 낫겠다고 생각했던 것 같다. 그래서 안간힘을 쓰며 둘의 남은 방송 분량을 로맨스 리얼리티스럽게 편집했던 거겠지.

하지만 거기서 끝이 아니었다.

-양다리 혼전임신이라니, 돌판에 다시없을 미친놈이었자나.

-진짜 아주사는 전설이다…… 아니, 아주사가 아니라 망주사ㅎ

혼전임신 스캔들이 터진 참가자 중 남자 쪽은 사실 다른 여성 참가자와도 연애 중이었다. 해당 여성 참가자는 자신의 커리어를 위해 참고 넘길 생각이었지만, 핑크빛 방송분을 보고 눈이 돌아가서 언론사에 메신저 내역을 제보해 버렸다고 한다.

그 후는 뭐… 처참했다. 포털 실시간 검색어, 연예 뉴스 페이지, SNS까지 전부 작살났었다.

　그냥… 아주사 시즌 2는 파이널까지 못 가고 조기종영했다는 점만
기억해 두면 된다. 그리고 이런 초대형 스캔들이 아직도 시청자층의 머
릿속에 콱 박혀 있는 이상, 방영 초기에는 무슨 짓을 해도 조롱을 피
할 수 없을 것이다.

　나는 회상을 접고 다시 화면에 집중했다. 난리 난 댓글창과 대조적
으로, 뮤직밤 MC들은 여전히 생글생글 웃고 있었다.

　[주주님들의 투자를 기다리는 아이돌 주식이 가득!]
　[Shine your star!]

　그리고 여기서 그 유명한 캐치프레이즈가 나온다.

　[지금, 날아오르려는 아이돌에게 투자하세요!]

　그 순간 댓글 리젠이 갑자기 세 배로 늘었다.

　-날아오르라 주식이여…… 환상의 떡상…… ↖날아…… 오르라↗

　이것도 한때 흥했던 인터넷 밈이다. 아마 잘될 줄 알았던 참가자가
악편으로 망했을 때 자주 썼던 것 같다. 거의 도배 수준으로 올라오는
이 댓글들 사이로 한탄 글이 몇 개 지나갔다.

-와 이걸 또 쓰네

-문구 누가 정했을까 진짜 저제상 센스다

-ㄹㅇ 퇴물 아재가 힙한 척하려다 망한 것 같어

-시워니한테 저런 대사 시키지 말라고 미친 방송국 놈들아ㅠㅠ

나는 피식 웃었다.

"그래도 보긴 보네."

욕하려고 본단 말이지.

무관심보다 몇백 배는 나았다. 이런 초기 시청자층이 초반 입소문에 분명 기여할 것이다. 시즌 3가 대성공하는 건 이미 경험해 본 사실이니까. 어차피 이들 중 대다수가 파이널쯤 가면 (아주사 식으로 표현하자면)누구 주식이든 잡고 울면서 볼 것이란 뜻이다.

하지만 첫 무대부터 그러진 않겠지. 무슨 반응이 또 나올지 심히 기대가 컸다.

MC의 말이 끝나자, 몇 초 뒤에 TV 화면이 무대를 비췄다.

무대 위에는 영린이 서 있었다. 핀포인트로 꽂힌 조명이 윤곽 또렷한 얼굴에 드라마틱한 음영을 새겼다.

음, 원래 〈아이돌 주식회사〉는 블랙 코미디와 밈이 넘치는 B급 스타일로 유머러스한 포지션이었는데, 하도 밈이 돼서 미친 듯이 까이다 보니 약간 이미지 변신을 시도한 것 같았다.

'엄숙하게 가려나.'

[주주 여러분! 지난 상장폐지를 기억하십니까?]

"……?"

내 예측은 영린이 입을 열자마자 박살 났다.

[여러분의 주식을 종이 쪼가리로 만들어서…… 정말 죄송합니다!!]

쩌렁쩌렁한 발성을 자랑하는 영린의 앞으로 대형자막이 떠오른다.

[※본 내용은 제작진의 사죄입니다. 영린은 죄가 없습니다.※]
[※저희는 지금도 홈페이지에서 손해배상 청구를 받고 있습니다.※]

"……."

제정신인가.

첫 촬영 내내 지난 시즌 언급은 입도 벙긋 안 했는데, 여기서 터뜨릴 줄은 꿈에도 몰랐다. 댓글창도 '??!?' 따위로 뒤덮이고 있다. 영린은 천연덕스럽게도 표정 변화 없이 말을 이었다.

[동일한 참사를 방지하기 위해, 제작진 일동은 앞으로 전적으로 주주님들께 모든 의사결정권을 드리겠습니다!]

무대의 조명이 영린의 말에 따라 강렬하게 한 줄씩 켜진다.

[구성원이요? 주주님들이 골라주십시오!]

[인원수요? 주주님들이 정해주십시오!]
[이렇게 팀이었으면 좋겠나요? 주주님들이 묶어주십시오!]
[아니면…….]

조명들이 무대효과처럼 깜박거리기 시작했다.

[저 팀원이 영 꼴 보기 싫으신가요? 그럼 방출해 버리십시오!]

-제작진 돌았냐.

적절한 댓글 하나가 눈에 들어왔다. 그 와중에도 영린은 번쩍이는
조명 아래에서 진지하게 마무리 멘트를 날리고 있다.

[우리 회사의 사활이 주주님께 걸려 있습니다!]
[〈아이돌 주식회사〉 지금, 재상장 출범합니다!]

카메라가 위로 돌아간다.
거대한 별 모양을 닮은 무대 위로 은하수처럼 번뜩이는 조명이 물결
쳤다. 그리고 무대 정 가운데, 조명을 받으며 서 있는 열 명의 뒷모습
이 보였다. 플래티넘 등급 참가자들이다.
카메라가 위아래로 한 바퀴 돌면서 참가자들을 줌업했다. 무대가 워
낙 거대했던 탓에 그래 봤자 열 명의 전신이 꽉 차게 보이는 정도였다.
카메라가 멈추자마자 전주가 흘러나왔다.

참가자들이 한 명씩 뒤로 돌며 카메라가 동작을 잡았다. 플래티넘 등급의 혜택인 단독 파트였는데 솔직히 두당 일 초도 못 받는 구성이라 미묘했다.

'차라리 원조처럼 센터나 뽑지.'

나는 내 컷이 스치듯 지나가는 것을 보며 기묘한 감정이 들었다. 내가 한 동작은 맞는데 박문대 얼굴이라 그런지 낯설었다.

'흠, 그게 오히려 손발이 덜 오그라드는 것 같기도 한데.'

전주가 끝나고 노래가 흘러나오자, 플래티넘 등급 주변으로 골드 등급이 나타났다. 편집의 힘으로 자연스러워 보였다. 프리코러스에 들어갈 때 즈음에는 조명이 바뀌며 실버 등급이 양옆에서 나타났고, 코러스 시작 때 브론즈 등급이 뒤에서 등장했다.

그리고 단체 코러스.

"오."

그럴싸했다. 안무가 안 맞는 순간을 귀신같이 잘라낸 덕분에 움직임이 일사불란해 보였다. 댓글창도 드문드문 호의적인 반응이 보였다. 자기가 호의적이라는 사실을 당혹스러워하는 반응이 대다수이긴 했지만.

-노래 왜 좋냐
-망주사지만 테마곡은 언제나 갓곡
-곡이 아깝네. 다른 돌 주지ㅠㅠ

물론 클로즈업이 들어갈 때마다 참가자들을 품평하는 것도 잊지 않았다.

-피부가 영…… 좀 보기 불편하네ㅠㅠ
-방금 자기 목 치는 거 개웃겼는데 보신 분?ㅋㅋ
-역시 못생기면 실력도 존못이자나ㅎ
 └일반화 그만해 주세요 듣는 오징어 서러우니까ㅠㅠ
 └ㅈㅅ 실력은 좋은데 못생겨서 못해 보이는걸루ㅎ
 └이 개새끼가 진짜
 └ㅋㅋㅋㅋㅋㅋㅋㅋ

물론 감탄하는 순간도 있었다.

-와, 방금 잘생겼당
-와, 왜 여기 나왔지
-어케 섭외했누
-내가 저렇게 생겼으면 이런 데 안 나옴

대충…… 외모 스탯 B 이상인 참가자들이 클로즈업되면 나오는 반
응이었다. 오, 방금 선아현 클로즈업도 지나갔다. 역시 얼굴이 잘난 쪽
을 카메라도 잡아주게 된다.
 …잠깐.
나는 클로즈업되는 참가자들과, 댓글창의 반응을 비교했다.
"……실수했나?"

초기 버즈량에서 너무 차이 나면 곤란한데.

'가창이고 춤이고 나발이고 일단 외모부터 A를 만들어뒀어야 했나?'

외모가 수준급이라면 일단 테마곡 무대에서 클로즈업 하나만 잡혀도 화제가 됐을 것이다. 간 보는 홈마들만 몇 명 붙어도 제작발표회 같은 곳에서 사진이 찍혔을 테고, SNS 등지에 제법 올라왔겠지. 여기서 팬층을 좀 굳혀놓으면 초기 탈락은 면했을 확률이 높다.

그럼 실력은 상태창이 있으니 성장형으로 보여줘도 됐던 거 아닌가? 이 시즌이 처음에는 조롱받다가 방영 이후에 급상승하는 점을 생각해서 이 전략은 접어뒀었는데…… 조롱도 관심인 걸 간과했었다.

나는 가슴이 서늘해지는 것을 느끼며, 다시 무대 화면을 보았다.

어느새 엔딩이었다. 엔딩에도 몇 컷 클로즈업이 지나갔다.

제일 눈에 띄는 건 아역배우 이세진. 몇 초나 공들여서 잡아주는 게 어떻게든 방영 전 화제성을 키워보겠다는 제작진의 의지가 느껴졌다.

이제 와 생각해 보니, 내가 아는 데뷔 인원들도 촬영장에서 얼굴을 매치했을 때 과반수가 B- 이상이었다. 혹시 편집도 외모 스탯 높은 참가자 위주로만 돌아가면 내가 곤란했다. 박문대도 괜찮은 외양이긴 했지만, 눈에 띄는 미남은 아니었으니까.

좀 자신이 없어져서 전략을 재검토하려던 찰나, 화면이 갑작스럽게 바뀌었다. 중간광고였다. 그런데 익숙한 목소리가 들렸다.

[〈아이돌 주식회사〉, 재상장!]

여기서 첫 광고가 나온다고?

하기야 촬영 끝나고 일주일이 넘게 지났으니, 저 정도 편집할 짬은 충분했을 것 같았다. 혹시 편집 방향에 대한 힌트라도 있을까 싶어서 광고에 집중해 봤다.

[잘하는 친구들이 많이 나왔으면 좋겠네요.]
[기대가 큽니다.]
[아니 (삐――)도 나와요? 이번 참가자들 많이 긴장해야겠네.]

심사위원들이 웃으며 대화하는 컷이었다. 예고편에 꼭 나오는 말들은 모조리 다 하고 있는 것 같다. 그리고 칭찬받는 참가자들의 무대들이 짧게 짧게 등장했다.

[대단한, 정말 대단한 무대라고밖에…….]
[이건 타고난 거예요.]
[와우!]
[대체 어디 있다가 지금에서야 나온 거예요?]

오, 내 등수평가도 지나갔다. 이걸로 통편집 걱정이 좀 줄었다. 그제야 어깨가 좀 내려갔다.

아무래도 첫 매스 미디어 노출이라 과민히 반응했던 것 같다. 아무리 초반 선점 싸움이라지만 보통은 4화까지는 판이 형성되니, 초조해하지 말고 침착하게 전략을 보완해 보자.

마음에 평안을 되찾은 나와 달리, 직후 화면에서는 굳은 표정의 심

심사위원들이 예고도 없이 독설을 날렸다.

[지금 이건… 무대라고 부를 수도 없어요.]
[그거 변명인 거 알죠?]
[그냥 준비가 부족했던 것 같습니다.]
[창피하지 않아요?]

그리고 참가자들의 굳은 표정, 입술을 깨무는 표정이 겹쳐서 지나갔다. …배경을 보니 그냥 연습하다 힘들어서 지은 표정까지 쓴 것 같다. 급기야 돌발 상황처럼 편집한 컷도 나왔다.

[(삐——)씨? (삐——)씨 잠깐만, 잠깐…!]
[(갑자기 자리를 피하는 참가자.)]

울고 있는 아역배우 이세진의 얼굴이 클로즈업으로 등장했다.

[(그 전말은?)]

그리고 화면이 어두워지며 아이돌 주식회사의 로고가 웅장하게 등장했다. 변조된 테마곡의 절정 부분에서 로고가 툭 꺼지더니, MC의 목소리가 들렸다.

[더 새로워진 아이돌 주식회사의 재상장! 그 첫 번째 관문은… (삐——)

평가입니다!!]

[흐억!]

입을 가리고 경악하는 참가자들의 모습을 끝으로, 예고편이 끝났다.

"……."

고개를 내리니, 댓글창이 쉴 새 없이 올라가고 있었다. 그럴 만도 했다.

그날 저녁, 인터넷 연예뉴스 댓글창이 뒤집어졌다.

나는 운동을 끝내고 저녁을 데우면서 포털 사이트에 접속했다.

우선 메인에 노출된 기사 제목들은 이랬다.

['주주님들'에게 석고대죄한 <아이돌 주식회사>, 새로운 종목은? '남자 아이돌']

[베일 벗은 <재상장! 아이돌 주식회사>, '바로 나(Shining Star)' 첫 공개!]

['투자해 주세요 주주님들!' <아이돌 주식회사> 새 시즌 77명 참가자들의 무대.]

제목만 보면 적당히 중립적이었지만, 기사를 클릭해서 반응을 보면 여론을 알 수 있다. 연예뉴스 댓글은 막힌 지 꽤 됐으니 그나마 노출되는 감정 표출 이모티콘을 살펴보면……

'황당해요'가 만이천 개를 넘겼다. '화났어요'가 없어서 대신 이걸 누른 게 분명하니, 대충 여론이 미쳐 날뛰고 있다는 뜻이었다.

칼럼도 쏟아졌다.

[아이돌 주식회사, 자유를 표방한 저열함.]
['저를 사주세요!', 주식이 된 아이들.]

하나를 클릭해 보자.

[이젠 '제발 뽑아주세요'도 아니다. 당신의 아이돌 주식을 사라고 외치는 프로그램 속에서 참가자들은 더는 인간적 대우를 받지 못한다. 생사여탈권을 대중에게 넘겨주는 가학적인…….]

음, 더 안 봐도 되겠군. 인터넷 커뮤니티와 SNS에서도 프로그램을 욕하는 글이 대다수였다.

-이 새끼들은 진짜 반성이 없다.
-첫 시즌부터 시발 별걸 다 끼워서 주식이랍시고 투표권 팔아 재끼더니 죽지도 않고 또 왔네. 애들 팔아서 버는 돈맛이 그렇게 좋냐?ㅋㅋㅋㅋ

하지만 제작진들은 쾌재를 부르고 있을 것이다. 참가자들이 욕먹는 건 아니니까.

시즌 2의 패착은 컨텐츠인 인기 참가자가 망했다는 점이었다. 하지만 이번 시즌은 제작진이 어그로를 끈 프로그램의 가학성 때문에 그 이미지가 눌리고 있었다.

어차피 프로그램 구성이 노골적으로 잔인하든 조금이라도 젠체하든 간에, 서바이벌 프로그램이 힘든 건 매한가지였다. 차라리 화제성이라도 잡는 것이 참가자 입장에서도 나을지 몰랐다.

프로그램 화제성이 올라간 덕에 이런 글도 올라오고 있으니까.

[이번 아주사3 플래티넘 등급 정리.]
: 뮤직밤 무대 캡처해 봄. 실력 괜찮은 애들이 하필 이런 데 나오니까 안쓰러워서 해본 거니 욕 댓글 자제해 줘.

주로 잘생기거나 표정이 좋은 참가자 위주로 반응 댓글이 달렸지만, 박문대를 언급하는 것들도 몇 번 눈에 띄어서 기분이 묘해졌다.

주로 귀엽다거나 요새 인기 있는 상이라는 이야기였다.

-박문대 얘 귀여워서 무대 한번 돌려봤는데 카메라 별로 안 잡혔네ㅠㅠ 그래도 예고편 보니까 등수 평가 무대 잘한 것 같아서 볼까 고민 중이야.

"……."

기분이 묘했다. 살면서 누가 나에 대해 적나라하게 관심을 표하는 글을 보는 건 처음이었다.

대학 때 데이터를 팔면서도 느꼈지만, 어떻게 잘 모르는 사람인데도 호감이 간다는 이유만으로 시간과 돈을 투자할 수 있는지 신기했다. 내가 시간도 돈도 없는 삶을 살아서 그런 걸지도 모르겠지만.

그런데 내가 당사자가 되니 더 이상한 기분이었다. 하지만 나쁜 기분은 아니었다.

'…다음에는 뭘 더 해야 할까.'

갑자기 움직이고 싶어졌다. 나는 참가자 반응들을 종합적으로 훑어본 후, 앞으로의 스탯 배분 우선 순서를 정리했다. 그때였다.

[명성의 시작!]
1,000명의 사람들이 당신의 존재를 기억했습니다!
: 일반 특성 뽑기 ☞ Click!

이런 것도 알림이 오는군. 나는 새삼스럽게 팝업 내용을 읽었다. 밑에 '뽑기'는 지난번 무대 관련 팝업에 있던 것과 유사한 느낌이었다.

'어디.'

바로 클릭해 보자 슬롯머신이 뜬다. 이번에도 회색 칸에 간간이 황동색 칸이 섞여 있었다. 이번에는 외모나 끼를 빨리 키울 수 있는 특성이 나왔으면 좋겠다고 생각하며, 지난번보다는 기대를 가지고 슬롯이 멈추는 것을 기다렸다.

그리고 슬롯이 멈추려는 순간, 갑자기 또 팝업이 떴다.

[슬롯머신 대성공!]

영웅 특성을 뽑습니다!

갑자기 슬롯에서 빛이 터져 나오더니, 없던 은색 칸에서 움직임이 멈췄다.

"흠."

일단 대성공이라는 단어를 보아 예감이 좋았다. 이번에는 더 효과 좋은 특성이 나오려나? 기왕이면 무대에 도움이 되는 쪽으로…….

[특성 : '듣고 보니 맞는 말이군(C)' 획득!]
−듣는 이에게 감정적 동요를 불러일으킨다.
: 발동확률 35%, 기본 활성화 상태

바람잡이한테나 어울릴 것 같은 이 특성을 내가 어떻게 받아들여야 하는가. 이걸로 인터넷 여론몰이라도 하라는 뜻인가.

아니, '듣는 이'라고 명시한 걸 보니 그것도 아니다.

잠깐 고민해 보자…….

"……."

마음을 가라앉히니, 꽤 좋은 특성이라는 생각이 든다.

서바이벌 참가자는 프로그램 특성상 자기소개, 순위 발표식 등 시청자에게 직접 말을 전달하는 식의 발언을 할 때도 제법 있다. 그때 보는 사람이 무심히 지나치는 것보다야 뭐라도 감정이 드는 쪽이 유리할 테니, 괜찮은 특성이었다.

게다가 '듣는 이'라는 표현을 보니 전달방식에 노래가 포함될지도 모르는데, 이 경우에 확실히 이득이다. 무대에 몰입감이 생기기 쉬울 테니까.

좋아. 없는 것보다야 훨씬 좋다. 나는 빠르게 상황을 정리한 뒤, 상태창을 확인했다.

[이름 : 박문대 (류건우)]

Level : 8

칭호 : 없음

가창 : A-

춤 : C

외모 : C+

끼 : C

특성 : 잠재력 무한, 듣고 보니 맞는 말이군(C)

!상태이상 : 데뷔가 아니면 죽음을

남은 포인트 : 1

첫 무대가 방송되어 〈최초의 경험〉 업적이 달성된 덕분에 얻은 포인트가 1점. 그리고 500번 노래 연습 업적 달성까지 앞으로 3회만 남은 상태였다. 오늘 내로 레벨업해서 여유 포인트를 1점 획득하고, 지금 있는 포인트는 바로 분배할 예정이다.

가장 우선순위는…….

"외모를 찍자."

B등급의 문턱을 넘을 때가 되었다. 나는 망설임 없이 상태창을 조작

했다.

'…다음 컨텐츠부터는 언급량이 늘었으면 좋겠다.'

나는 무심코 생각하며, 이르지만 잠자리를 준비했다. 내일부터 다시 촬영이 시작된다. 이른 아침부터 시작되니 지금부터 체력을 안배해 두자.

순서를 고려하자면 내일은 1차 팀전 아니면 자기소개 영상을 찍을 것 같았다.

"다시 시작된 〈아이돌 주식회사〉! 참가자 여러분, 다들 잘 쉬셨나요?"

"예!!"

예상은 빗나가지 않았다. 나는 MC의 물음에 힘차게 대답하는 참가자들 틈에서 촬영장을 돌아보았다.

맨 처음 테마곡을 보여줬던 장소인 대강당에 여기저기 팻말이 배치되어 있었다. 지난 시즌 시청자라면 누가 봐도 1차 팀전이 진행될 것을 예상할 수 있을 구성이었다.

나 외에도 몇몇 참가자들은 벌써 그 점을 신경 쓰고 있는지, 자기들끼리 눈짓을 주고받는 게 보였다. 그런다고 같이 할 수 있을지는 미지수지만 나쁠 건 없어 보였다.

나도 누군가를 섭외해 볼까.

"……."

그러고 보니 그 정도로 친해진 참가자가 없군. 그냥 MC 말에나 집중하자.

"오늘 여러분이 준비할 무대는, 바로~ 팀전입니다!"

"오오!"

역시, 하는 표정으로 다들 반응했다.

"첫 번째 팀전이니만큼, 여러분 모두 같이하고 싶은 참가자가 있겠지요?"

이렇게 운을 떼는 걸 보니 다음 문장은 '하지만'으로 시작하겠군.

"하지만! 누구를 만나도 팀워크를 발휘할 수 있어야 하는 것이 아이돌입니다. 이번 평가에서는 여러분들끼리 임의로 팀을 짤 수는 없습니다!"

첫 번째 시즌에서는 자기들끼리 짜게 만든 뒤 마치 따돌리는 것처럼 편집해 다섯 명쯤 골로 가게 만든 프로그램이 말은 잘했다.

"그러면 어떻게 팀을 짤까요? 우선 여러분, 이 박스에서 공을 뽑아주세요!"

"무서운데?"

내 뒤에 서 있던 이세진(골드 등급)이 속삭였다. 하필 제작진이 배치한 이번 자리에서 주변에 말 튼 사람이 나뿐인데, 리액션 컷은 만들고 싶어서 한 행동 같았다.

카메라가 도는데 무시할 수는 없지. 나는 대충 고개를 끄덕여 준 뒤, 앞사람을 따라 나가서 박스에서 공을 뽑았다.

'12번.'

번호대로 팀을 짜거나, 이 번호순으로 팀을 고르는 거 같은데.

"1번 참가자, 누구신가요? 손을 들어보세요! 아, 이홍수 참가자입니다!"

실버 등급의 한 참가자가 어설프게 손을 들었다. MC가 손을 들어 강당에 배치된 팻말을 가리켰다.

"참가자들은 순서대로 각 팻말을 고를 수 있습니다!"

후자였군. MC는 웃으며 팔로 손을 그었다.

"그럼 팻말 내용, 공개해 주세요!"

피잉—.

팻말에 불이 들어오며 글자가 나타났다. 나름대로 최첨단이었지만, 그것보다 중요한 건 내용이다. 각 팻말에는 유명 기획사의 이름이 적혀 있었다.

"여기 전 세계의 KPOP을 선도하는 기획사들의 이름이 적혀 있습니다! 여러분은 이 기획사 중 하나를 골라주시면 됩니다. 다만 정원은 14명!"

MC가 손을 쫙 폈다.

"단, 정원이 넘어가면 등급이 높은 사람은 낮은 사람을 밀고 그 참가자 대신 들어갈 수 있습니다!"

"와, 룰 살벌하네."

골드 등급 이세진이 또 말을 걸더니 호들갑을 떨었다.

"혹시 나랑 같은 기획사 골라도 밀면 안 된다? 나 잘한다?"

"……너 골드잖아."

등급도 높은 놈이 왜 굳이 자기를 밀 거라고 가정하는지 알 수가 없었다.

"플래티넘한테는 골드도 밀릴 수 있지!"

"…안 민다."

"오~ 대답 시원하고."

"……."

말려들지 말자.

참고로 기획사 팻말은 5개였다. 무조건 7명은 팻말에 서지 못하고 구석에 서 있을 수밖에 없는 구성. 벌써부터 삽입될 인터뷰가 예상된다.

[정말 무섭더라고요.]

[이제 진짜 서바이벌이구나.]

"그럼 1번을 뽑은 이홍수 참가자부터 이동을 시작합니다!"

1번째 참가자는 남자 아이돌 명가로 유명한 기획사 앞에 가서 섰다.

내 번호는 12번이니 꽤 앞이다. 아마도 누군가를 밀어낼 필요는 없겠지만, 미리 팀원을 확인할 수 없는 점은 상당히 곤란했다. 이 1차 팀전의 팀원이 누구냐에 따라 무대의 질과 편집 방향성이 달라지고, 이후의 판도가 달라질 테니까.

게다가 11번까지 불릴 동안 내가 아는 참가자는 한 사람도 없었다. 데뷔권이 없었다는 뜻이다. 머리를 잘 써야 했다.

"다음 참가자, 이동해 주세요!"

나는 고민 끝에 행방을 결정했다. 지금까지 높은 등급 참가자가 가장 많이 고른 팻말로 향한 것이다.

어차피 기획사들은 다 저마다 히트곡이 있었고, 그중에 잘 고르기만 하면 선곡은 큰 문제가 없을 것이다. 그러니 기획사보다는 팀원이 중요했다. 잘하는 사람이 있는 편이 무대가 괜찮을 테니, 부족한 표본이지만 내 앞 11명을 기준으로 계산해 보자.

'일단 고등급이 많은 곳으로 간다.'

볼을 든 채 한 팻말 앞으로 발걸음을 옮기자 두 명의 골드 등급 참가자가 어설프게 나를 환영해 줬다. 아마 둘이 같은 팻말을 하자고 말을 하고 온 것 같았다. 둘 다 인사 정도만 해봤지만 어떻게든 반갑게 보이려는 기색이 역력했다.

너희도 고생이 많다.

"오~ 메인보컬!"

위와 같은 반응도 감사히 받기로 했다. 다행히 둘 다 춤에 강점을 보이는 참가자들이었다.

문제는 이다음부터였다.

"다음은~ 아, 이세진 참가자!"

아역배우 이세진도 이 팻말을 골랐던 것이다.

15번을 든 이세진은 굳은 표정으로 다가와서 팻말 뒤에 섰다. 골드 두 명은 이번에도 어떻게든 환영을 해주려고 했던 것 같으나, 이세진이 획 돌아서 뒤에 서버린 탓에 애매하게 불발되었다.

"아얏……."

앞에서 머쓱해하는 소리가 들렸다.

'음, 바로 뒤에 있으니까 나도 이 정도 제스처는 해야겠지.'

나는 고개를 돌려서 아역배우 이세진에게 고개를 숙여 보였다. 이세진도 고개를 까딱거렸다. 불퉁한 반응이었다.

역시 느낌이 안 좋다. 누가 이놈 좀 밀어주지 않을까.

하지만 이후, 실버보다 낮은 브론즈 등급이 들어오며 가능성은 극도로 낮아졌다.

'젠장.'

그리고 시간이 좀 지나 30번대.

33번을 들고 있던 선아현이 긴장한 표정으로 종종 다가왔다.

"……."

뭐, 골드 등급이 늘면 좋다. 협조적인 성격이기도 하고. 나는 슬쩍 손을 흔들었고, 선아현이 환한 표정이 되어 같이 손을 마구 흔들었다. 좀 민망했다.

그다음 인상 깊은 합류는 플래티넘 등급의 류청우였다. 전 양궁 국가대표로, 내가 알고 있는 데뷔 인원 중 하나였다.

"잘 부탁드립니다!"

씩 웃은 류청우는 그렇게 13번째로 줄을 섰다.

남은 정원은 1명.

아쉽게도 내가 알던 데뷔 1, 2위는 다른 팻말에 간 상태였다. 남자 아이돌 명가로 유명한, 1번 참가자가 갔던 그 팻말이었다.

그 기획사가 유독 인기가 많았던 탓에 제일 먼저 인원이 밀리기도 했다. 1위인 차유진을 포함해 데뷔권이나 첫 무대로 화제가 된 사람들도 다수 포함되었고. 거기서는 심지어 실버도 밀렸다.

"죄송해요."

밀린 실버 등급 참가자는 애써 고개를 끄덕이더니, 이쪽 팻말로 다가왔다. 한껏 처량한 모양새였다.

"……."

참고로 이놈, 최원길이다. 열심히 시비 걸더니 멘탈이 정말 터졌는지 등급평가를 말아먹고 실버로 떨어졌었다. 기분 탓일지도 모르겠지만, 나랑 눈을 안 마주치려는 것 같은데.

"헐, 이제는 누구 밀어야 들어올 수 있다. 14명 다 찼구만."

"아이고."

제일 먼저 줄에 섰던 골드 둘이 숙덕거렸다. …슬슬 이 팀의 구성원이 걱정되기 시작했다.

심지어 60번대에서 밀고 들어온 건 이놈이었다.

"제가 지목할 방출자는… 브론즈 등급 정형중 참가자입니다. 정말 죄송합니다!"

골드 등급 이세진이 이 팻말을 고른 것이다. 연신 고개를 숙인 이세진은 최초로 인원을 밀어버리고 이 팻말에 합류했다. 하도 미안해하고 넉살 좋게 구는 덕에 다들 그러려니 하는 분위기였다.

"오 문대~ 메인보컬 가나?"

"어울리는 사람이 하겠지."

"와 멋있어~ '어울리는 싸람이 하겠즈이'~"

"……."

카메라만 없었으면 주먹이 날아갔을 것이다. 나는 이세진을 대답 없이 쳐다보았고, 그는 히죽히죽 웃더니 내 등을 한 대 치고서야 줄을 서러 이동했다. 억울했다…….

"여러분, 모두 원하는 팻말을 고르셨습니까?"

이곳저곳에서 밀려나서 남은 참가자들에게 새로 꺼낸 팻말을 배정해 준 뒤에야 이동은 끝났다. 내가 선 팻말에서는 이세진(골드) 합류 이후로는 한 실버가 브론즈를 민 것 외에는 변동이 없었다.

결과적으로 이곳의 참가자 등급을 요약해 보자면 이렇다.

―플래티넘 2명, 골드 5명, 실버 5명, 브론즈 2명.

전체적으로, 1위 팀을 제외하면 제일 괜찮은 분배였다. 구성원들도 그걸 깨달았는지 은근히 만족하는 눈치였다.

물론 여기서 끝나지는 않겠지.

"이제 멋진 곡을 고르고 싶으실 텐데요!"

"네!!"

14명이나 되는데 한 팀에 밀어 넣을 리가 없었다. 7명씩 나눌 것이다.

'일단 피할 사람은 확실하고, 같이 하고 싶은 사람은……'

나는 고개를 돌렸다. 공교롭게도 류청우와 눈이 마주쳤다.

류청우가 살짝 고개를 끄덕였다. 아무래도 이쪽도 고등급 위주로 팀을 꾸릴 생각인 것 같았다. 좋아. 그럼 최대한 덜 치사해 보이도록…….

"자, 그 전에… 맨 처음 팻말을 고른 분 손 들어보세요!"

여기저기 팻말 바로 뒤에 선 참가자가 번쩍 손을 들었다. MC가 웃으며 말했다.

"손 든 참가자분께서는, 팻말 위에 버튼을 한번 눌러보세요!"

"네?"

"팻말?"

"버튼, 아, 거기 위에 사각형, 어 그거다."

참가자들은 서로 웅성웅성거리더니, 각자 눈치껏 팻말 상단에서 버튼을 찾아서 눌렀다. 그러자 팻말의 내용이 깜박거리더니, 바뀌었다.

"어, 뭐야."

"로또 번혼가?"

팻말 화면에는 7개의 번호가 두 줄 떠 있었다.

내가 선 기획사의 팻말도 마찬가지였다.

[4, 7, 12, 15, 33, 37, 62.]

[17, 24, 27, 38, 41, 59, 72.]

"팻말에 번호 보이시나요?"

"네!"

"보여요!"

"그 번호대로 로또를 구매하시면! …하하, 농담이었습니다. 그 번호대로 여러분은 한 팀이 됩니다! …다들, 출발 순서로 뽑은 공의 번호를 기억하십니까?"

"…!!"

"여러분은 이제 팻말에 적힌 순서끼리 한 팀이 됩니다! 그리고 다른 쪽 팀과 일대일 매치를 할 겁니다!"

순간 촬영장이 소음으로 가득 찼다.

"어, 야, 너 몇 번……. 나 5번이었지? 헐."

"와 뭐 이런⋯⋯."

"우리 갈렸어요?"

이쪽 팻말도 그리 다르지 않았다. 일단 처음 버튼을 누른 골드 등급 참가자가 환호성을 지르며 자신의 바로 뒤에 있던 같은 골드 등급을 껴안았다. 역시 둘이 같이하려고 온 거였군.

그리고 곧바로 나를 돌아보며 외쳤다.

"형님! 12번~ 우리 같은 팀!"

"와, 대박! 메인보컬 챙겼어!"

그리고 곧바로 뒤에서 누군가 내 목을 잡더니, 골드 등급이 얼싸안고 있는 곳에 합류했다.

"우리 팀 좋은데?!"

골드 등급 이세진이었다. 그렇군. 62번이 저놈이었다. 일부러인 듯 더 호들갑을 떠는 세 사람 사이에서 나는 팀원의 순서를 매치하려 애썼다.

남은 건 15, 33, 그리고 37.

일단 33번은 선아현이다. 마침 잘됐다. 뒤를 돌아 선아현에게 말을 걸며 세 사람의 틈에서 슬쩍 빠져나왔다. 거북해서 하마터면 짜증 날 뻔했다.

"잘 부탁한다."

선아현이 열심히 고개를 끄덕였다. 좋아, 남은 팀원은 누구지? 플래티넘 등급이고 데뷔 인원인 류청우가 있으면 좋겠는데, 그쪽이 37번이었던가⋯⋯.

"⋯⋯."

아니었다. 37번은 최원길이었다. 순서 볼을 들고 어정쩡하게 이쪽으로 서 있는 게 확실했다. 류청우는 저기서 벌써 인원 모아서 브리핑을 시작하려는 것 같았다.

'망할.'

그리고 15번은…….

젠장, 아역배우 이세진이었지. 마찬가지로 소통을 거부하는 눈으로 저기 뭉친 골드 등급 세 사람 쪽을 쳐다보고 있었다.

'조졌네.'

이거 편집 끝장날 각이다.

내 예상이야 어찌 됐든, 겉으로 보이는 등급은 압도적으로 좋았다. 그래서인지 드물게도 선아현이 기쁜 목소리로 말을 덧붙였다.

"티, 티, 팀원 좋은 것 같아."

"……."

그래, 너라도 긍정적으로 생각해라.

"야하~ 우리 너무 좋은데요? 실력 좋은 사람도 많고, 잘생긴 사람도 많고!"

골드 등급 이세진이 벙글벙글 웃으며 말했다. 모두 쑥스러워하면서도 정말 그렇다는 듯이 고개를 끄덕였다. 다들 있는 대로 화목한 척해도 모자랄 타이밍이었으니까 당연한 일이었다. 다들 최소한의 눈치는 있는 것 같아서 다행이다.

"근데, 아, 세진 배우님. 우리 이름이 똑같아서……. 어떻게 좀 차별화를 줄까요?"

"예?"

"어 그거 좋다!"

"그치? 그럼 배우님이시니까, 배세진 어떨까요?"

1번째로 합류한 골드 등급 참가자가 히죽거리며 말을 더했다.

"야, 그럼 너는 덩치만 크니까 큰세진 해라."

"큰세진? 야 좋다, 콜! 어떠세요? 세진 형님?"

"……."

아역배우 이세진이 뭘 참는 것처럼 입을 꾹 깨물더니, 툭 이야기했다.

"전 그냥 이름이 좋은데요."

"……."

"아…, 그러시구나."

분위기가 순식간에 식었다. 골드 등급 이세진이 황급히 입을 열었다.

"앗 좋습니다. 그러면 형 동생들, 저를 앞으로 큰세진으로 불러주세요~"

"좋아용~"

"별명 좋네!"

짝짝짝, 박수를 치며 분위기가 정리되었다. 이어서 한 명씩 자기소개를 할 때 즈음, 또 MC가 마이크를 들었다.

"참가자분들, 서로 인사는 다 나누셨나요?"

"제발 선곡은 마음대로 좀."

팀원 중 하나가 간절하게 중얼거렸다. 하지만 어림도 없었다.

"그럼 이제……. 선곡 뽑기를 시작하겠습니다!"

"와……."

"선곡도 랜덤……."

다들 지친 표정으로 중얼거린다. MC는 휘휘 손을 내저으며 익살맞게 말했다.

"에이, 여러분! 여러분이 고른 기획사 대표 아이돌들의 히트곡 중에 뽑는 겁니다! 실망하지 마세요!"

그 정도면 해볼 만하다고 생각했는지, 분위기가 그나마 나아졌다.

"자, 앞에 있는 팻말에서 대표곡이 돌아가는데요, 멈추고 싶으실 때 스위치를 눌러주시면 됩니다! 그럼 팻말에 가장 먼저 합류한 참가자분, 앞으로 나와주십시오!"

팀원들이 곧바로 태세를 전환했다.

"형님, 믿습니다!"

"갓띵곡만이 살길!"

"휴, 또 내가 능력을 보여야 되는 건가."

첫 번째 참가자가 성원과 함께 거드름을 피우며 팻말 앞으로 나갔다.

"자, 준비하시고… 쏘세요!"

"와악!"

팀원이 이상한 소리를 내며, 곧바로 스위치를 눌렀다. 옆에서 큰세진(본인이 자초했으니 앞으로 이렇게 지칭할 예정이다)이 중얼거렸다.

"아니, 좀 보고 누르지……."

팻말은 둥둥둥 천천히 돌아가며 몇 개의 노래 제목을 보여줬다.

[산군 / VTIC]
[LIFE / VTIC]
[영원할 노래 / VTIC]

VTIC. 현재 가장 음반을 많이 파는 남자 아이돌이다.

"다 괜찮은데… 제발."

저 끝에서 최원길이 간절하게 중얼거리는 소리가 들렸다. 나는 묵묵히 화면이 멈추길 기다렸다.

화면은 천천히 멈추었다.

[새로운 세상으로 / 말랑달콤]

"…?"

"……??"

"……!?"

지독한 침묵이 흘렀다.

나를 제외한 모든 팀원이 X노보노 눈이 되어서 팻말을 바라보았다.

"오, 오륜가?"

팻말을 만진 팀원이 얼빠진 목소리로 중얼거렸다. 하지만 제작진에게서는 아무런 사인이 없었다.

진짜라는 뜻이었다.

"여자 아이돌도 포함이에요?"

"여돌 곡도 있어요?"

우리뿐만 아니라 여기저기서 비슷한 말이 나오고 있었다. 물론 우리만큼 강한 반응은 아니었다.

팀원들은 정신이 나간 것처럼 중얼거렸다.

"어… 그러니까, 꽃의 요정이었나?"

"그… 어, 데뷔곡, 으응."

그도 그럴 것이, '새로운 세상으로'는 꽃의 요정을 표방하는 청순하고 몽환적인 곡이었던 것이다.

게다가 데뷔곡이다. 말랑달콤이 확 뜬 병맛큐티 컨셉을 잡기 전에 발표한, 공중파 1위를 해본 적 없는 곡.

"아! 감사합니다!"

"대박!!"

주변에서는 좋은 곡이 걸린 듯 환호하는 소리가 가득했다. 명곡이 가득했을 테니 당연한 일이었다.

절정은 여기서 나왔다.

"아아아악!!"

"형! 형!!"

우리 팻말의 다음 팀이 VTIC의 '산군'을 뽑은 것이다.

참고로 저 곡, 두 달 전 국내 최대음원사이트 시상식에서 대상 받은 앨범의 타이틀곡이었다. 지금 뽑을 수 있는 곡 중에 가장 핫한 곡이라고 할까.

그래서인지 다들 끌어안고 난리도 아니었다. 팀원 등급이 낮아서 잠깐 사이 맘고생을 했는지, 벌써 이긴 것처럼 분위기가 좋아졌다.

"……"

그리고 우리 쪽은 급격히 말이 없어졌다. 충격에서 다들 헤어 나오지 못한 것 같았다.

나는 어떠냐고?

'이걸 피하네.'

가슴을 쓸어내리는 중이었다. 기획사 팻말을 안일하게 골랐다는 것을 깨달았기 때문이다.

VTIC의 '산군'? 안 하느니만 못하다. 운 좋게 피해서 정말 다행이었다. 그런 의미에서 지금 대진 운은 더할 나위 없이 좋다.

'다들 아직 못 깨달은 것 같지만.'

나는 우울하게 모이는 팀원들을 보며 차라리 잘됐다고 생각했다. 위기감이 들면 좀 협조적으로 나와주겠지.

"키가 안 맞는데요."

협조적으로 나올 거라고 내가 생각했던가? 과한 기대감이었다고 정정하고 싶다. 다 포기한 듯이 구는 놈이 벌써부터 나오기 시작한 것이다.

"원길아, 그래도 한번 다시 해보면……"

"몇 번 다시 해봤는데, 다시 해도 안 되는 게 될 것 같지는 않아서요……"

최원길은 침울하게 고개를 숙이더니, 슬쩍 이렇게 이야기했다.

"그, 원래 여자곡인데 남자 키로 바꿔서 잘 안 맞는 것 같아요. 아예 높은 파트는 할 수 있을 것 같은데……."

그렇게 이야기하면서 내 쪽을 보는 것이다.

'내 파트 달라는 말이군.'

나는 골드 등급 세 사람의 열화와 같은 성원과 함께 일찌감치 메인 보컬 배지를 달고 있었다. 등급이 낮아서인지 최원길은 입도 벙긋 못 하고 내가 배지를 다는 걸 보기만 했다. 그러다 발 뻗을 자리가 보이니 편 것이다.

나는 피식 웃었다.

"그럴까?"

"……!"

큰세진이 내 허벅지를 쳤다. 이게 진짜…….

"야, 애한테 괜히 장난치지 말고. 이럴 때는 자기 파트 소화할 수 있게 도와줘야지! 뭐 하는 거야."

자연스럽게 사람 말을 농담으로 푼다. 한두 번 해본 솜씨가 아니다.

'역시 그냥 넉살 좋은 놈이 아닌 것 같은데.'

나는 의구심을 숨기며 다시 꿋꿋하게 말을 이었다.

"아니, 진짜 바꿔도 상관없어. 할 거면 안무 익히기 전에 초반에 해야지."

"저, 정말요?"

"어."

나는 태평하게 말을 맺었다. 최원길은 몹시 의심스러운 표정이었지만, 내가 말을 바꿀까 봐 얼른 고개를 끄덕였다.

"저, 그럼 저 1절 후렴 하고 싶은데……."

"좋아. 그럼 브릿지 파트는 내가 하는 걸로."

"네?"

"파트 바꾸자며. 너 안 된다는 게 거기잖아."

최원길이 마지못해 고개를 끄덕였다. 본인이 못하겠다는 파트를 가져간다는데도 아까운 모양이었다. 어떻게든 후렴구를 가져가고 싶어서 떠들었지만 내심 자기 파트를 놓고 싶지는 않았나 보다.

원래 이 정도로 갈무리 못 하진 않았던 것 같은데, 실버로 떨어진 게 기폭점이 되었나. 좀 맛이 갔다. 큰세진은 나와 최원길을 번갈아 보더니, 들릴 듯 말 듯 작게 한숨을 쉬었다.

'자기가 그려둔 그림에서는 내가 1절 후렴구를 했나 보군.'

그리곤 아닌 척 활기차게 말을 이었다.

"자, 그럼 파트는 이대로 가고."

남은 메인 포지션이 하나 있었다. 골드 등급 참가자들이 아닌 척 긴장하는 것이 느껴졌다.

"이제 메인댄서만 정하면 되는 거네."

큰세진이 말을 더 하기 전에, 나는 손을 들었다.

"아, 나 의견 있다."

"어?"

"다들 괜찮으시면, 메인댄서 정하기 전에 편곡 방향부터 정하고 싶습니다."

"…어?"

편곡. 가장 중요한 화두였음에도 다들 무의식중에 피하고 있던 화제였다.

'새로운 세상으로'는 청순한 여자 아이돌 곡이다.

그리고 '청순'은…… 굉장히 소화하기 힘든 컨셉이었다. 예쁘기만 하면 쉽게 가능하다고 흔히들 착각하지만, 그건 정말로 착각이 맞다. 강렬하기 쉽지 않은 컨셉이기 때문이다.

서바이벌 무대에서 그런 곡으로 관객들에게 각인되려면 말도 안 되게 실력이 좋거나 끼가 특출나야 했다. 아마 다들 거기까지는 생각했는지, 편곡 의견은 일단 이렇게 시작했다.

"좀…… 가사를 바꿔서 강렬하게 가는 건 어때?"

"비트 세게 넣어서요?"

"응. 새로운 세상으로~ 하는 걸 이렇게 포부 넘치게 딱! 하는 거지."

첫 번째 골드…, 이렇게 부르는 것도 귀찮다. 적당히 골드 1이라고 부르도록 하자. 그래서 이건 골드 1이 낸 의견이었다. 생각 있는 서바이벌 참가자라면 떠올릴 만한 내용이다.

'강렬하게 바꾸기.'

문제는 이 곡이 저 말대로 '포부 넘치는' 느낌을 주는 건 어지간해서는 힘들 것 같다는 것이다.

'새로운 세상으로'의 가사는 이렇다.

―어느 순간부턴가 깨달았어

불완전한 시간 속을 헤매는 나를

멈출 수 없는 이 시간의 미로

그 속에 갇힌 나를 구해줘

점점 시들어가

이 안의 작은 공간 (Little Flower~)

다시 꽃 필 날을 기다리니까

어서 나를 찾아와 줘

여기까지가 1절 벌스다.

포부 넘치게 하고 싶다면 가사를 더 화자 중심적으로 뜯어고쳐야 하는데, 그럼 프리코러스부터 곡의 스토리가 엉망진창이 된다. 이 곡 후렴구는 상대에게 빨리 다가와 달라고 요청하는 내용이기 때문이다.

–한 걸음 두 걸음

네가 오는 소리가

귓가에 울리는데

망설이지 말고 손 내밀어줘

이제 나는 새로운 세상으로~

Come to me

Come to me

눈부셔 네 곁의 Paradise

Come to me

Come to me

널 향한 사랑의 Melody (계속돼)

"그럼 '새로운 세상으로' 다음 가사인 'Come to me'도 고쳐야 하나?"

"어…, 'Come to you'로 하면……."

골드 1이 뒷말을 흐리며 머리를 긁적였다. 문제가 그것뿐만이 아닌 것을 깨달은 모양이다.

"그러면 '나를 구해줘'부터 다 고쳐야 하지 않냐?"

"으음."

그렇다. 후렴이 워낙 청자의 행동에 집중하고 있기 때문에, 내가 빨리 다가가겠다고 고치면 또 다음 가사의 뉘앙스가 뭉개진다.

"이렇게 가려면 전체적으로 다 고쳐야겠네."

"네, …근데 너무 바꾸면 형평성에 걸릴 수도."

그렇게 다 뜯어고치는 걸 과연 상대 팀이나 제작진들이 용납해 줄지도 문제였다.

"……"

슬슬 심각성이 피부로 느껴지는지, 팀원들이 말이 없어졌다. 큰세진이 얼른 끼어들어 화제를 바꿨다.

"편곡은 선생님들께 이야기해 보고 정하는 게 어떨까요? 피드백 받기 좋게 빨리 안무부터 따는 게 나을 것 같은데! 문대야 괜찮아?"

"어, 괜찮아. 그러자."

나는 순순히 납득해 줬다.

어차피 이 시점에서 편곡 얘기를 꺼낸 건 충격을 주려는 의도였다. 더 절박한 분위기를 조성할수록 내가 편곡 의견을 낼 때 딴소리가 안 나올 테니까.

물론 이렇게까지 안 해도 안무 영상을 보면 다들 상황을 파악할 것 같긴 했지만.

"오케이, 그럼 안무 틉니다!"

큰세진의 주도하에 안무 영상을 재생하자, 다들 일단 태블릿PC 화면에 머리를 들이댔다. 아마 후렴구는 어디서 들어봤어도 안무를 자세히 기억하는 팀원은 없는 모양이다.

하지만 예상대로, 안무 영상이 시작된 지 15초도 지나지 않아 다들 침음성을 냈다.

"……아."

"무용…?"

'새로운 세상으로'는 시작 안무부터 발레와 현대무용을 접목한 동작이 나왔다. 아련하고 몽환적이지만 역시 강렬하지는 않았다.

"예쁘긴 한데…."

입을 떼던 골드 1이 말을 흐렸다.

안무를 고치는 것에도 한계가 있다. 즉, 이 안무 덕분에 편곡 난이도가 다시 한번 수직 상승했다는 뜻이었다. 그렇다고 그대로 쓰기엔 오디션 프로에 안 맞다는 생각이 들 테니 더 막막하겠지.

가사에 이어서 연타를 얻어맞자, 초상집 같은 분위기에서 안무 숙지가 시작됐다.

"일단 최대한 빨리 따봅시다!"

"으응!"

다만 앞길이 막막한 게 자포자기보다는 위기감으로 작용했는지, 다들 입 다물고 열심히 해서 의외로 연습하기 쾌적했다. 괜한 불만을 떠들다간 곡에 대한 비하 발언으로 방송에 나갈 수도 있다는 걸 짐작한 모양이었다.

'편해서 좋긴 하군.'

나도 아무 말 없이 묵묵히 연습을 계속했다. 어차피 나야 어떤 안무든 경험치가 없다 보니 애먹는 건 똑같아서 별 감흥은 들지 않았다.

"여기서는 팔을 잡아서, 이렇게 돌리면…."

"으음."

"오, 비슷했어."

그리고 적절한 타이밍을 기다렸다. 분위기를 잡았으니, 이제 중요한 건 편집에서 자르고 싶지 않을 만큼 임팩트 있는 그림이었다. 방송에서 편곡 과정이 어떻게 나오느냐도 중요했으니까.

기회는 이틀 후 트레이너 점검 시간에 찾아왔다.

"너희 곡 받고 고민 많이 했겠는데?"

안무가의 말에 팀원들이 어설프게 웃었다.

'고민을 아예 미루고 안무만 땄다는 이야기를 할 수는 없겠지.'

안무가는 이 반응이 썩 마음에 들지 않은 것 같았으나, 일단 넘어가 줬다.

"일단 해온 것 좀 보자."

"예!"

그리고 나를 포함한 팀원들은 1절 안무를 실수 없이 마쳤다.

"후우…."

내 주변 숨을 몰아쉬는 놈들에게서 일단 실수가 없었다는 것에 안도하는 기색이 역력했다.

"……뭐 그래."

안무가는 고개를 까닥거렸다. 상당히 중립적인 동작이었다.

"동작은 어떻게 다들 외우긴 했네. 누가 안무 땄어?"

"어, 춤에 좀 익숙한 팀원들이 다 같이……."

"예. 다 같이 했습니다!"

골드 2의 말에 큰세진이 말을 더했다.

골드 넷이서 주도적으로 진행한 건 맞지만, 사실상 딴 건 선아현이 제일 많았다. 알고 보니 무용 전공자라더라. 뭐 전적으로 혼자 딴 것도 아니고, 메인댄서가 큰세진이 됐으니 이 정도로 뭉개고 넘어갈 모양이었다.

안무가도 그냥 고개를 끄덕였다.

"어, 고생은 했겠다. 근데……."

안무가가 목을 두둑 꺾었다.

"아무도 눈에 안 들어와."

옆에서 골드 2가 숨 들이켜는 소리가 났다. 누가 보면 귀신이라도 나온 줄 알겠군.

"뭐 어쩌자는 거야. 그냥 '쟤네 춤추네. 이 동작 하네. 저 동작 하네.' 이런 평은 어디 수학여행 장기자랑에서 들어야 칭찬인 거고, 너희 이걸로 당장 먹고살려고 여기 나온 거 아니야?"

말이 쏟아질 때마다 팀원들이 움찔거렸다.

"뭐 볼 맛이 안 나네."

곡 해석을 회피하고 안무만 기계적으로 땄으니 사실 당연한 결과였지만, 같은 말도 조언 대신 폭언처럼 했다는 게 안무가다웠다.

"아예 수준 이하인 애들도 있고."

말을 덧붙이며 배우 이세진을 힐끗 보는 게 노골적이었다. 이세진은 고개를 숙이고 있었다. 사실 나도 안무만 간신히 외운 수준이었는데 저쪽이 총알받이 해줘서 다행이라고 생각해야 하나.

한 명쯤 질질 짜도 이상할 게 없을 수준의 피드백이 계속 이어졌다. 안무가는 거침없이 턱짓을 해댔다.

"너, 선아현이."

"네, 네……."

"너 현대무용 전공했다며. 근데 왜 표현하는 게 문대보다도 약한 것 같지?"

선아현의 얼굴이 허옇게 질렸다.

나는 저 발언이 절대 편집되지 않을 것 같다는 강렬한 예감이 들었다. 이 탈모 걸릴 놈이… 저거 지금 일부러 못하는 놈인 날 찍어다가 비교해서 충격 주려고 한 거지?

"쟤는 노래도 잘해. 너 여기가 오디션이니까 지금까지 평이 괜찮았던 거지. 데뷔하면 누가 사연 있으니까 얘는 이만큼만 해도 잘했다고 해주자고 할 것 같아?"

연예계만큼 스토리텔링이 잘 먹히는 업계도 별로 없으면서 굉장히 냉철하게 실력으로만 판가름 나는 곳인 것처럼 말하는군. 여전했다. 어쨌든 간에 선아현에게는 엄청난 타격을 줬는지 금방이라도 침몰할 것 같은 표정이었다.

'이건 좀 난감한데…….'

안 그래도 이상한 상태이상이 걸려 있는 놈인데, 더 악화돼서 자기 몫을 못 하면 곤란했다.

"아무튼, 지금 수준은 그냥 좀 연습한 아마추어다. 이 곡에서 뭘 표현하고 싶은 건지 생각을 좀 하고 다음에는 볼만한 상태로 와라."

"감사합니다……."

삽시간에 걸레짝이 된 팀원들은 터덜터덜 평가실 밖으로 걸어 나갔다. 이미 라이프가 제로인 몰골들이었다.

그러나 이어진 보컬 피드백에서도 비슷한 상황이 벌어졌다.

"얘들아. 너희 뭘 하고 싶니?"

뮤디가 답답하고 안타깝다는 듯이 건반을 두들겼다. 이쪽은 정말 조언해 주고 싶은지, 인신공격 대신 구체적 지시를 쏟아냈다.

"이 곡 꽃의 요정이 컨셉이잖아. 맑고 예쁘게 부르는 곡이야. 근데 너흰 그냥 음만 맞춰 부르고 있어. 대놓고 예쁘고 아련한 느낌이 전혀 없어. 그렇게 부르기 창피하니?"

"……."

이 곡이 오디션 프로에 적합하지 않은 것 외에도, 솔직히 저 생각을 안 해본 팀원이 있을까 싶긴 했다. 고등학생 전후 나이대의 놈들이니까.

하지만 솔직하게 쪽팔린다고 말할 수는 없을 테니 이런 대답이 나왔다.

"아무래도 오디션이다 보니까, 더 강한 느낌으로 편곡하고 싶었는데……, 곡 컨셉이 워낙 확실하니까 자연스럽게 강한 방향으로 바꾸기가 힘들어서요."

"편곡이 힘들 것 같으면 원곡을 충실하게 더 살려봐야겠다는 생각이라도 했어야지."

"……."

뮤디가 안타까운 표정으로 한 손을 휘휘 내저었다.

"얘들아. 일단 방향부터 잡아봐야겠다."

그리고 제작진의 개입으로 즉석에서 팀원 토의가 시작되었다.

카메라가 정면에 다닥다닥 붙었고, 스탭들이 앞에 앉아 있는데 할 말도 못 나올 끔찍한 분위기였다. 하지만 누군가는 말문을 터야 할 테니 완장 찬 놈이 먼저 입을 열었다. 큰세진이었다.

"음, 우리 이틀간 굉장히 열심히 했잖아요. 덕분에 안무도 빨리 땄구요. 이제부터 그 기세로 곡에 몰입하면, 충분히 무대 퀄리티 있게 잘 만들 수 있다고 생각합니다."

준비한 듯이 자연스러운 다독임이었다. 이놈 봐라?

"우리 빼지 말고, 열심히 한번 원곡 감성 살려봅시다! 약간 민망할 수도 있지만, 천연덕스럽게 저희가 잘하면 약간… 말랑달콤 선배님들 히트곡 느낌도 나고 재밌지 않을까요?"

"아, 문대가 했던 거처럼?"

"그거지! 좀 유머러스하게 청순하면 신선한 느낌도 들잖아요. 약간 비트 빠르게 해서 신나게 해보면 어떨까요?"

결국, 청순한 여자 아이돌 곡을 뻔뻔하게 오버해서 오히려 말랑달콤 전성기의 병맛큐티 컨셉처럼 소화하자는 말이었다.

'…이건 진짜 준비한 거 같은데.'

그 순간 깨달았다. 이놈도 나처럼 기다리고 있던 것이다.

'일부러 트레이너 피드백까지 방치했군.'

다짜고짜 원곡대로 청순하게 가자고 말하면 반발하는 놈들이 분명 나올 테니까 말이다.

'원곡에 더 어울리는 전공자인 선아현에게 메댄이 갈 가능성도 차단하고. 이렇게 회의 컷 뽑아서 리더 임팩트도 챙기고.'

예사 솜씨가 아니었다. 하지만 안됐군. 이 녀석이 뭔 큰 그림을 그렸던 소용없을 것이다.

내 의견이 더 나았으니까. 일단 밑밥을 치자.

"아이디어는 좋은데, 잘못하면 원곡을 조롱하는 것처럼 보이지 않을까."

안 그래도 선배 아이돌의 곡이다. 조금만 선 넘어서 우스꽝스럽게 보였다가는 무슨 소리를 들을지 몰랐다. 물론, 이 반대 의견도 상정 외는 아니었는지, 큰세진은 웃으며 반박했다.

"안 그래 보이도록 우리가 잘하면 되지!"

"문대 형 너무 하시는 거 아니에요?"

"......?"

갑자기 최원길이 급발진해서 대화에 끼어들었다.

"음, 원길아?"

큰세진은 드물게 당황한 기색이었다. 지원받는 사람보다 공격받는 내가 이득 보는 재밌는 전개다. 큰세진 큰 그림이 박살 나는 소리가 들리는군.

최원길은 그라데이션으로 분노에 찬 발언을 박문대에게 쏟아부었다. 카메라가 있다는 걸 단계적으로 까먹고 있나 보다.

"그러는 형은 뭐 좋은 의견 있으세요? 형이야 트레이너분들께서 좋게 봐주시니까 마음 편하실지 몰라도, 다른 팀원들 마음도 생각해 주셔야죠. 그렇게 무작정 반대만 하시면……."

오, 의외로 일리 있는 발언인데.

"아, 당연히 있지. 내 의견."

"예……?"

"생각해 봤는데, 원곡 감성 살리면서 강렬하게 갈 방법… 있을 것 같은데요."

"…?"

"그런 게 있냐?"

갑자기 튀어나온 이상론에 다른 팀원들이 얼빠진 소리를 냈다. 순식간에 풀린 분위기에 최원길이 순간 낭패 어린 표정을 짓는 것과 달리, 큰세진은 오히려 머쓱하게 뒷머리에 손을 올렸다. 이 자식은 진짜 보통이 아니다.

"진짜면 당연히 좋지만……, 뭔데?"

나는 웃으며 말했다.

"공포를 섞죠."

"…!"

그냥 꽃의 요정이 아니라, 미국 간 꽃의 요정으로 가자.

느낌표와 함께하는 정적이 잠깐 지나간 후, 반응이 터져 나왔다.

"어, 어! 좋은 것 같은데?"

"야, 이 안무에 공포 컨셉 붙이면 진짜 무서울 것 같잖아!"

"오……."

외운 안무를 손으로 대충 휘적거리며 유레카를 외치는 골드 1부터 병맛보단 그나마 낫다는 표정을 짓는 이세진까지, 수위는 다르지만 대부분 긍정적인 반응들이었다.

'이 나이대 아이돌 지망생이라면 보통 병맛보다 멋있는 걸 하고 싶을 테니 차라리 호러가 좋다고 할 줄 알았다.'

큰세진도 짧게 감탄사를 내더니 고개를 끄덕였다. 여론 보고 바로 방향을 선회했군.

"이렇게 바로 이야기하기 좀 민망하지만…… 문대 의견, 전 좋은데요?"

"와, 자기 의견을 버리고 갈아탔어!"

"역시 참리더!"

순식간에 분위기가 밝아졌다. 와글와글 떠드는 팀원들 너머로 흐뭇한 표정의 뮤디가 보였다. 카메라가 뮤디도 잡는 걸로 봐서는 저 컷도 쓸 것 같긴 한데……. 잘 교차 편집돼서 나갔으면 좋겠군.

하지만 겨우 훈훈해진 컷 신을 흐리는 한 놈이 있었다.

최원길은… 아슬아슬하지만 해당사항이 아니었다. 정신 차리고 보니 본인이 한 짓이 편집으로 어떻게 나갈지 걱정됐던 모양이다. 어떻게든 분위기에 탑승하려고 애쓰긴 하는데, 나한테 사과하기엔 자존심이 너무 상하는지 눈도 안 마주치려고 애쓴다.

나라면 벌써 이 분위기에 묻어서 말 심했다고 말하고 끝냈다. 지금 상대가 받아줄 수밖에 없는 분위긴데 왜 저러는지 모르겠다. 어려서 그런가, 사회생활을 모르네.

그렇다면 범인이 누구냐, 선아현이다.

"귀신! 귀신으로 하자! 사람 죽은 썰 붙은 꽃도 있잖아요."

"무슨 공포영화야? 너무 본격적인데? 아! 영화 검은 백조 있잖아, 그렇게 섬뜩한 느낌으로 하면……."

"와, 안무 그렇게 하면 진짜 무섭겠다."

선아현은 이 조별과제 행복회로 편 같은 상황 속에서 본인 혼자 우울한 표정으로 구석에 처박혀 있던 중이다.

"……."

아마 안무가 트레이너가 한 말 때문에 멘탈이 나간 게 회복이 안 되는 모양이었다. 참리더 이미지 컷 뽑으려고 큰세진이 나서지 않을까 잠시 희망찬 생각을 했지만, 그럴 기미도 없었다. 아무래도 선아현이 정신 차리면 전공자 버프로 메댄이라도 꿰찰까 봐 내버려 두는 것 같다.

나머지 머리가 해맑거나 사회성 없는 놈들뿐이니, 결국 말 꺼낼 건 포지션 안 겹쳐서 견제할 필요 없는 나뿐인가.

이렇게 귀찮을 수가……. 팔자에 없던 멘탈 지킴이 짓을 해야 한다는 생각에 허탈해졌다.

'후.'

어쨌든 무대 퀄리티 한 단계가 아쉬운 시점이다. 말이라도 꺼내보자.

지난 이틀 중 가장 정신없고 희망찬 토의 시간이 끝난 후, 짧은 휴식 타임에 선아현에게 말을 걸어보았다.

"피곤해?"

"아, 아니……."

선아현이 긴장한 얼굴로 고개를 저었다. 자기 생각에도 본인 상태가 영 별로였는지 한 소리 들을까 봐 긴장한 눈치였다.

이런 식으로 접근하면 되나. 나는 최대한 온화하게 화제를 텄다.

"그럼 아까 안무 점검 때 피드백이 신경 쓰여서 그래?"

대뜸 사과가 돌아왔다.

"······미, 미, 미안···. 여, 열심히 할게······."

정말 개복치 같은 놈이다. 가슴이 웅장해진다.

"나한테 미안할 건 아니야. 그리고 이건 오해하지 말라고 하는 소린데."

'안무가 인성에 문제가 있어서 동기부여를 인신공격으로 한 거다'는 말을 부드럽게 전달하기 위해 노력해 보자.

"댄스 트레이너 선생님은 진짜 내가 너보다 잘한다고 생각해서 그런 말을 하신 건 아니야. 널 자극하려고 하신 말씀일걸."

편안한 분위기를 조성하기 위해, 말을 이으며 선아현 근처에 앉았다.

"더 잘할 수 있을 것 같으니까 아쉬워서 그러셨겠지. 원래 말을 강하게 하시는 분이니까."

"······."

차마 '아니다 네가 더 잘한다'는 개소리는 못 하겠는지 선아현이 차마 대답을 못 한다. 네가 생각해도 내 말이 그럴싸하지?

"지, 진짜 내가 자, 잘할 수 있을 거라고··· 생각해?"

"음?"

나한테 묻는 건가? 여기서 '안무가는 안무가고 나는 그렇게 생각하지 않는다'고 대답할 리가 없다는 것까지 계산하고 물어본··· 건 아니겠군.

나는 팔짱을 끼고 담담하게 대꾸했다.

"내가 뭐 하러 거짓말을 하지?"

"……!"

선아현이 침을 꿀꺽 삼키더니, 약간 기대에 찬 목소리로 되물었다.

"그, 그, 그럼… 어떻게 하면, 자, 잘할 수 있을지……."

"…내 의견을 묻는 건가?"

"으, 응!"

선아현이 열심히 고개를 끄덕였다.

'오디션으로 경력 시작한 초짜한테 조언까지 바라냐.'

나는 짜게 식은 기분을 애써 숨기며, 선아현의 상태창을 기반으로 정론을 내놨다.

"내 생각엔, 넌 쓸데없이 생각을 많이 하는 것 같다."

선아현은 충격을 받은 것 같았다.

"쓰, 쓸, 쓸데없이……."

"네 생각이 쓸모없다는 게 아니라. 굳이 할 필요 없는 생각까지 너무 하는 것 같단 말이야. 머리를 비워보는 거 어때."

좀 구체적인 예시를 덧붙여보자.

"그냥 '이걸 해내겠다' 정도만 생각해."

"……."

선아현은 생각에 잠긴 것 같았다. 방금 생각을 버리라는 조언을 들은 사람치고는 참 모순적인 반응이군.

어쨌든, 직후에 나온 말은 긍정적이었다.

"조, 좋아. 해… 해볼게."

얼굴에도 의지가 보이니 빈말은 아닌 것 같았다.

근데 기댓값 이상으로 열정에 불타고 있는데? 어깨에도 힘이 들어갔다. 게다가 뭐라 뭐라 중얼거리기까지 하는데… 아마 '이걸 해낸다' 따위의 말인 것 같았다.

"……."

흠, 내가 이 정도까지 조언에 재능이 있었나? 의구심이 들 찰나에 상태창 팝업이 떴다.

['듣고 보니 맞는 말이군(C)' 발동!]

-대상 : 선아현

-효과 : 설득 성공에 의한 특성 활성화

그랬군. 이 35% 따리 확률이 터졌던 모양이다. 이런 식으로도 쓸 수 있을 줄은 몰랐는데… 이 프로 특성상 제법 유용해 보였다. 물론 35%를 뚫는다는 가정하에.

일단 정확한 변동사항을 확인하기 위해 선아현의 상태창도 켰다.

[이름 : 선아현]

가창 : B- (A)

춤 : A (EX)

외모 : A+ (S+)

끼 : B (A+)

특성 : 근성(A)

!상태이상 : 자아존중감 결핍(비활성화)

'상태이상이 비활성화됐다?'

아까 팝업에서 무슨 특성이 활성화됐다고 했는데, 혹시 그 영향인 가? 특성을 확인해 보자.

[특성 : 근성(A)]

−자신의 마음가짐은 스스로 만드는 것. 집중력을 불태워 부정적인 상태를 누른다.

: 활성화 시 상태이상 한 가지(최우선순위) 상쇄

개사기 특성 아니냐.

나도 이 특성 있었으면 벌써 이 데뷔 못 하면 뒤지는 상태이상 비활성화하고 오디션 때려치웠지. 열 받아서 머리가 안 돌아갔다. 나는 시간이 좀 지나고 보컬 연습이 다시 시작된 후에야 침착하게 상황을 정리할 수 있었다.

'어쨌든, 이제 선아현은 저 상태창 그대로 실력을 써먹을 수 있는 건가?'

마침 뮤디가 선아현의 목소리를 칭찬했다.

"아현이 방금 소리 제대로 냈다!"

"가, 감사합니다…!"

내가 그냥 듣기에도 연습 때보다 나았다. 아마 점점 B−인 스탯에 맞는 소리를 낼 것 같다.

'흠.'

선아현이 정신 차려서 무대 질이 높아진 건 좋은 일이었다. 하지만 혼자 너무 치고 나오게 둬도 안 된다.

'아무리 포지션이 안 겹쳐도 저놈이 혼자 버즈량 다 먹으면 곤란하지.'

아무래도 나 개인을 어필할 수 있는 무대 분량을 만들어야겠다. 무대 질에 기여하는 동시에 나 혼자만 임팩트 다 처먹을 수 있는 게 필요했다.

"그래서 호러? 너희가 잘하면, 내가 볼 때도 그 방향 좋을 것 같아. 어떻게 하려는데?"

나는 뮤디의 질문에 신나서 편곡 방향을 떠들어대는 팀원들을 따라 손을 들었다.

"제 파트 편곡 의견 있는데, 말해도 괜찮을까요."

"오, 문대~ 어디?"

"이 부분."

나는 가사지에 손가락을 댔다.

"브릿지요."

옆에 있던 최원길이 입을 떡 벌리는 게 보였다.

파트 고맙다 원길아. 잘 쓰마.

〈아이돌 주식회사〉 시즌 3는 망할 것이라는 조롱과 비판을 땔감으로 삼아 인터넷에서 불타고 있었다.

참가자들 프로필과 첫 무대만 공개된 이 시점. 아직 제작발표회도 진행되지 않았는데도 불구하고 벌써 첫 팀전의 방청객을 모집하는 공모가 Tnet 방송사 홈페이지에 떴다. 촬영 순서상의 문제 때문이었지만, 어쨌든 넘치는 버즈량에 힘입어 방청 신청자를 뽑는 것에도 제법 경쟁률이 붙었다.

그리고 여기, 그 경쟁률(27:1)을 뚫고 당당히 방청을 하러 온 사람이 있었다!

'안 들키겠지?'

이제 보니 그다지 당당한 것 같지는 않다.

침을 삼키는 그녀의 백팩 속에는 그나마 휴대가 용이한 소형 백통과 카메라가 연막용으로 덮어둔 카디건 아래에 감춰져 있었다. 그녀가 굳이 방청을 오며 카메라를 숨겨 온 것에는 모종의 이유가 있었다.

아주사 이번 시즌의 첫무대, 〈바로 나〉를 보는 순간, 직감했던 것이다. 이건 될지도 모른다!

'이 분위기……, 분명 지금은 욕먹고 있지만, 방송 시작되면 이게 다 관심으로 들어갈 수도 있어. 나오는 애들이 괜찮기만 하면!'

그럼 지금 찍는 사진의 가치가 천정부지로 오를 것이다!

반쯤은 도박이었다. 그러나 원래 급등주는 도박이라는 말이 그녀의 뇌리를 지배하고 있었다. 게다가…….

'…진짜 괜찮은 놈 있으면 초기에 홈마로 눌러앉는 것도 좋고.'

마침 그녀의 (전)아이돌이 사회면에 더럽게 진출하며 오만 정을 떨어뜨리고 있었기 때문에, 이 기회를 노려서 계정을 세탁하고 싶은 마음도 있었던 것이다. 그러니 오늘은 최대한 많이 찍어봐야 했다. 어느 참가자가 어느 무대에서 터질지 몰랐다.

그녀는 침착하게 촬영이 시작되는 것을 기다렸다.

공중파 아나운서에서 탤런트로 전직한 MC가 무대에 나와서 몇 마디 당부의 말을 전달한 후에 촬영이 시작되었다.

"이번 무대는 같은 기획사의 선배 아이돌분들의 곡을 커버한 두 팀이 맞붙습니다. 승리 팀에게는 어마어마한 특전이 기다리고 있습니다. 그 특전은… 방송에서 확인해 주십시오!"

사람들이 방영까지 스포일러를 하지 않겠다는 서약서에 동의하긴 했다. 그래도 인터넷에 떠드는 사람들은 넘쳐났기 때문에 무대 외에는 최대한 공개하지 않으려는 것 같았다.

"아이돌 주식회사 시즌 3, 대망의 첫 팀전을 지금 시작합니다! Shine Your Star!"

투표 방식이 고지된 후에, 무대 세팅 점검 후 바로 첫 무대가 시작되었다. 첫 무대는 대중적인 아이돌을 내기로 유명한 QuZ 기획사의 아이돌 곡을 커버한 두 팀이었다.

'좀 지루한걸?'

그럭저럭 나쁘지 않았지만, 전반적으로 원곡보다 못한 건 어쩔 수 없었다. 그녀는 몇 컷을 몰래 찍으면서도 별 기대는 가지지 않았다. 중요한 건 인터넷에서 언급이 좀 되는 참가자들이 있는 팀이었다.

두 번째 팀매치도 싱겁게 넘어간 뒤에야 좀 볼만한 팀이 나왔다. 〈바로 나〉 무대에서 제일 컷이 많이 잡힌 차유진이 있는 팀의 매치가 나온 것이다.

"헐, 차유진!"

"애들 괜찮다~"

눈에 익은 참가자가 많은 팀이었던 만큼, 초반 등장 함성에도 차이가 있었다. 벌써부터 플래카드를 든 사람도 보였다. 무엇보다 무대를 잘했다.

'와, 쟤네는 진짜 잘하는데?'

이미 데뷔했다고 해도 믿을 수준의 실력에, 편곡도 좋았다. 과한 섹시 컨셉으로 인터넷에서 탑골 밈처럼 소비되는 옛날 곡을 세련되고 귀엽게 소화했던 것이다. 게다가 차유진뿐만 아니라 같은 소속사의 랩 담당 참가자도 눈에 띄었다.

'저 둘은 되겠네.'

그녀는 중간중간 돌아다니는 시큐의 시선을 교묘하게 피하며 열심히 둘을 중심으로 데이터를 남겼다. 이 팀과 대결한 다음 팀도 인지도 있는 참가자가 다수였기 때문에 다른 의미로 흥미로웠다.

'아마 방송에서는 여기가 제일 마지막으로 편성되지 않을까?'

그녀는 약간 흥미진진하게 생각하면서도 아쉬워했다. 이제 다음 팀부터는 영 재미없을 것 같았기 때문이다. 직전 팀매치에 볼만한 참가자들이 반 이상 몰빵되어 있었기 때문에 필연적으로 이후부턴 시시해질 수밖에 없었다.

그리고 아니나 다를까, 다음 무대는 별 재미가 없었다. 아마 선택받지 못하고 남은 팀원들로 짠 건지 한 팀만 절대평가 방식으로 평가를 받았는데, 솔직히 왜 선택 못 받은 건지 알겠다. 지금까지 중에 제일 형편없는 무대였다.

"뭐야."

"다리 아퍼."

이제 뒤쪽에서는 슬금슬금 나가려는 사람들까지 있었다. 지겹고 다리도 아프니 굳이 뒷무대까지 보고 싶지 않았던 것이다.

그 산만한 분위기 속에서, MC가 외쳤다.

"점점 열기를 더해가는 1차 팀전, 이번 순서는…… 최근 대상을 수상한 글로벌 대세 그룹, VTIC의 소속사인 LeTi의 곡을 커버한 참가자들입니다!"

MC는 '말랑달콤'은 입에도 올리지 않았다. 방청객 낚시였다는 뜻이다.

하지만 효과는 대단했다.

"VTIC?"

방청객들이 술렁거리기 시작했다.

VTIC은 현재 가장 핫한 남자 아이돌이었다. 초동으로 120만 장을 팔아치우는 명실상부 대상 아이돌의 곡을 커버했다는 말에 나가려던 사람도 잠시 멈췄다. 약간의 기대가 회복된 그 분위기에서 MC가 쾌활하게 외쳤다.

"그럼 먼저 무대에 오를 팀입니다, 악토버31!"

아이스크림 전문점 이름이 떠올랐다. 게다가 한 번에 귀에 붙지도 않는 팀명이었다. 원래 참가자들의 자체 센스가 별로인 경우가 흔했기 때문에 다들 별 감흥 없이 팀명을 흘려들었다.

'그런 건 됐고, VTIC 무슨 곡을 커버했는데?'

"참가자들이 커버한 곡은…… 아, 이분들 꽃의 요정으로 데뷔했었죠? 국민 걸그룹으로 활약했던 걸그룹, '말랑달콤'의 〈새로운 세상으로〉입니다!"

"…!?"

사람들은 당황했다. 갑자기 여기서 말랑달콤이 왜 나와……?

당황한 방청객들은 그제야 이 무대가 VTIC을 커버한 게 아니라, VTIC의 소속사인 LeTi의 소속 아이돌들을 커버하는 것이란 걸 깨달았다. 앞에서 MC가 대놓고 VTIC의 이야기를 한 탓에 순간 헷갈렸던 것이다.

"뭐야…"

심지어 별로 유명한 곡도 아니었던 탓에, 여기저기서 짜증에 찬 반응이 간헐적으로 나왔다가 사라졌다. 차라리 〈POP☆CON〉 같은 히트곡이면 모를까 데뷔곡은 후렴만 좀 기억하는 사람이 대부분이었기 때문이었다.

그건 카메라 세팅을 바꾸던 그녀 역시 마찬가지였다.

'대충 투표 인사 사진만 건질까?'

그녀가 시큐리티의 눈을 피해 카메라를 감추며 성의 없이 생각할 때쯤, 무대가 어두워지며 전주가 흘러나오기 시작했다.

우으-. 우우으으우-. 우우--.

변조된 신디사이저의 음울한 멜로디가 무대를 메웠다. 본래 현악기와 피아노로 2010년대 청초한 여성 아이돌풍 오케스트라 전주가 흘러나와야 할 자리였다.

"어?"

반사적으로 고개를 든 그녀의 눈에, 하얀 무대의상에 거무튀튀한 어깨띠 같은 장식을 걸친 참가자들이 들어왔다. 정장 비슷한 폼이야 워낙 전형적인 남자 아이돌의 착장이었기에 새로울 것도 없었지만, 전자음으로 가득한 전주보다 서정적인 분위기라 묘한 이질감이 들었다.

그 순간, 참가자들이 움직이기 시작했다.

−어느 순간부턴가 깨달았어
불완전한 시간 속을 헤매는 나를

첫 소절을 시작한 참가자는 분명 잘생긴 얼굴에 움직임이 능숙했다. 그녀는 순간 이름도 기억해 냈다.

'선아현이었던가?'

심지어 안무도 서정적이고 우아한 무용의 동작이 섞여 있었지만, 왠지… 좀 이상했다.

−멈출 수 없는 이 시간의 미로
그 속에 갇힌 나를 구해줘

다음 파트가 나오는 순간 그녀는 깨달았다.

'…왜 다 무표정이지?'

노래를 부르는 당사자를 제외한 나머지 참가자들이 다 표정이 없던 것이다. 원래 자기 파트가 아닐 때는 표정 연기가 덜한 건 흔했으나, 이렇게 표정이 없는 경우는 드물었다.

게다가…….

'누, 눈이 이상한데?'

시선을 카메라가 아니라 허공에 두고 있었다.

자기 파트가 돌아올 때만 갑자기 표정과 눈의 초점이 돌아오니 아마 의도적인 것 같았다. 실수로 카메라와 아이컨택을 하지 못한다면 모를 까, 아이돌들은 자기 파트가 아닐 때도 귀신같이 카메라를 찾는 것을 본분으로 알았다.

…그래서 더욱 이상한 광경이었다. 자기 파트에서 혼자 웃고 눈을 빛 내는 참가자와 대조되어 더 오싹했다.

　

　－점점 시들어가

　이 안의 작은 공간

　다시 꽃 필 날을 기다리니까

　어서 나를 찾아와 줘

　

치지직. 피치를 낮춰 음산한 노이즈가 섞인 MR에 간절한 목소리가 올라갔다. 가사는 분명 부드럽고 애절한데, 전주와 연출 탓에 함정처 럼 들렸다.

폐교에서 누군가 우는 소리를 듣는다면 돕고 싶은 마음보다 공포심 이 들지 않겠는가. 무대는 그런 섬뜩한 뉘앙스로 전개되고 있었다.

　

　－한 걸음 두 걸음

네가 오는 소리가

귓가에 울리는데

망설이지 말고 손 내밀어줘

이제 나는 새로운 세상으로~

'새로운 세상으로', 곡 제목과 동일한 가사를 부르는 고음이 짜릿하
게 등골을 울렸다. 반 키를 높여 불협화음으로 만든 탓에, 맑고 또렷
한 소리인데도 어딘지 이상하고 사악하게 들렸다. 이제까지 중에 가장
노래를 잘하는 참가자였는데, 그 노래 실력보다도 무대 자체에 더 몰
입하게 되었다.

─Come to me

Come to me

눈부셔 네 곁의 Paradise

후렴에서는 원곡과 동일한 현악기가 들어오며 신디사이저의 변조음
과 부딪혀 섬뜩해졌다.

지이이이잉─. 끼이이이익─.

발레에서 차용한 움직임에 격한 동작 몇 가지를 더 넣은 탓에 비인
간적인 느낌이 들었다. 그 순간 그녀는 깨달았다.

악토버31, 10월 31일……, 핼러윈이었다. 사악한 존재들이 이승으로

나오는 밤.

—Come to me
Come to me
널 향한 사랑의 Melody (계속돼)

이건 인간이 아닌 무언가가 사람을 홀리기 위해 부르는 것이다!
'허억!'
입을 틀어막은 그녀의 머리엔 폭발음이 가득했다.

물론 비인간적인 컨셉을 쓰는 아이돌이 없진 않았다. 그러나 아마추어들의 아이돌 데뷔 오디션 프로에서, 정반대 컨셉의 여성 선배 곡으로 이렇게 모험적인 시도를 할 것이라곤 아무도 예상하지 못했을 것이다…!

'배짱이 대단하다' 등의 평가를 내릴 여유도 없이, 그녀는 순식간에 무대에 몰입하게 되었다.

이윽고 변형되어 잘린 2절을 지나, 곡이 브릿지로 접어들었다. 그리고 다시 한번 예상치 못한 것이 튀어나왔다.

—Can't You feel me?

브릿지에서 갑자기 편곡이 원곡으로 돌아온 것이다!
심지어 음역도 돌아왔다. 여성이 부른 원곡의 높은 키 그대로 맑은 소년의 목소리가 울렸다.

−따듯한 네 손길이
날 일으키네 아름다워
봄의 정원

아름다운 오케스트라 반주에 조명까지 색을 바꾸어 밝아지자, 언뜻
성스럽게까지 느껴졌다.

−Ooh, Ooh…….

하지만 조명이 밝아지며 다른 것도 선명하게 드러났다. 바로 의상의
디테일이었다.
　단순히 어두운색인 줄 알았던 어깨끈 같은 천은, 의상과 똑같은 흰
천에 검붉은 염료가 덕지덕지 붙어 얼룩덜룩한 상태였던 것이다. 심지
어 어깨끈 위의 목에서부터 흐른 것 같은 흔적이었다.
　'흡혈귀였구나……!'
　방청객의 뇌리에 그것이 각인되는 순간, 브릿지가 끝나고 다시 변조
된 사운드의 후렴구가 이어졌다.

−Come to me
Come to me
눈부셔 네 곁의 Paradise

하지만 이번에는 오케스트라와의 불협화음이 잦아들고 노이즈가 많이 사라졌기에 가사 그대로의 애절함이 드러났다. 자기 파트가 아닐 때의 인위적인 무표정도 사라지며, 섬뜩함보다 몽환적인 느낌이 강해졌다. 사운드의 구성도 날카로움 대신 드림 팝(Dream pop) 같은 공간감이 살아났다.

—Come to me
Come to me
널 향한 사랑의 Melody (계속돼)

변조음이 사라지고 바이올린으로 소리가 끝난다.

발레 동작으로 끝나는 원곡과 달리, 후렴이 끝나자마자 모두가 쓰러지는 것으로 마무리된 무대는 결국 공포보다 애절함을 남기며 끝났다.

마치 비인간적인 노래의 화자가 정말 사람과 사랑에라도 빠진 것처럼.

"……어어어!!"

순간 정신을 차린 사람들이 열심히 환호를 보냈다.

충격으로 시작해 애달픈 마무리까지, 보는 사람의 마음을 두루 자극하는 무대였다. 어설프게 했다가는 이도 저도 아니었을 것이다. 그러나, 이 팀의 참가자들은 제대로 해냈다.

'미쳤다 진짜!'

소리를 지르는 방청객 중에서는 이 참가자들의 실력이 평균 이상에 외모와 스타일까지 좋았기에 가능했단 점을 캐치한 사람도 다수였다. 여기저기서 벌써 마음을 정했는지 흥분한 방청객의 목소리가 들렸다.

일어난 참가자들은 자기들끼리 몇 번 등을 두드리더니, 방청객을 향해 방긋방긋 웃으며 꾸벅꾸벅 인사했다.

"감사합니다!"

"가, 감사해요."

다른 팀들도 다 했던 행동이나, 무대와의 갭이 심한 탓에 어쩐지 더 귀엽게 느껴졌다.

"귀엽네……."

카메라를 지참해 온 그녀 역시 훈훈하게 중얼거렸다. 특히 고음 브릿지를 한 멤버가 눈에 들어왔다.

그 반전 브릿지는 분명 집에 가서도 계속 생각날 것 같았다. 이 발음향을 뚫고 그 고음을 말도 안 되게 잘 소화한 데다가 얼굴도 트렌디하게 귀엽고, 심지어 저 과한 컨셉을 하면서 마가 뜨지도 않았다.

'투표 인사 나오면 무조건 이름 기억해 둔다.'

그녀는 무대 뒤로 퇴장하는 박문대에게 계속 시선을 주며 다짐하다가, 문득 자기 손에 들린 카메라를 깨달았다.

그리고 경악했다.

'무대에 집중하느라, 카메라를 완전히 잊었어…!'

사진을 못 찍어서 아까워 죽겠는데, 동시에 카메라 신경 안 쓰고 저걸 생눈으로 볼 수 있어서 너무 감사하다는 생각이 동시에 들다니! 이런 적은, 구 아이돌 이후 처음이었다.

전율이 흘렀다. 바야흐로, 과몰입의 신호였다.

데뷔못하면
죽는병걸림

CHAPTER
2

CHAPTER
9

무대를 마치고 내려오자, 팀원들이 다리가 풀렸는지 벽을 잡거나 털썩 주저앉았다. 나도 벽에 기대어 생각했다.

'생각보다… 재밌었다.'

이상했다.

솔직히, 이게 재밌을 거라고 예상해 본 적, 없다. 그냥 데뷔 안 하면 돌연사를 당하니까 어쩔 수 없이 한 거지. 내 인생에 누구 앞에서 춤추며 노래를 해본 적이 있기나 했겠는가. 그것도 분장까지 한 채로.

…분명 팝콘 출 때나 노래 부를 때까지만 해도 그냥 해야 하니까 했다는 느낌밖에 없었단 말이다.

'현타나 올 줄 알았는데… 왜 재밌냐고.'

심지어 숨이 목 밖으로 튀어나올 것 같은 상태인데 말이다.

'연습 때보다 더 힘들다.'

아무래도 실전이라서 힘이 더 들어간 것 같았다. 그리고 아마 같이 위에 올라갔던 놈들은 웬만하면 다 비슷하게 숨이 찼을 것이다. 지금도 헉헉거리고 있으니까.

하지만 표정들은 훤했다. 함성이 귀를 찢을 듯이 컸기 때문이다.

"와아아!!"

"앵콜! 앵콜!"

심지어 지금 뒤에서 몇몇이 앵콜을 외치는 소리까지 들렸다.

'사람이 많지도 않았는데.'

기대 이상으로… 결과가 좋았다. 1, 2위가 속한 팀에서도 못 받은 환호였다.

설마 이래서 재밌는 건가. 눈앞에서 쏟아지는 반응 때문에?

"다들 정말… 정말 고생 많았습니다! 우리 잘해냈어요! 진짜!"

카메라가 다가오자 큰세진이 냉큼 입을 열었다. 카메라 의식을 안 했다고는 못 하겠지만, 어쨌든 말은 진심인 것 같았다.

원래 뭐든 결과가 좋으면 미화된다고, 팀원들도 다들 얼싸안은 채로 서로에게 감사하기 시작했다.

"고생하셨습니다!"

"고, 고마웠습니다….."

나도 한마디 정도는 해야 하나.

"덕분에… 재밌었습니다. 감사합니다."

"문대야……."

"세상에, 문대도 이런 말 하는구나."

뭐라는 거냐. 이놈들 얼마나 감격했는지 아무 말에나 감동하고 있다. 심지어 그 뚱한 이세진마저도 울컥한 표정으로 분위기에 취했다.

"…수고했어."

"헐. 형님."

"감동입니다."

팀원들이 드물게 카메라를 의식하지 않고도 훈훈한 눈으로 이세진을 마주 보았다. 분위기가 아주 소년만화 결말부 같았다.

나는 지난 연습 과정을 떠올려 보았다.

–형! 우리 역시 공포를 강하게! 세게 가야 하는 거 아닐까요? 청순에 밀리지 않게!

–그치? 형이 생각해 봤는데 살인마는 어떨까!

–오~ 세다!

–…실존 인물하고 겹칠 수도 있으니까, 좀 더 판타지 생물 쪽으로 생각해 보는 건 어떨까요.

–유, 유령은…….

–…유령?

–으응, 이, 이렇게, 움직이면… 신기해 보이니까, 그…….

–하하하! 좋은 의견 많네요~ 민주적으로 다수결 붙여봅시다!

…이 말 많은 놈들이 떠드는 얼토당토않은 과한 주장들을 완곡하게 쳐내느라 고생한 과정만 떠올랐다.

이때만큼은 큰세진이 고마웠다. 여론몰이 끝내주게 하더라.

결국, 편곡은 나와 큰세진의 의사대로 대부분 진행되었다. 내가 민흡혈귀를 저놈도 밀려고 했기 때문이다. 아무리 그래도 귀신이나 살인마보다는 검증된 인기 요소가 나았다. 귀신까지는 그렇다 쳐도, 살인마? SNS에서 만 단위 공유 타면서 욕 처먹을 생각인가.

어쨌든 공포와 청순을 적절히 배치해서 좋은 결과를 냈으니, 만족스러웠다. 그리고 솔직히…….

'재밌었으니까.'

왜 이렇게 이 직업을 하려는 사람이 많은지 알 것 같았다.

숨을 고르고 몸을 일으키자 팀원들이 얼싸안은 공간에 나를 끼워 넣었다. 나는 어깨를 으쓱했다. 여기서까지 빼면 분위기가 안 살겠지. 카메라에 팀워크를 과시하는 것도 필요한 일이니 굳이 빠져나오진 않았다.

"우리 꼭 다음 팀전 가자."

"아, 다음에도 같이합시다!"

"조, 조, 좋아요."

"솔직히 팀워크는 우리가 최고였지."

덕담이 계속됐고, 더 이상 레퍼토리가 없을 때 즈음에야 스탭의 안내에 따라 상대 팀의 무대를 확인하기 위해 공간을 이동했다.

모니터가 단독 설치된 방에 도착하자, 얼마 지나지 않아 상대 팀의 〈산군〉 무대가 시작되었다.

"오……."

이 녀석들도 예의상 감탄은 하지만 관객 환호성에 유의미한 차이가 있다는 것을 아마 깨달았을 것이다.

상대 팀도 못하진 않았다. 일단 류청우가 곡에 잘 어울렸고, 객관적으로 다른 팀의 무대들보다 평균 이상은 됐다. 하지만 관객들의 머릿속에서 저 팀과의 비교 대상은 다른 팀이 아닐 것이다.

'VTIC이겠지.'

가장 잘나가는 동성 아이돌의 최신 히트곡을 커버한 문제가 바로 이것이다. 현재진행형으로 다수의 뇌에 원곡 무대가 각인되어 있다는 점.

혹시라도 VTIC보다 잘하는 부분이 있더라도 쉽게 인정받지는 못할 것이다. 인터넷에 널린 게 VTIC의 팬이었다. 어지간해서는 'VTIC하고 비교가 안 됨' 같은 의견에 묻힌다.

물론 이런 걸 다 차치하고서도⋯⋯ 우리 쪽이 더 잘하긴 했다. 팀원들도 그걸 아는지, 투표 전 인사를 위해 무대에 다시 올라갈 때의 얼굴들이 밝았다.

MC가 무대 순서대로 팀을 소개했다.

"아, 우리 '악토버31'팀! 할로윈처럼 오싹하고 재밌는 무대였습니다! 팀명이 의도한 게 그거 맞죠?"

"넵! 할로윈의 귀요미들이라는 뜻이 맞습니다! 그리고 또 다른 뜻이 하나 있는데요."

"뭘까요?"

"31가지 맛 아이스크림처럼, 저희 팀원들이 각각 다채로운 매력을 가지고 있다는 뜻입니다!"

큰세진이 꽃받침을 하며 팀원들을 돌아보았다. 짜놓은 소개문에 다른 팀원들이 얼른 포즈를 취했다.

나는⋯⋯ 적당히 볼에 손가락을 올렸다. 현실에서 내 또래가 이런 짓을 하는 건 취해서 누군가를 역겹게 놀려먹으려는 때를 빼면 없겠지만, 생존에 체면이 어디 있겠는가.

"아아아악!!"

"귀여워!"

다행스럽게도 숙연한 반응은 나오지 않았다. 박문대의 외모 스탯을 올려둔 게 천만다행이었다. B-정도면 아슬아슬하게 '훈훈함'을 넘어 '미남' 수준의 외모였으니까.

그리고 상대 팀의 팀 소개가 이어졌다.

"안녕하세요! 저는······."

민망할 정도는 아니었지만, 함성 소리에 차이가 난 탓에 상대 팀이 긴장한 것이 느껴졌다.

"반갑습니다. 저는 류정우라고 합니다!"

"꺄아아악!!"

그나마 믿을 구석은 류청우를 향한 함성 소리는 컸다는 점인데, 안 됐지만 팀이 이기기엔 그걸로는 부족할 것이다.

"주주 여러분, 여러분의 의사를 표시해 주시기 바랍니다! 우선 더 잘했다고 생각하는 팀에게 투표해 주시기 바랍니다! '악토버 31'은 1번! '산중호걸' 팀은 2번입니다!"

여기저기서 자기 팀의 번호를 손가락으로 표시했다. 관객들이 리모컨 버튼을 누르자, 곧 투표가 종료되고 새로운 투표 방식이 고지되었다.

"자, 다음으로는 가장 주주님의 마음에 들었던 참가자 한 명을 팀별로 뽑아주시면 됩니다!"

MC는 한 번 더 강조했다.

"다시 한번 또 말씀드리지만, 두 팀을 통틀어서가 아닙니다! 팀당 한 명, 총 두 명을 뽑아주시면 됩니다!"

이건 대놓고 분란의 씨앗이었다.

제작진은 어지간히 자극적인 전개를 뽑고 싶었는지 이 개인전 투표 보상이 팀전 보상보다 좋았다. 심지어 이걸 미리 고지하지 않고 무대

리허설 직전에 터뜨렸다.

　–여러분! 이번 팀전 내 '개인전'의 보상은… 탈락 면제권입니다!

　–…예!?

　그래서 다른 팀에서 지랄 났다는 말이 파다했다. 하지만 다행히 이 팀은 그런 갈등 소재는 주지 않았다.

　선아현은 호구고, 골드 1, 2는 불만이 있어도 말할 담력이 있는 놈들이 아니었다. 이세진은 당장 자기 파트 소화하는 것도 벅찼을 것이고 최원길도 한번 기를 꺾어놓으니 쓸데없는 소리는 안 하더라. 큰세진이야 결국 자기가 메인댄서를 잡고 갔으니 불만 없었을 것이다.

　이렇게 나열하니 팀워크 덕분이 아니라 각자 자기 문제 해결하기도 벅차서 갈등을 일으킬 여력이 없던 것 같아 보인다고? 그게 맞다. 하지만 카메라에 들어간 건 팀워크 덕분으로 보일 테니 상관없다.

　아무튼, 첫 번째 투표보다는 애매한 분위기 속에서 개인투표도 끝났다.

　"감사합니다!"

　짧은 인사를 끝으로 참가자들은 무대에서 내려갔다. 물론 나도 포함해서.

　이상하게도, 내려오기 아쉽다는 기분이 들었다.

촬영은 한밤중에야 끝났다.

"다들 고생하셨습니다~"

"우리 좀 잘한 듯!"

개인전의 결과는 순위 발표식에서 공지된다는 말에 다들 아쉬워하면서도 빠르게 마음을 정리했다. 지난 시즌에도 그랬기 때문에 반쯤 예상한 것도 있을 테고, 어쨌든 팀전은 이겼다는 생각에 마음이 편한 탓도 있을 것이다.

그렇다. 팀전은 이겼다.

-팀전은… 악토버 31의 승리입니다! 스코어는 무려, 82 대 401!

-허어억!!

그것도 '82 대 401'이라는 미친 스코어로.

발표됐을 때 5초간은 경악과 환성의 도가니탕이 됐었다. 큰세진을 제외한 나머지가 거의 울기 직전까지 갔으니, 더 말할 것도 없었다.

그러나 이 녀석들은 빠르게 진정하고 침착해질 수밖에 없었다.

-흐_으윽…….

-…동균아.

-고생했어. 잘했어.

상대 팀에서 진짜 우는 참가자가 나왔거든.

원래 먼저 우는 놈보다 덜 서러운 놈이 우는 건 쉽지 않다. 그게 기뻠의 눈물이면 더하다. 덕분에 카메라와 상대 팀을 의식하며 애매한 기쁨 상태를 지속하던 팀원들은 촬영이 끝나자마자 극한의 들뜸 상태 가 되었다.

"우리 단톡방 팔까요? 아니, 이렇게 열심히 같이 동고동락했는데~ 단 톡 정도는 있어야 하지 않나!"

"헐 완전 좋음!"

"저는 찬성이옵니다 리더님."

큰세진의 주도하에 단톡방까지 생겼다. 놀랍게도 분위기를 탔는 지, 이세진까지도 군소리 없이 번호를 알려줬다.

"헉!"

"이야! 형님!"

"와~ 우리 팀원 전부 도란도란 이야기할 수 있겠네요!"

"……."

결국 나도 자연스럽게 번호를 교환하고 단체 메신저방에 들어가게 되었다. …알람 꺼야지.

"문대~ 고생 많았어!"

"어, 너도 리더 하느라 고생 많았다."

큰세진이 짐을 챙기는 내게 말을 걸었다. 잘 끝난 판에 적당히 예의 를 차려주니, 날름 받아먹었다.

"하하, 내가 좀 좋은 리더였지!"

"……."

이놈은 겸양이라는 걸 모르나…….

"농담이었어, 농담!"

큰세진이 빙긋 웃었다. 아닌 것 같았으니 그만했으면 좋겠다.

"우리 자주 보자. 연락도 꾸준히 하고!"

"음, 그래."

큰세진은 아무래도 나를 자기 라인에 끼울 생각인 것 같았다. 같은 소속사 참가자들은 영 시원찮아서 손절할 예정인가 보다. 그러나 나는 이놈이 약쟁이 후보군이라는 점을 잊지 않았다. 의혹이 완전히 해소될 때까지 혹시 모를 위험을 감수할 생각은 없었다.

'대충 넘기고 나중에 폰이 고장 났다고 말하면 되겠지.'

그렇게 생각할 때쯤, 옆에서 또 목소리가 치고 들어왔다.

"나, 나도! 여, 여, 연락……."

"연락하자고?"

선아현이 거세게 고개를 끄덕였다. 큰세진보다는 괜찮겠지.

나는 고개를 끄덕였고, 선아현의 얼굴이 훅 밝아졌다. 큰세진이 웃으며 말했다.

"우리 셋이 따로 단톡 팔까? 동갑라인 단톡도 하나 있으면 좋잖아."

이걸 이렇게 가져다 붙이냐.

하지만 선아현의 빠른 찬성에 힘입어 순식간에 또 다른 단체 메신저 방이 개설되었다. 불길한 예감이 스치고 지나간다.

당장 무대를 완성하기 급급해서 미뤄놓은 고민이었는데, 지난 시즌에 첫 팀전에서 묶인 대로 투표가 들어오는 경우가 제법 됐다는 게 마음에 걸린다.

'설마 이대로 이놈들하고 세트로 묶이는 건가?'

"......"

모르겠다. 어쨌든 팀전은 잘한 것 같으니 웬만하면 1차는 통과하겠지.

"다들 잘 들어가요~"

"또 뵙겠습니다!"

참가자들은 인사를 마치고 촬영장을 나섰다.

나도 걸어 나와서 버스를 탔다. 임시 원룸으로 돌아가면 바로 팀전 후기나 찾아봐야겠다.

방청객들은 보통 방영 전까지 무대 내용을 누설하지 않겠다는 서약서를 썼다. 그러나 어디든 스포일러 금지가 제대로 지켜지는 경우는 드물었기에 신상이 드러나지 않는 익명 사이트에서는 후기가 줄줄 올라왔다.

대충 이런 식이었다.

[망주사 방청 후기]

: 말랑달콤 개쩔었다ㅅㄱ

-이놈들 대체 뭐임 계속 튀어나오네

　└어그론가?

└ㄴㄴ진짜 쩔었다는데?

└아니, 말랑달콤을 어떻게 쩔게 하냐고 팝콘으로 팝핀이라도 췄냐

의외였다. 아무리 그래도 1위였던 차유진이 있는 팀의 언급량이 더 많을 줄 알았는데, 어째 이 팀보다 언급량이 더 많아 보였다.

물론 반 정도는 실제 방청객이 아니라 〈아이돌 주식회사〉를 조롱하는 시류에 편승해서 어그로 끌려는 놈들인 것 같았다. 하지만, 어쨌든 꽤 많은 사람에게 인상 깊게 남았다는 소리 아닌가.

좀 제대로 된 후기를 골라서 읽어봤다.

[1차 팀전 일단 기억나는 대로 써봄]

…그리고 맬렁스윗 데뷔곡 한 애들 진짜 잘했음 걔넨 그대로 데뷔해도 될 듯 피지컬 합도 좋고 뚝딱거리는 것도 이세1진뿐이었는데 개도 분위기로 거의 수납해 버림… 아이디어 누가 낸 건지 궁금함

아 맞다 고음도 쩔었음 여기 메보 잡아도 될 듯

+하도 주작거려서 인증샷 첨부한다 옛다 (흐릿한 무대 설치 사진)

└그래서 이세진말고 누가 있었냐고요

└개잘했다면서 멤버가 누구였는지는 기억 못하는 매직ㅋㅋㅋ응 다음주작

└응 주작 아냐 인증샷이나 보고 와ㅋㅋ

-지금 프로필 보고 이름 매치해 보니까 일단 선아현 있었다. 존나 잘하더라 센터 제도 있었으면 걔가 백퍼 센터였을듯

└근데 대체 어떻게 잘한 거야 진짜 궁금하네ㅠㅠ 말랑달콤 데뷔곡 개오글거리는데

└오컬트물로 만들어놨던데, 소름 돋더라구요.

└??

└아님 로봇컨셉이야

└ㅋㅋㅋ어그로 무시해라 요정 컨셉 그대로 밀고 감

└ㄴㄴ늑대인간 컨셉이었음

└아님 뱀파이어야

└대체 뭐가 맞는 건데 이 미친새끼들아ㅠㅠ

└요정이 맞어ㅎ

"글 망했네."

다른 글도 확인해 보니 똑같이 중간부터 장난치는 놈들이 끼어들어서 놀이가 됐다.

아마 이대로 방송될 때까지 카더라만 무성할 것 같은데, 차라리 잘된 일이었다. 자세한 건 모르는 편이 더 궁금하지 않겠는가. 그리고 제작진들도 분명 인터넷 여론을 살필 테니 이 넘치는 언급량은 팀 분량에 호조로 작용할 확률이 높았다.

'반응 살펴보는 건 이만하면 됐고……'

이제 다음으로 처리할 우선순위를 살펴보자. 나는 무대가 끝나자마자 떠올랐던 팝업을 다시 불러왔다.

[성공적 무대!]
과반수에게 감명을 주었습니다!
−관객수 : 582명 (갱신!)
−감명받은 비율 : 81% (갱신!)
: 희귀 특성 뽑기 ☞ Click!

예전보다 설명이 길어졌다. 아마 관객수와 감명받은 비율이 기록을 세울 때마다 더 좋은 특성을 주는 것 같았다.

지금까지 써먹은 두 특성이 모두 효과가 있었으니, 무대 한 번에 특성 뽑기는 괜찮은 보상이었다. 하기야 1년 내로 데뷔 못 하면 죽는다는데 이 정도는 해줘야 밸런스가 맞다.

'…흠, 이렇게 생각하니 갑자기 열 받는데.'

그 외에는 1차 팀전을 준비하면서 달성한 춤 연습 500회 업적으로 한 단계 레벨업을 했었다. 하지만 스탯 분배는 미뤘었다. 다음 촬영 내용에 따라 가장 효율적으로 투자할 생각이었기 때문이다.

'그러니 이건 계속 킵해두고, 특성 뽑기나 돌려보자.'

뽑기를 클릭하자 예상대로 슬롯머신이 떴다. 슬슬 이 모양도 익숙해지는 것 같다. 그리고 홀로그램 속 슬롯은 언제나처럼 빙글빙글 돌아가다가, 한 칸에서 멈췄다.

황동색이었다.

"아……."

몇 칸 없던 은색이 높은 등급 같은데 황동색이 걸려서 좀 아쉽긴 했다. 하지만 언제나 운이 좋을 수는 없는 노릇이다. 게다가 등급보다도 내용이 중요한 것 아니겠는가.

나는 빠르게 마음을 정리하고 당첨된 특성 효과를 확인했다.

[특성 : '날 봐!(D)' 획득!]
–사람들이 당신의 행동을 약간 더 주목한다.

"……"

할 말을 잃었다.

물론, 엔터테인먼트 직종에서 주목받는 것은 중요한 재능일 것이다. 무대에서의 짧은 순간이 커리어를 바꾸는 경우도 많았으니까.

하지만 이 특성이 제목부터 내용까지 관심종자 전용 같다는 인상을 지울 수 없었다. 심지어 정확한 증가 비율도 안 나와 있다. '약간 더'라니.

"상태창에서 이런 애매한 표현을 써도 되냐?"

이래서 D급 특성인가.

하지만 상태창이 내 불만과 상호작용하는 기적은 (당연하지만)일어나지 않았고, 나는 결국 현실을 받아들였다.

그래. 주목받는 특성… 좋지. 데뷔에 도움이 됐으면 참 좋겠구나.

드르르륵!

상태창을 지우는 순간 스마트폰에 진동이 왔다. 혹시 제작진으로부터의 연락인가 싶어 얼른 확인했다. 하지만 아니었다.

"뭐야."

메신저톡이었다.

[이세진(큰) : 문대문대 단독 확인 안 함?ㅋㅋㅋㅋ]

[이세진(큰) : 안읽씹이 너무 쿨해서 춥다 문대야]

"……."

개인 메신저도 알람을 꺼야 했는데 미처 생각을 못 했다. 앞으로 계속 마주칠 사이에 이미 읽은 메시지를 무시하는 건 멱살잡이나 다름없었기 때문에, 어쩔 수 없이 답장을 보내봤다.

[나 : 원래 폰 잘 안 봄. 미안]

[이세진(큰) : 에이 뭘 사과하고 그래 민망하게ㅎㅎ]

[이세진(큰) : 빨리 단독 확인요망!]

뭐 특별한 소식이라도 있나?

단체 메신저방을 확인했다. 지난 1차 팀전의 팀원들과의 방에 300개가 넘는 새로운 메시지가 표시되어 있었다. 물론 다 읽을 생각은 없으니, 쭉 내려서 마지막 대화만 확인했다.

팀원들은 지난 무대 방청 후기 글을 캡처해서 공유하고 있었다. 후기에서 '이 팀 다들 잘생겼더라구요~' 표현을 발췌해 형님아우님 잘생겼다고 사회생활이 오가는 중인 것 같았다.

[이세진(큰) : 맞아 그러고 보니 문대도 방송물로 세수하나 봐 볼 때마다 얼굴이 잘생겨짐ㅎ]

[이세진(큰) : 우리의 전우애를 생각해서 피부과를 공유해다오]

레벨업빨이다 새끼야.

물론 그렇게 말할 수는 없으니 그냥 안 다닌다고 보냈다.

'피부과나 물어보려고 '확인요망' 같은 단어를 쓴 이놈은 대체……'

기분 탓인가, 부쩍 피로해졌다. 그 순간 또 진동이 울렸다.

[선아현 : 문대야 잘 지내고 있니 1차 팀전 때도 언제나 잘 대해 줘서 고마워 내가 꼭 다음에 보답…… (더보기)]

구구절절한 장문 메시지가 단체방에 올라왔다. 거짓말처럼 갑자기 아무도 메시지를 올리지 않는다.

숙연하기 짝이 없었다.

"……"

인간적 도리상 짧은 답장을 한 뒤, 나는 곧바로 데이터를 껐다. 다음 촬영 때 만나면… 집에 와이파이 없어서 메신저톡 못 본다고 꼭 말해야겠다.

다음 촬영인 제작발표회가 닷새 남은 시점이었다.

제작발표회. 1화 방영을 앞두고 진행하는 홍보용 행사.

사실 77명이나 되는 참가자가 개인으로서 할 일은 거의 없었다. 그냥 〈바로 나〉 한 곡 부르고 사진이나 좀 찍히면 되는 거지.

물론 여기서 '사진이 찍힌다'는 점이 중요했다. 이 제작발표회에서 찍힌 사진이 초반 투표율을 선점하는 데 큰 역할을 할 수도 있다는 것은 이미 검증된 사실이었기 때문이다.

'덕분에 나도 돈 받고 좀 찍어봤었고.'

일단 찍고 파는 게 아니라 지정해서 의뢰하니 보수가 쏠쏠했었다. 어쨌든, 그런 제작발표회에 서 있는 내 심정을 표현하자면……. 그렇다.

'다 어디서 본 얼굴들이구먼.'

취재진 뒤에서 개인 카메라를 내밀고 있는 면면들이 익숙했다. 과반수가 어디든 행사에서 한 번쯤 내 옆에 앉아본 적이 있을 것 같다.

좀 분석해 보자면… 어디 보자, 우선 둘 건너 하나꼴로 데이터 파는 놈들이 보였다. 그걸 제외하면 대부분 기존 아이돌의 팬이었다. 새 아이돌 물색 목적이 반, 그냥 재미 삼아 온 게 반 정도겠지.

그래서인지 누구 하나만 고정해 놓고 찍는 사람은 별로 없는 것 같았다. 참가자 서넛 정도가 한 컷에 들어오게 찍은 뒤에 각각 크롭할 생각인지, 렌즈가 슬쩍슬쩍 움직이는 게 보였다.

어쨌든 생각보다 인원이 많았다. 슬슬 이 프로그램이 논란을 화제성 삼아서 성공할 것이라는 분위기가 암암리에 조성되고 있나 보다.

'아쉽지만 현재 박문대의 외모에 남은 포인트를 써도 B를 벗어나지 못한다.'

아마 제작발표회의 수혜는 외모 스탯 A- 이상이 챙겨갈 테니, 〈바로 나〉 공연이나 열심히 하고 들어가야겠다.

'역시 대세는 얼굴인가…….'

외모 스탯부터 찍을 걸 그랬다는 짧은 후회가 또 지나갔다.

"기자분들 입장하신 후에 시작할게요!"

야외 잔디 위에서 새벽에 리허설한 대로 대형을 맞춰 서자, 스탭이 잠시 대기를 외쳤다. 그렇게 막간을 이용해 발을 풀고 있을 때, 누가 불쑥 말을 걸었다.

"무대 봤어요."

"예?"

대각선 앞에 서 있던 차유진이었다. 내 기억이 맞다면 이번 시즌에서 1위 할 참가자다.

'근데 무슨 말이 이렇게 맥락이 없냐.'

그 순간 기억이 났다. 지난번에도 이런 식이었다. 아마 〈바로 나〉 방송 무대 촬영 때였던가, 차유진이 춤 못 추냐고 대뜸 물어봐서 무대 보고 판단하라는 식으로 대답했던 것 같다.

'설마 이 무대 이야기가 그 대화의 연장이었나.'

지금 참가자들 간에 무대 이야기를 한다면 시기상 1차 팀전일 확률이 높긴 했다. 그리고 그거라면 인정할 수밖에 없지. 스스로 생각해도 잘했으니까. 하지만 그래도 뜬금없기는 마찬가지였다. 무슨 소년만화도 아니고… 라이벌 의식이라도 느꼈나.

그리고 더 뜬금없게도, 차유진은 엄지를 들어 보였다.

"정말 잘했습니다!"

"아, 고마워요."

"다음에 같이 팀 해요."

"가능하면 좋죠."

이놈이 무슨 생각이든 간에 정말로 같이하면 이득이지. 나는 일단 묻지도 따지지도 않고 오케이했다. 빈말이어도 굳이 신경 쓸 필요 없겠고.

차유진과의 대화는 거기서 뚝 끝났다.

"이, 이거… 먹을래?"

"어, 고마워."

"허억! 아현 님 제 건 없나요?"

"와 큰세진 리더 그만두니까 간신배 같다."

"여, 여기."

나는 근처의 선아현에게 젤리를 받아 씹으며 발을 마저 풀었다. 골드 등급 전 팀원들이 떠드는 소리를 흘려듣고 있자니 스탭이 신호를 줬다.

"준비하세요~"

곧 촬영 첫 주에 지겹게 들은 전주가 흘러나왔다. 어쨌든 이 무대는 분명 위튜브에 올라올 테니, 안무 실수만은 피하자.

무사히 〈바로 나〉 무대를 끝내고 퇴장하는 순간, 누군가의 외침 소리가 들렸다.

"문대야!"

지금 박문대를 부른 게 맞나?

고개를 돌려 확인하니 카메라 군단 중 한 사람이었다. 후드티를 쓴 여성은 내가 돌아보자마자 끊임없이 셔터를 누르는 것 같았다.

…나만 고정해서 찍고 있는 건가? 무심코 손으로 얼굴을 가리키자, 다시 여성이 소리쳤다.

"문대야! 하트 좀!"

"……."

저 말을 내가 듣는 날이 오게 될 줄은 몰랐다. 하지만 기회는 기회였기에, 나는 어떻게든 손가락 하트를 만들어서 들어 올렸다.

좀… 민망했다.

"볼 콕! 볼에 콕도!"

옆에서 선아현이 슬금슬금 옆으로 빠져나가려고 한다. 이미 무대 전에 한바탕 본인을 부르는 카메라에게 시달린 모양이다.

어림도 없다. 나는 눈짓했다.

'너도 해라.'

한 놈이라도 같이 하면 덜 민망하겠지. 신호는 제대로 수신했는지, 선아현이 삐걱거리며 다시 돌아왔다. 그리고 그 사이로 큰세진이 치고 들어왔다.

"둘이 뭐 하세요? 아, 사진~"

숟가락 기가 막히게 올려 버리네. 남의 어깨에 팔 올리는 짓은 하지 말았으면 좋겠지만 카메라가 있어서 참아보기로 했다. 그렇게 졸지에 셋이 어깨동무를 하고 사진을 찍게 되었다.

'결국, 1화 전부터 이렇게 셋으로 사진을 남기는군.'

단체 메신저방 개설할 때부터 싸하긴 했지. 좀 찝찝했지만 이미 1차 팀전부터 엎어진 물이었으니 구태여 피하진 않기로 했다.

어쨌든 괜찮은 컷을 건졌는지, 겨우 카메라에서 눈을 떼는 여성의 얼굴이 보였다. 그런데 낯이 익다.

어……. 나한테 데이터 좀 사 가셨던 분인데.

스케줄상 어떤 행사가 직접 찍기 어려운 경우, 사서 보정만 한 뒤에 자기가 찍은 것처럼 올리는 홈마들은 암암리에 꽤 있었다. 음, 저분도 그런 수요였다.

어디 보자, 시세 맞춰 올려 부르니까 데이터 파는 놈이라 그런지 단

가도 양심이 없다며 비꼼당한 기억이 새록새록 떠오르는군. …그래도 난 공항 출입국 같은 사생활은 안 찍었는데. 데이터가 안 팔리면 팬 커뮤니티나 위튜브에 공짜로 풀기도 했었고.

'뭐… 어쨌든 욕먹어도 할 말 없긴 하군.'

회사가 영업 목적으로 그냥 놔두고 있기는 해도, 남의 초상권 무시하고 장사하는 마당인 건 맞으니까. 어쩌면 그 죄로 지금 데뷔 못 하면 돌언사냥하게 생긴 걸지도 모르겠다. 찍히는 아이돌의 심정을 역지사지로 느껴보라는 거지.

"박문대 진짜 귀엽다!!"

"……."

와… 진짜 적응 안 되네.

그러고 보니 저 사람이 찍던 남자 아이돌은 작년 말에 음주운전이 터졌었다.

'그놈, 포지션이 메인보컬이었지…….'

아마도 박문대로… 갈아타실 예정이신가 보다.

나는 오묘한 기분이 되어 손을 흔들었다. 어쨌든 제작발표회 데이터는 소중하니까, 열심히 찍어주셨으면 좋겠다.

'금요일 전에 사진을 업로드해 주시면 더 좋고.'

바로 이번 주 금요일에, 〈재상장! 아이돌 주식회사〉가 첫 방영을 시작하기 때문이었다.

Tnet 본사. 9층 구석에 위치한 편집실은 밤샌 직장인들로 가득했다. 박문대를 섭외했던 류서린도 그중 하나였다.

"서린아, 너 눈 시뻘겋다. 커피 좀 마시고 해."

"시간 없어. 커피만 주세요."

오늘로 7잔째였다. 커피를 물처럼 들이켜며 영상 데이터를 돌려 보는 얼굴들은 하나같이 초췌했다. 류서린의 예전 사수가 한숨을 쉬었다.

"첫 화 편집이 중요하긴 하지."

"…네. 프로그램 방향이 보이잖아요."

무엇을 보여주고, 무엇을 잘라낼 것인가.

"그래, 뭐든 스토리가 있어야 재밌잖아."

"사람들이 아무 생각 없이 봐도 몰입할 수 있어야 재밌죠."

오디션 프로에도 서사가 있어야 재밌다. 그리고 그 서사가 보기 편해야 시청자가 붙는다. 이건 거의 정설처럼 여겨졌다.

"맞아. 그래서 한… 4화까지는 생각하고 1화부터 빌드업하는 거지."

"그렇죠. 1차 팀전 결과를 에피소드 결말로… 스토리 흐름 잡고, 애들 캐릭터 잡아줘야죠."

물론. 그걸 결정하는 것에서 류서린 작가나 전 사수의 권한이 막강하진 않았다.

'결국, 메인 PD가 무슨 생각을 하는지가 중요하지.'

그녀는 잠시 영상에서 손을 뗐다.

"쉬게?"

"…건의 좀 해볼까 하고요."

"아, 편집?"

"네."

"음~ 괜찮지. 너 시즌 1 때도… 이고윤이었나? 그 일반인 참가자 편집 이야기한 거 정PD가 받아줬잖아."

나도 해볼까? 전 사수의 말에 류서린이 내심 코웃음을 쳤다.

'내가 타이밍을 잘 노려서 한 거지.'

지금이 딱 그 타이밍이기도 했다. 피로에 찌든 사람들은 동지의식 때문에 권위의식을 깜박 잊어버리기도 했으니까.

"이번엔 그… 음, 밀어줘야 할 애도 없고, 건의하기 딱 좋네."

"네. 시청률만 생각하면 돼요."

마침 전 시즌이 논란과 함께 조기종영해 버린 탓에 유력 기획사로부터의 청탁도 거의 없었다. 그렇다면 어떤 참가자들을 어떻게 보여줘야, 시청자들이 팀전이 방영될 때쯤 카타르시스를 느낄 것인가.

"사람들이 좋아하는 애 잡는 것도 중요하지만, 싫어할 애도 필요하잖아. 그런 거 말해보는 건 어때? 너 잘하잖아."

장난스러운 말에 뼈가 있었다. 류서린은 어깨를 으쓱했다.

"에이, 그런 걸 어디 제작진이 다 만드나요? 원래 사람들이 그래요. 좋아할 애는 계속 좋아하고 싶고, 싫어할 애는 계속 싫어하고 싶고."

"흐흠."

제작진으로 묶어버리자, 전 사수가 입을 다물었다.

"우리야 그냥 시청자들이 몰입하기 편하게 만들어주는 거죠, 뭐."

"그렇긴 하지."

전 사수는 슬쩍 꼬리를 내렸다. 류서린이 확실히 감각이 있긴 했기 때문이다. 그래서 화제를 돌려, 다 아는 것처럼 또 운을 뗐다.

"그래서 이번엔 언더독으로 골랐구나? 그건 편집자가 손댈 게 많으니까."

"……."

언더독(Underdog) 효과. 다윗이 골리앗을 이기는 것처럼 약자가 강자를 이기는 짜릿한 역전극에 열광하게 되는 효과를 의미했다.

오디션 프로그램이 보여줄 수 있는 가장 재밌는 서사 중 하나였으나, 제대로 된 효과를 보려면 편집자의 많은 조정 작업이 필요했다. 잘 짜맞춰야 하니까.

"너 걔네 건의할 거지? 계속 돌려보던데."

"뭐…… 보고요."

류서린은 대충 흘렸지만, 사실상 긍정이었다.

'아무리 생각해도…… 얘네한테 줘야 돼.'

류서린은 돌려봤던 영상을 떠올리며, 결심했다.

"화이팅~"

그녀는 예전 사수가 마음에도 없는 말을 하는 것을 적당히 호응하고, 메인 PD를 찾아가 말을 붙였다.

"저기 PD님,"

그리고, 아마 메인 PD도 비슷한 생각을 하고 있을 것이라고 반쯤 확신했다.

"와, 진짜 긴장되네!"

"우리 많이 나왔으면 좋겠다."

땀내 나는 청소년들의 목소리가 합숙소 강당을 울렸다.

기운도 좋군. 이 야밤에 세트장까지 찾아와서 불편한 유니폼을 입고 불편한 철제 의자에 앉아서 촬영 중인데 말이다. 하기야 사방에 카메라가 있으니 불편한 티를 내기도 힘들긴 하겠지.

나만 해도 그랬다. 골드 1, 2와 큰세진이 자기들끼리 떠들다 질렸는지 여기까지 와서 깐족거리는 걸 참고 있지 않은가.

"문대 형님, 1화를 앞둔 소감이 어떠십니까?"

"아~ 등수평가 레전드가 될 준비가 됐다고 하는데요?"

"놀랍습니다! 문대 씨!"

"그만해라……."

이딴 시답잖은 소리를 무시하지 못하는 내 인생이야말로 레전드다 진짜……. 뭐라도 찬 걸 들이켜고 싶다.

'…아, 음료수가 있군.'

지금 보니, 자리마다 아래에 이온음료가 놓여 있었다. 상표가 잘 보이게 배치해 둔 걸 보니 드디어 PPL을 땄나 보다. 듣보잡 메이커였지만 아무래도 좋다. 나는 음료를 따서 벌컥벌컥 마셨다.

그리고 그대로 뿜을 뻔했다.

"……."

왜 PPL 넣었는지 알겠다. 더럽게 맛없네.

"카운트다운 곧 들어갑니다! 10부터 따라서 외쳐주세요!"

스탭의 외침 소리와 함께 정면의 빔프로젝터 스크린에서 로고가 사라지고 숫자가 떴다.

"10! 9! 8!······."

카운트다운이 끝나고 테마곡 〈바로 나〉의 멜로디가 흘러나오자, 여기저기서 환호와 박수 소리가 나왔다.

그렇게 대망의 1화가 방송을 탔다.

첫 화는 특별편성으로 2시간이나 방영되었다.

참가자들은 120분 동안 철제 의자에 앉아서 방송용 리액션 외에는 움직이지 못했다는 뜻이다. 하지만 참가자들이 그런 것을 신경 썼을 것 같진 않다. 중요한 것은 하나다.

'내가 방송에 얼마나 나왔는가?'

물론 실망한 참가자가 훨씬 많았을 것이다.

나는 어땠냐고?

음, 촬영이 끝난 후 인터넷을 뒤져 찾은 반응과 함께 내용을 복기해 보자. 우선 〈아주사〉에 대한 비난 기사와 베스트 댓글 등, 온갖 인터넷 반응들이 대놓고 화면에 송출되며 자막이 떴다.

[수많은 논란!]

[과연 〈재상장! 아이돌 주식회사〉의 진짜 촬영은 어떻게 진행되었을까?]

시청자들은 이전과 똑같이 반응했다. 방송은 욕하면서 계속 봤다는 이야기다.

　-아니, 저런 걸 거르지도 않고 그냥 내보내냐 역시 케이블 클라스 어디 안 가네ㅋ

　-마라맛 팝콘 씹는 기분

　-개노잼이니까 애들이나 보여줘

　다행히 오프닝은 순식간에 지나가고, 첫 참가자가 등장했다.

[아~ 너무 긴장돼요!]

　'오, 최원길.'

　그렇다. 최원길이 속한 단체 평가가 먼저 방송을 탔다. 최원길은 전형적인 막내 포지션으로 꽤 분량을 받았다.

　'분명 첫 참가자는 다른 놈이었던 것 같은데.'

　그리고 첫 참가자는 이후로도 분량을 받지 못했다.

　'앞으로도 안 나오겠군.'

　전반적으로도 그런 식이었다. 제작진 선에서 자체적으로 선별이 끝난 상태. 몇몇 참가자들은 리액션 컷도 제대로 받지 못했다.

　재밌는 건 직전 내 조의 팀원이던 참가자들이 꽤 분량을 받았다는 점이었다. 최원길을 시작으로 1부가 끝나기도 전에 큰세진과 골드 1, 2의 평가가 방송을 탔다.

　느낌이 괜찮았다. 팀전 들어갈 때 괜찮은 팀으로 조명받고 시작하면 좋지.

'물론, 가장 중요한 건 내 분량이긴 하지.'

내 평가가 통편집이 아니라면 순서상 1화에 나와야 했다. 그리고 다행히도 나왔다.

[다음 참가자, 지금 입장합니다!]

내 분량은 1부 마지막에 처음 등장했다. 화면에 박문대가 무대로 걸어 올라가는 것을 보는 것은 희한한 기분이었다. 누군가 내가 했던 일을 흉내 내는 걸 보는 기분이라고 해야 하나.

뒤에선 큰세진과 골드들이 내 등을 때리고 어깨를 잡고 흔들기 시작했다. 감상에 빠질 틈도 없게 만드는군.

"야야야, 너 나온다! 보여?"

"…어, 나네."

더 흔들면 눈이 있어도 못 볼 지경이니 그만해라.

그렇게 말할 수는 없으니 적당히 호응을 돌려주고 다시 화면에 집중했다. 심사위원과의 대화가 나오고 있었다.

[예, 참가자분. 자기소개 부탁드립니다.]
[…박문대라고 합니다. 잘 부탁드립니다.]

무대 위에서 박문대의 인사가 끝나자마자 곧바로 인터뷰가 삽입되었다. 편집에 공이 들어갔다는 증거라 긍정적인 사인이었다.

[Q : 하고 싶은 말씀 있나요?]
[박문대 : 아뇨. (침묵)]
[박문대 : 특별히 없는데요.]

웃음기 없는 BGM과 싸한 효과음은 덤이었다.

"……음."

어디 보자…… 분명 팀원에게 불만 있냐는 질문에 대한 대답이었던 것 같다. 이걸 이렇게 가져다 붙인다? 긍정적인 사인이라는 말을 7초 만에 철회하게 만드는 편집이었다.

'이거 싸한데.'

심사위원들의 어이없어하는 반응이 더 과장되게 화면에서 흘러나왔다.

[아니, 그것뿐이에요?]
[예. 소개할 만한 경력이 없습니다.]

그 대답이 끝나자마자 또 인터뷰 컷이 등장했다.

[박문대 : (이 프로에 나오기 전에) 연예계 관련 경험은 없습니다.]
[Q : 트레이닝 받은 적은?]
[박문대 : 없습니다.]

여기서 X 됐다 싶었지.

'답변을 잘라서 쓸까 봐 일부러 자르기 힘들게 말했었는데, 아예 단답형으로 만들어 버릴 줄은 몰랐네.'

이때 인터넷 반응도 살벌했다.

-대답 진짜 성의 없다
-컨셉충?
-의욕 없어 뵈는데 갓반인으로 살지 왜 기어 나오세요;;
-개못해서 킹받거나 웃길 각인데

그리고 화면 안 심사위원들의 어이없어하는 속삭임이 모조리 자막을 달고 나왔다.

[아, 여기 지원서 보니까 정말 아무것도 없네요.]
[그러게.]

앞서 심사를 받고 앉은 참가자들의 굳은 표정과 서로 속삭이는 컷들이 순식간에 지나갔다. 저건 또 어디서 잘라 왔는지 궁금한걸. 심사위원의 다음 말도 어쩐지 비꼬듯 말하는 것처럼 화면효과가 들어갔다.

[그럼 무대 한번 볼게요.]
[예.]

화면 속 박문대가 마이크를 잡고, 반주가 흘러나왔다. 그리고 첫 소절이 나오는 순간.

[띵똥! 얼음 정수기 소리예요~]

광고가 나왔다.
케이블의 특권, 중간광고였다.
"헐!"
"형 너무 걱정 마요."
주변에서 과장된 리액션과 걱정이 쏟아졌다.
"괜찮으세요?"
'아직 한 컷도 안 나온 놈이 날 걱정한다…?'
분위기를 너무 타던데, 카메라 탓이겠지 싶다. 나는 덤덤하게 대답했다.
"방송에 나오면 됐지 뭐."
당연히 개소리였다. 실제로 뭘 했든 편집을 조지면 끝이지. 하지만…….
나는 내심, 피식 웃었다.
'아예 죽일 것 같지는 않다.'
중간광고가 평가 중간에 들어갔다는 건, 흐름을 한번 끊어도 된다는 뜻이었다. 즉, 광고 이후에 나올 내용이 시청자들을 짜증 나게 만들진 않을 것이란 말이다.
짧은 중간광고는 금방 끝나고, 전주가 다시 흘러나왔다. 이때쯤 인터넷 여론은 땅을 치고 있었다.

-별로 안 궁금한데 광고까지 나오네ㅋ
-아 못하는 애 말고 잘하는 애한테 분량을 주라고요
-일반인 컨셉충 안 받음
-서바이벌에서 지가 되게 잘하는 줄 아는 존못 더는 안 보고 싶습니다

그리고 마이크를 잡은 박문대가 노래를 시작하는 순간, 잠시 댓글이 멈췄다.

[난, 내가 알고 있던 나를 기억해……]
[…!!]

눈을 크게 뜨는 심사위원과, 갑자기 고개를 드는 참가자들의 모습이 교차 편집으로 쉴 새 없이 들어갔다.

-?
-뭐임
-엥
-왜 잘해
-ㅋㅋㅋㅋㅋㅋㅋ뭐야 잘하자나

솔직히 말하자면, 나도 인터넷 반응처럼 당황스러웠다.

'…잘하네.'

편집이 곁들여지니 무슨 은둔 천재가 오디션에 등장한 것처럼 나왔다. 심지어 안무라고 부를 수도 없는 애매한 손동작들도 잘 끊어줘서 그럴싸하게 보였다. 생각보다도 훨씬 호의적인 편집이었다.

'앞에서 기대치 죽이고 무대는 잘 보여주는 것으로 반전 재미를 주려는 건가 추측은 했다만.'

[매일이 PARTY인 것처럼, 우~]

후반 고음에서는 심사위원 뮤디가 입을 틀어막는 컷까지 나왔다.

'저거 내 평가에서 나온 게 아닌 것 같은데?'

인터뷰에서 조져놓고 이렇게 상쇄해 주는 건가. 내가 떨떠름해하고 있을 때, 인터넷 여론은 순식간에 돌아섰다.

-와 진짜 잘하네
-갓반인 탈출하고 싶을 만함 쌉인정
-오 고음 오졌다
-목소리 너무 좋악ㅋㅋㅋㅋ 당황스러워
-파티인미 잘 부르는 사람 넘 오랜만이다ㅠㅠ 박문대라고? 주식 사야징

심지어 제작진은 노래가 끝난 후 짧은 정적까지 살려주었다.

[들어주셔서 감사합니다.]

[······]

정적과 함께 다른 참가자들의 반응을 클로즈업하니, 쓸데없이 극적인 장면이 되었다. 이어진 폭발적인 심사위원의 반응도 빠르게 하나하나 조명해 주고, 마치 명언이라도 나온 것처럼 안무가의 말에 큰 자막을 달아줬다.

[본인 잘한 거 아시죠!?]
[······잘 부르려고 열심히 연습했습니다.]
[아냐, 이런 건 그냥 타고나는 거야. 재능 있네요.]

문제가 있다면 그렇게 편집을 해두니 상대적으로 그 말에 대한 내 반응이 굉장히 심심해졌다는 점이다. 그리고 아마 일부러 그런 것 같았다.

[그럼 특별히 레슨받은 적도 없어요?]
[네.]
[전혀? 그러니까 학원도요?]
[예.]

인터넷 반응만 봐도 이런 식이었으니까.

-ㅋㅋㅋ그래 열심히 연습한 것 같지는 않다

-문대야 대답에 영혼이 없는데
-쟤 영혼 노래할 때는 있었잖아 어디 갔음

단지 이제 '박문대'의 리액션이 악의적이라고는 생각하지 않는지, 댓글에 농담이 섞이고 있었다는 점은 긍정적이었다. 흠. 대충 가닥이 잡혔다.

'눈치 없는… 마이페이스 일반인 실력자로 캐릭터를 잡았나.'

욕은 좀 먹겠지만 나쁜 시작은 아니었다. 아니, 오히려 좋았다. 이후 팀전 편집이 정신 나갈 만큼 이상하지 않다면, 2차까지는 이 초반 인지도로 무난히 통과할 것 같았으니까.

'이 흐름이라면 춤도 적당히 포장해서 넘겨줄 수도 있겠군.'

희망적인 예감과 함께 해당 내용이 화면에 나오기 시작했다. 심사위원 영린이 춤을 요청하는 내용이었다.

이 부근의 인터넷 반응은 애매했었다.

-그렇게 춤은 못 추나 보네
-와 근데 춤 춰보래
-숙연해질 듯ㅠㅠ
-내가 벌써 민망해짐

[예. 그럼 이 곡 가능할까요.]
[어……?]

하지만 즉시 선곡을 요청하는 박문대와 그 말에 동요하는 스탭의 모습까지 방송을 타자 댓글들도 다시 흥분하기 시작했다.

-뭐임
-뭐야 뭐 신청했어
-스탭 왜 손 저억ㅋㅋㅋ
-대체 뭘지 상상도 안 간다

그리고 미친 듯이 발랄한 〈POP☆CON〉이 흘러나오자, 편집과 댓글이 모두 정신이 나갔다.

[!!!!!]

느낌표로 가득 찬 자막과 물 뿜는 심사위원에, 진지한 표정으로 〈POP☆CON〉을 추는 박문대가 교차 편집되자 분위기가 저세상으로 갔다.

"……."
"으하하학!!"
사방에서 폭소하는 참가자들의 목소리가 울렸다. 진심으로… 쪽팔렸다.

'아니…… 그냥 쉬운 곡이라도 열심히 하는 것처럼 보이려고 한 건데.'
팝콘에 진심인 또라이처럼 나왔다. 설마 이대로 인터넷 밈이 되는 건 아닌가 걱정스러워졌지만, 역시 스코어는 까봐야 알았다.

-ㅋㅋㅋㅋㅋㅋㅋㅋㅋㅋㅋㅋㅋㅋ

-뭐야 문대 귀여운 걸?ㅋㅋㅋㅋ

-무대에는 진심임 암튼 그럼

-진짜 열심히하넼ㅋㅋㅋ

'반응이…… 좋다?'

노래할 때보다도 반응이 좋았다. 맙소사.

솔직히 말하자면, 1화 반응을 확인하기 위해 스마트폰을 켤 때까지만 해도 제법 긴장한 상태였다. 너무 과하게 웃음거리가 됐을 수도 있다고 생각했기 때문이다.

하지만 의외로 시청자들은 조롱보다는 호의에 가까운 반응을 보였다. 심지어 〈POP☆CON〉의 후렴이 나올 즈음에는 여론이 완전히 호감의 뉘앙스로 돌아섰다.

-개존잼

-귀엽자나ㅠㅠ 엄청 집중했네

-솔직히 말해요 이거 하려고 오디션 나왔짘ㅋㅋㅋ

-그래 나왔으면 열심히 해야지 보기 좋네

-아니 인터뷰랑 다른 사람인데욬ㅋㅋㅋ

-너무 귀여워

'이게 귀엽다고?'

내가 전략적으로 선곡을 준비한 것 맞았다. 하지만 '열심히는 했으니 넘어가 준다' 수준일 줄 알았는데, 뜻밖의 이득이었다. 못하는 놈을 경멸하는 게 오디션 프로 시청자의 국룰 아니었나?

약간 혼란스러웠지만, 곧 상황을 이해했다.

'직전에 노래를 잘한 덕분이군.'

일단 가수는 노래를 잘해야 한다는 전통적인 기대를 만족시킨 상황이니, 춤은 민망한 수준만 아니어도 너그럽게 봐줄 수 있던 것이다. 그런데 웃음까지 챙겨서 캐릭터성이 더 부각된 모양이다. 그 캐릭터라는 게 좀… 당혹스럽긴 했지만 말이다.

'일부러 보편적인 대답만 골라 했는데도 이렇게 나왔다는 말이지.'

기본적으로는 꼬투리를 잡힐 여지를 주지 않기 위해서였다. 거기 더해서 메인보컬 포지션을 강조하기 위해 모든 일에 무난하게 반응해 왔다. 인터뷰에서도 사견은 일체 언급 안 하고 사회적 합의에 안 어긋날 객관적인 말만 했다.

'근데… 그걸 오히려 영혼 없단 식의 뉘앙스로 뽑을 줄이야.'

어쨌든 모로 가도 서울로만 가면 됐다. KTX를 타려고 했지만, 고속버스를 타도 상관없다는 뜻이다.

'첫 단계는 잘 넘겼다.'

초반 인지도는 확보한 게 분명했다. 이건 예감이 아니라 가시적인 성과가 있었다. 방송을 보는 중에 상태창 팝업이 떴기 때문이다.

[명성의 시작(2)!]
10,000명의 사람들이 당신의 존재를 기억했습니다!

: 포인트 +1
[명성의 부름!]
50,000명의 사람들이 당신의 존재를 기억했습니다!
: 희귀 특성 뽑기 ☞ Click!

방송 한 번으로 단위가 5만으로 뛰었다.
'현실감이 사라지는데.'
일단 팝업에 뜬 보상은 나중에 살펴보기로 하고, 대신 검색창을 켜서 키워드를 넣었다.

[재상장! 아이돌 주식회사 시청률]

바로 결과가 나왔다.

[평균 시청률 : 3.7%, 순간 최고 시청률 : 6.8%]

맙소사.
'…망한 케이블 예능 시리즈 1화 맞냐?'
제대로 어그로 끄는 것에 성공하긴 했나 보다.
물론 객관적으로 보자면, 미친 듯이 높은 시청률은 아니었다. 그런데도 십만 명이나 박문대를 기억했다는 건, 호불호를 떠나 상당히 인상을 남겼다는 뜻이었다.
그렇다면 이젠 '호불호' 항목을 좀 더 자세히 들여다볼까. 나는 첫 화의 전체적인 여론 흐름 점검이 끝난 후, 곧바로 내 평가 영상클립을 확인했다.

[순수 100% 일반인 참가자의 반전! 박문대]

손발이 없어질 것 같다.
'…빨리 머리에서 지우자.'
베스트 댓글부터 확인했다.

-네? 여기서 팝콘이요?ㅋㅋ (👍7326 / 👎181)
-졸면서 보다가 잠 다 깼다 문대야 누나가 꼭 너 떡상할 때까지 매입한다 (👍4522 / 👎294)
-응 이번 메보는 박문대야 (👍2061 / 👎372)

"흠."
우선… 낯간지러울 만큼 좋아해 주는 댓글이 상단에 올라온 건 좋은 징조였다. 좀 생소했지만…… 고마웠다.
그러나 '싫어요'의 비율이 제법 높은 것이 위험요인이었다. 호의적으로 편집을 받은 다른 참가자… 가령 차유진과 비교하면 대충 1.5배는 될 것 같다. 방송으로 나온 '박문대'에게 거부감을 가진 사람이 제법 있다는 뜻이었다. 아마도 비사회적으로 나온 게 문제겠지.
그럼 이 시점에서 내가 할 수 있는 가장 효율적인 어필은 뭘까.
이미 생긴 부정적인 이미지는 어쩔 수 없지만, 이걸 기믹으로 삼아서 웃음을 주는 아이돌도 많았다. 지금 당장 생각나는 것만 해도…… 흠, 뜬 아이돌 그룹마다 한 명 이상씩은 되는군. 그러니 다음 촬영에서 내가 해야 하는 일은 하나다.

'친근해 보여야 한다.'

나는 곧바로 다음 검색어를 떠올렸다.

[아이돌 주식회사 PR 영상]

다음 촬영은 PR 영상 제작이었다. 남은 날짜는 3일, 그전까지 최대한 유의미한 예시를 찾아내 보자.

〈아이돌 주식회사〉의 PR 영상 촬영 자체는 라이브로 진행되었다. 그러나 PR 영상 촬영을 준비하는 과정은 순위 발표식에서 시간 때우기용으로 들어가는 자투리 컨텐츠였기에, 마치 예능처럼 녹화되었다.

"여러분! 다들 준비되셨습니까?"

"네!"

진행을 맡은 MC의 뻔한 소리에 참가자들이 열렬하게 대답한다.

'…이 광경을 촬영마다 보는 것 같은데… 착각인가.'

어쨌든, 중요한 것은 참가자들이 더 절실해졌다는 점이었다.

"다들 잘 지내신 것 같아서 저도 좋습니다! 자, 오늘은 뭘 준비하는지 아십니까?"

"PR 영상!"

"자기소개요!"

"맞습니다!"

누구든 첫 화 반응을 보고 왔을 테니까.

다들 깨달았을 것이다. 카메라 앞에서 무슨 짓을 해도 송출이 안 되면 없던 일이나 다름없다는 것을. 그러니 뭘 하든 라이브로 송출되는 PR 영상이 간절할 수밖에 없었다.

그럼에도 사실 결코 공정한 경쟁은 아니었다.

이미 1화로 인지도가 판가름 난 상태에서 진행하는 생방송 경쟁은 반쯤 결과가 정해진 것이나 다름없었다. 그러나 그 속에서도 시즌마다 PR 영상으로 뒤집는 사람이 꼭 나왔기에, 다들 군말 없이 필사적으로 영상을 준비하는 것 같았다.

아마추어 77명의 생방이라 당연히 온갖 논란이 덤으로 따라왔지만… 어째 아무도 신경을 쓰지 않았다. 참가자들이야 자기만 아니면 된다고 생각할 테고, 제작진들은 버즈량이 늘어난다고 좋아할 테니까.

"여러분은 오늘 저녁 8시, Tnet의 글로벌 위튜브 채널에서 오로지 본인만을 위한 라이브를 진행하게 됩니다!"

"진짜 긴장된다."

배치상 또 근처에 선 큰세진이 작게 숙덕였다. 하나도 긴장 안 한 표정이었다. 기만자가 따로 없군.

"앗, 잠깐만요. 제가 잘못 말한 것 같습니다!"

"?!?"

"여러분만을 위한 라이브가 아니겠군요!"

MC가 반응을 즐기는 것처럼 팔로 호응을 부추겼다. 당황한 참가자들이 괴성을 질렀다.

"연예인의 로망이 뭐라고 생각하시나요?"

"로망……?"

"바로 광고입니다, 여러분!"

"…!"

MC가 팔을 활짝 펼쳤다.

"여러분은 각자 광고할 콜라보 아이템을 하나 골라서, 본인과 아이템을 함께 홍보해야 합니다!"

"예?!"

이 새끼들이 날로 먹으려고 작정을 했네.

저 콜라보 아이템이라는 게 말만 그럴싸하지, Tnet을 계열사로 둔 T1의 제품이라는 데 왼손도 걸 수 있었다. 한두 가지라도 얻어걸려서 바이럴 효과 보면 좋고 아니어도 상관없다 이거겠지. 〈아이돌 주식회사〉의 미친 상술 중에서도 손에 꼽을 만큼 자본주의적이었다.

'누가 윗선에서 황급히 찔러넣은 거 아닌가.'

망한 줄 알고 방치하던 시리즈가 갑자기 반응이 오니까 숟가락 얹은 거지. 어쨌든, MC의 말은 그럴싸했다.

"이 아이템이 홍보해야 할 짐처럼 느껴지실 수도 있지만, 여러분의 매력을 어필할 소품으로 활용할 수도 있다는 점을 꼭 기억해 주시기 바랍니다!"

"아~"

참가자들은 얼추 납득한 모양새였다. 하기야 납득 못 한다고 어쩔 도리가 있는 것도 아니니 현명한 자세였다.

"그럼 여러분이 가질 이 소품은 어떻게 얻어내는 걸까요?"

"달리기?"

"가위바위보?"

"노래방?"

지난 시즌과 유사 프로그램들의 예시가 여기저기서 나왔다. MC는 안타까운 표정으로 고개를 저어대더니 정답을 외쳤다.

"바로… 보물찾기입니다!"

"헐?"

"숙소 곳곳에 제작진들이 '아이템'이 든 보물 공들을 숨겨두었습니다. 여러분은 앞으로 15분간! 보물 공을 찾아오시면 됩니다!"

큰세진이 약간 감탄한 표정으로 숙덕거렸다.

"이거 좀 재밌을 것 같은데?"

"……그래."

보는 시청자는 재밌을 것 같은 구성은 맞다. 하는 참가자들은 개싸움 나기 딱 좋긴 하지만 말이다. 77명이 한 건물을 뒤지는데 분명 감정 상하는 일이 나올 것이다.

물론 순위 발표식 곁절이 컨텐츠는 긴장감을 푸는 용도였다. 과하게 심각해질 것 같진 않지만, 은근한 뉘앙스를 흘리는 건 얼마든지 가능했다.

'인터넷에 온갖 추측과 루머가 올라올 광경이 벌써 눈에 선하군.'

"아! 오디션 프로답게, 보물 공에도 등급이 있습니다. 그 점을 유의해서 공을 주의 깊게 살펴보시길 바랍니다!"

뭐 금은동으로 색이나 칠해놨겠지.

"자, 준비하시고……."

다들 달려 나갈 자세를 잡았다.

"시작!"

"우아악!!"

비명과 함께 77명이 숙소 안으로 질주했다. 나는 슬그머니 빠져서, 발걸음을 돌렸다.

'뒷문으로 들어가자.'

아무리 생각해도 정문으로 같이 들어갔다가는 하나도 못 건질 확률이 농후했다. 뒤로 돌아가서 쪽문으로 들어가면 다른 참가자들하고 경쟁을 덜 하겠지.

그러자 내 뒤를 큰세진과 골드 1이 졸졸 쫓아왔다. 히죽거리는 게 꼭 간신배 같았다.

"고맙다 문대야. 버스 안락하네."

"형님 똑똑하십니다."

"……."

두 명 정도야 붙어도 상관없지만… 어쩐지 열 받네.

좀 떨어져서 서 있던 골드 2와 선아현은 인파에 휩쓸려 정문으로 들어가 버린 것 같았다. 역시 인생은 타이밍이다. 안됐군.

"오, 문대~ 바로 찾네."

뒷문으로 입장하자마자 곧바로 문턱에서 볼 하나를 찾았다. 은빛이었다.

'예상대로군.'

큰세진도 불투명한 은색 볼을 보며 고개를 끄덕였다.

"등급, 브실골로 나눈 것 같죠?"

"야, 바르고 고운 우리말을 쓰자! 금은동! 얼마나 좋니!"

"크~ 애국자셔."

더 떠들면 버리고 가자.

"…수색을 빨리하는 게 어떨까요. 곧 다른 애들도 올 테니까."

"예~"

"현실적인 문대가 있어서 형은 안심이다."

나는 얼른 발걸음을 옮겼다. 둘은 의외로 더 잡소리 없이 따라붙었다.

일단 창고.

"이런 건 역으로 생각하면 편하지. 제작진분들이 숨길 만한 곳이… 음, 여기?"

큰세진이 씩 웃더니 카메라 앞 분필통에서 황동빛 볼 하나를 꺼냈다.

"…!"

"야~ 브론즈 실화냐."

"아잇, 젠장. 똥손 어디 안 가네."

의외로… 쓸 만하군. 이놈들 손이 빨랐다. 덕분에 군말 없이 딱 구역을 나눠서 순식간에 창고를 다 뒤졌다.

"아, 은색 하나 더 발견! 이제 이동할까요?"

"찬성."

"찬성."

상황 판단도 빠르다. 더 미적거리지 않고 빠르게 다음 구역으로 이동했다.

"어디로?"

"식당부터 가자. 카메라가 있어."

"문대 눈 좋네."

"역시, 뒷문을 찾은 남자야."

"……."

이런 소리만 안 하면 더 좋았겠지만… 말이다.

식당에서도 시간 낭비는 없었다. 셋 다 암묵적으로 카메라가 설치된 구역 주변을 뒤지기 시작했다.

내가 수저통을 열었을 때였다.

"찾았다."

"헐!"

"금이네."

금색 볼을 하나 얻었다.

"왜 골드 등급은 우린데 문대가 먼저 찾냐."

"어쩔 수 없죠. 형님. 문대가 금손이라 그런가 봅니다."

"그렇네. 역시 타고난 건 이길 수가 없어~"

"다른 애들 옵니다."

"앗."

입 다물게 하는 방법을 드디어 알았다. 일감을 주면 되는군. 어쨌든 우르르 달려오는 발소리를 들은 뒤, 빠르게 식당을 벗어났다.

"위로?"

"넵."

그대로 위층에서도 같은 수색을 반복했다. 효율적이었다.

"야~ 셋이 오길 잘했네!"

"그러게요! 솔직히 문대도 이건 동의죠, 맞지?"

"그래."

"오~"

솔직히 말하겠다. 이 두 놈 덕분에 이득을 봤다. 세 명이 같이 수색하니 능률이 높았다. 전반적으로 관찰력과 기동력이 좋아서 빨리빨리 수색하고 이동하니 편하긴 했다. 판단력도 괜찮았고.

이상한 고집을 부리는 놈들이 아니라 분배도 깔끔하게 끝났다.

"그럼 우리… 금색 4개, 은색 2개, 동색 4개 찾은 거죠?"

큰세진이 손바닥 크기의 플라스틱 볼을 척척 나눴다. 골드 1이 신중하게 말했다.

"그러네. 음…… 각자 색별로 하나씩 가지고, 문대가 우리를 데리고 가줬으니까 은색 대신 금색 주자. 어때?"

"저야 좋습니다~"

깔끔하게 끝난 건 좋은데, 혹시라도 악편의 여지는 남기지 말아야겠다. 편집의 위력을 한번 실감해 보니 영 찝찝하단 말이지.

"아, 그럼 전 황동색 안 받겠습니다. 두 개씩 가져가세요."

"오~ 감사!"

"오케이!"

각자 볼을 챙기고 있자니, 숙소에 안내방송이 나왔다.

[200초 남았습니다~]

참고로, 지금 우리는 몰려오는 참가자들을 피해 도로 뒷문 옆 창고에 숨은 상태였다. 여기서 털리면 너무 어처구니가 없을 테니 말이다.

"형 저기 애들 몰려와요!!"

"야! 튀자!"

우리는 얼른 뒷문을 빠져나와 집합지로 향했다.

"아~ 파밍 나이스~"

"역시 우리 팀워크야. 가차 없지."

저놈들, 긴장이 풀렸는지 또 입이 자유분방해졌군.

집합지에는 이미 공을 한두 개 찾은 참가자들이 자신의 것을 열어보고 있었다. 억지로 뺏으려는 행동은 아직까진 없었다.

'대놓고 카메라가 사방에 깔려 있는 게 눈에 들어오겠지.'

상대가 가지고 있는 볼을 대놓고 뺏는 건 심리적으로 꺼려지는 것 같았다.

"와, 우리도 열어볼까요?"

"좋지~"

"그래."

자리로 복귀해서 볼을 열기 시작했다.

큰세진과 골드 1이 손에 쥔 볼이 많다 보니, 부러워하는 눈이 제법 붙었다. 그래도 고등급 두 개가 나을 것이다. 애매한 것 여러 개를 얻어봤자 고르기만 난감해진다.

나는 골드 볼 두 개를 돌려 열었다. 그리고 굳었다.

"……."

보물찾기를 통해 얻은 두 개의 골드 볼 안에는 각각 쪽지가 들어 있었다.

잠깐만.

[기타]
[화관]

"……아."

답 없네.

기타? 못 친다. 화관? 외모 스탯 A등급이나 컨텐츠로 비빌 수 있지 않을까. 아니, 내가 지금 가진 포인트를 모두 외모에 쏟아부어도 화관은 좋은 선택지가 아니었다. 친근감과는 아무 연관 없는 아이템이니까.

두 아이템 모두 객관적으로는 등급이 높을 만한데, 나한테는 지뢰인 것이다.

'미치겠군.'

큰세진이나 골드 1이 안 고른 쪽지하고 교환해 봐야겠다. 안 되면 다른 참가자하고라도 해야 한다. 그래서 몸을 돌리려는 순간, 집합지로 참가자들이 쏟아져 들어왔다.

[20초 남았습니다~]

"어어어!!"
"야, 잠깐! 잠깐만!"

안내방송을 듣고 볼을 뺏기지 않기 위해 황급히 집합지로 질주한 것 같았다. 저 틈을 뚫고 트레이드 요청을 하는 게 가능한가?

회의적인 예감이 들 때쯤, 아는 얼굴이 눈에 들어왔다. 얼굴이 새하얗게 질린 선아현이었다. 그 손에는 갈색 볼이 들려 있었다. 저 성격으로 브론즈 볼이라도 하나 건진 게 용하다고 해야 하나. 하지만 표정을 보니 뽑기는 망한 모양이었다.

그때, 이미 열린 브론즈 볼 안의 쪽지가 눈에 들어왔다.

[냉동식품]

잭팟이다.
나는 얼른 인파를 헤치고 선아현에게 다가갔다.

[5초 남았습니다!]

선아현은 당황한 눈치였다.

[5!]

"저, 저……."
"기타 칠 줄 알아?"

[4!]

"그, 어, 치, 칠 수는 있……."
"꽃 좋아해?"

[3!]

"으, 으으웅."
"그럼 바꿀래?"

[2!]

"어, 어어?"
긍정으로 받아들이겠다.

[1!]

나는 내 손에 들린 골드 볼 두 개를 넘겨주고 브론즈 볼을 휙 가져
왔다.

[땡! 보물찾기 마감합니다!]

선아현은 얼떨떨한 표정이었다. 주변에서 환호와 탄식 소리가 울리는 가운데, 나는 손에 들린 브론즈 볼을 흐뭇하게 내려다보았다.

'훌륭한 트레이드였다.'

브론즈 볼 하나를 골드 볼 두 개로 바꿔줬는데 설마 욕먹진 않겠지.

〈재상장! 아이돌 주식회사〉의 PR 라이브가 시작되기 직전 목요일 오후 7시 50분. 인터넷의 관련 커뮤니티와 SNS는 온갖 의견이 난무하며 흥분해 있었다.

-77명 동시 생방 같은 낭비를 이번 시즌에도 한다고?ㅋㅋㅋ 망하고도 정신 못 차렸네 어휴ㅋㅋ

　-미친놈들 PPL 구리다니까 대놓고 광고를 해? 진짜 천박하다

　-★☆김래빈☆★이 이 얼굴로 라이브를 한답니다 아무 말도 안 해도 갓 컨텐츠죠? (사진)

　-우리 유진이가 안마의자를 광고해도 바로 산다.

　-이런 상술에 놀아나는 개돼지들 진짜 짜증 나

　　└영상 링크로 구매하면 수익 전액 기부라는 데요?

　　└하여튼 빠순이는 별걸 다 믿어ㅋ 응 다음 개돼지~

-부디 참가자들이 상처받는 일 없이 잘 끝났으면 좋겠어요ㅠㅠ

　└그게 제일 꿀잼인데ㅋㅋㅋ 뭐래

　온갖 인간군상이 자아를 표출하는 혼란의 도가니탕이었지만, 하나는 확실했다. 참가자에 대한 언급량이 몇 배로 뛰었다는 것이다. 1화를 보고 참가자 자체에 호감을 느껴 버린 사람들은 정말 컨텐츠에 대한 기대감으로 기다리고 있었다.

　그리고 오후 8시 정각. 위튜브 채널에 '실시간 방송' 표시가 떴다.

-야 떴다.

-오

-들어간다

-야근 중이라 못 보는데 시청자 수 중계 좀 해줘 누가 1위냐

　└차유진임 와 꼴찌하고 천배 차이남ㅋㅋㅋ꼴찌 7명 보네 불쌍ㅠㅠ

-원길이 사과머리했어ㅠㅠ다들 보러와조

-미친 선아현 화관 썼는데 미친 얼굴

　곧 온갖 참가자들에 대한 영업 글이 난무하기 시작했다. 자기 할 말만 하는 댓글들이 넘쳐나며 악의적인 댓글을 덮을 지경이었다.

　그때였다.

-엥 누구 먹방 찍는데

　└? 무슨 말임

└아니, 뭘 되게 본격적으로 먹고 있음
└뭔 소리임 자기소개 영상에서?
└아니, 진짜야;; (링크)

흥미를 느낀 몇몇 사람들이 링크를 누르고 들어가자.

"안녕하세요."

박문대의 얼굴이 화면에 나왔다.

손에 닭발을 들고.

참가자들은 실시간 댓글을 보지 못했지만, 박문대의 라이브 댓글은 이미 터져 나가고 있었다.

-아니, 문대야 왜 닭발을 들고 있어

-ㅋㅋㅋㅋㅋㅋㅋ문대가또

-팝콘에 이어서 무뼈닭발이 등장했다

-자기소개 영상 아니었나요 갑분닭발 실화냐

-대체 왜 이걸 골랐어 벌칙이니?ㅋㅋㅋ

-진짜 너무 소통하고 싶다 너무 물어보고 싶엌ㅋㅋㅋㅋ

댓글창과 대조적으로, 박문대는 손에 든 닭발을 대수롭지 않아 하며 말을 이었다.

"음, 제가 오늘 홍보할 제품은… T1푸드에서 나온 (진)직화무뼈닭발입니다."

박문대는 철판까지 본격적으로 세팅된 식탁 앞에 앉아 있었다. 일회용 장갑을 낀 손에 들린 무뼈닭발은 먹음직스러워 보이긴 했으나, 다른 참가자들의 동영상 썸네일과 비교했을 때 굉장한 괴리감을 주었다.

"일단… 먹고 리뷰하겠습니다."

박문대가 호쾌하게 한입에 닭발을 털어 넣었다. 그리고 열심히 씹더니, 삼키고 나서 다시 입을 열었다.

"일단 불맛이 좋고, 너무 맵진 않아서 계속 먹을 수 있을 것 같습니다. 잡내가 없어서 뒷맛이 깔끔하네요. 식감도 오독오독 좋습니다."

-얘 혹시 먹방 전문 위튜버 출신임?

-니 얘기를 하라고! 먹을 거 얘기는 대충 해도 돼 문대야ㅠㅠ

-포기하자 팝콘도 열심히 할 때부터 알아봤어야 했음

-ㅋㅋㅋㅋㅋㅋㅋ아 진짜 웃겨

-우리 문대 사회성이 없어서 그렇지 착한 아이구나

리뷰에 진심인 박문대의 모습에 댓글은 아우성을 쳤다. 하지만 얼마 지나지 않아 분위기가 또 바뀌었다.

박문대의 먹방이 생각보다 볼만했던 것이다.

-근데 진짜 잘 먹는다

-안 흘리고 덥석덥석 입에 잘 집어넣네

-씹는 거 오물거려서 귀여움ㅠㅠ

-상견례 자리에서 입 다물고 밥만 먹어도 점수 딸 듯

-닭발 깻잎에 싸서 먹어주면 좋겠어 문대야ㅠㅠ

└ㅋㅋㅋㅋㅋㅋㅋㅋㅋㅋㅋㅋ미션 마렵다
　-입에 안 묻히고 쏙 먹네 오구오구
　-역시 잘 먹는 게 보기 좋다

　그리고 박문대는 열심히 리뷰를 이어갔다. 닭발과 함께 먹으면 좋다며 참치마요 삼각김밥까지 꺼내 드는 통에 댓글창은 한 번 더 뒤집어졌다.

　그쯤 되니 SNS와 커뮤니티에 글까지 올라왔다.

　[실시간 먹방 중인 아주사 참가자.jpg]
　[헐 박문대 닭발 먹는다]
　[메인보컬인 줄 알았던 내가 위튜브에서는 먹방 스타?]
　[박문대 PR 영상 미친 것 같얼ㅋㅋ]

　시청자수가 삽시간에 불어났다. 원래도 제법 상위권이었던 박문대의 시청자수는 이제 5위 안으로 진입하고 있었다.

　참가자들은 댓글은 볼 수 없었지만, 시청자수는 볼 수 있었다. 박문대는 어느새 만 단위를 돌파한 시청자수를 보고 눈을 껌벅거렸다.

　"시청자분이… 많으시네요. 감사합니다. 열심히 하겠습니다."

　-문대야 그거 아니야 이제 니 이야기를 하라고ㅠㅠ
　-왜여 먹는 거 보기 좋구만
　-신입 먹방 비제이임? 잘 먹네

-아이돌 오디션 참가자예요!

-노래 잘하는 참가자임ㅋㅋㅋ

-근데 왜 먹어요?

-그걸 모르겠음ㅋㅋㅋ

-우리도 그걸 몰라욬ㅋㅋㅋㅋ

-이렇게 노래 한 소절 안 하고 꿋꿋이 먹기만 할 줄은 꿈에도 몰랐다

박문대는 삼각김밥의 맛까지 상세하게 리뷰하는 중이었다. 그때, 박문대 책상 구석에 있던 시계에서 알람이 울렸다.

"아, 시간이 다 됐습니다."

PR 영상 라이브에는 기본적으로 10분의 시간이 주어졌다. 그리고 시청자수와 좋아요수를 수치로 환산해서 상위 33명만 추가시간 5분과 특별선물을 받았다.

박문대는 '이 새끼들은 광고까지 시키면서 양심 없이 구네'라고 생각했지만, 당연히 내색하지 않고 고개를 꾸벅거렸다.

"끝일 수도 있으니 미리 인사드리겠습니다. 감사합니다."

박문대는 꾸벅 고개를 숙였다. 그리고 잠시 고민하는 것처럼 뜸을 들인 후에, 말을 덧붙였다.

"…〈재상장! 아이돌 주식회사〉 2화 많은 시청 바랍니다."

-제작진이 준 예시 문구라는데 천원 건다

-얘 진짜 빈말 못핵ㅋㅋㅋㅋ

-괜찮아 문대야 귀여우니 됐다

-맞아 귀여움

-노래도 잘하는데 먹기도 잘하는구나 내새끼 할미는 행복혀

-ㅋㅋㅋㅋ다들 스며들었네 진짜 웃기다ㅋㅋㅋㅋ

박문대의 인사말 이후 10초쯤 지났을까, 갑자기 화면에서 벨소리가 들렸다.

"아, 결과가 나왔나 봅니다."

박문대는 책상 아래에서 투박한 스마트폰을 꺼내 들었다. 제작진에게 결과를 문자로 받은 모양이었다. 하지만 박문대가 33위 안에 들고도 남았다는 걸 이미 알고 있던 댓글들은 다른 것에 주목하고 있었다.

-저거 효도폰이잖아

-알뜰하네

-야무지네

-사과폰 안 쓰면 미개인 취급할 것처럼 생겨서 효도폰을 쓰다니… 왠지 끌리는걸?

-ㅋㅋㅋㅋㅋㅋㅋㅋㅋㅋ다들 미쳤나봐

-문대야 누나가 사과폰 사줄게 우리문대 데뷔하자ㅠㅠ

박문대야 어차피 예산 안에서 최소한의 생활을 꾸리느라 공짜폰을 고른 것이었지만 의외의 시너지가 나오고 있었다. 어쨌든, 박문대 역시 자신의 고순위를 짐작하고 있었기 때문에 결과는 긴장감 없이 발

표되었다.

"아, 저는 33위 안에 들어서 방송을 계속할 수 있게 되었습니다. 앞으로 5분간도 잘 부탁드립니다. 열심히 진행하겠습니다."

박문대는 꾸벅 고개를 숙이더니, 곧 다시 닭발을 집어 들었다. 그리고 또 호쾌하게 한입에 넣었다.

-ㅋㅋㅋㅋ먹방으로 잘 부탁하는거임?
-본인은 진지한 게 제일 웃겨ㅋㅋㅋㅋㅋ
-아니 추가시간에라도 자기소개 좀 해줘ㅋㅋㅋ
-아아악ㅠㅠ 문대야 그런 거 말고 TMI를 풀어줘 좋아하는 색은 뭔지 고양이파인지 개파인지 하다못해 mbti라도 알려달라구ㅠㅠㅠㅠ

댓글이 올라오는 속도가 어마무시하게 늘어났다. 박문대가 보고 있었더라도 읽지 못할 수준이었다.

그때, 박문대의 스마트폰이 다시 울렸다. 이번에도 제작진이었다.

'뭐지? 아, 특별선물인지 뭔지 그건가.'

"제작진분들께 또 다른 공지가 내려왔습니다. 잠시만….'

박문대는 문자를 확인했다. 꽤 장문이었다.

[참가자 특별선물! 바로 시청자분들과의 소통입니다!

지금부터 시청자 도네이션이 가능합니다! 참가자는 기준금액 〈만원〉 이상 도네이션 팝업을 확인하실 수 있습니다.

시청자분들께 말씀 부탁드립니다.^^ (※도네이션 금액 전액 기부

반드시 공지!)]

도네이션 금액을 전액 기부한다는 것은 혹시 모를 논란을 방지하기 위해서였다. 하지만 도네이션은 참가자가 받고, 기부는 프로그램 명의로 진행될 것을 고려하면, 솔직히 얄미운 짓이었다.

'지들 돈 안 쓰고 이렇게 때울 줄 알았지.'

박문대는 심드렁하게 생각하면서도, 순순히 문자를 그대로 소리 내어 읽었다.

-도네이션??
-어그로 차단하려고 만원으로 잡았나보네
-야 기부는 무슨 기부냐 참가자나 주지 지들 체면만 챙기려고 하여튼;;
-참가자 주면 또 천박하다고 욕할 거면서 입만 살았지 하여튼;;
-문대한테 치킨값 쏘면 치킨 먹방해줌?
-망주사 구멍가게 수준 오졌고

제작진을 욕하는 댓글이 대다수였으나, 그렇다고 도네이션이 없었냐면 그것도 아니었다. 곧바로 화면에 첫 팡파르가 터졌다. 도네이션 알림이었다.

-미친 개빨라
-치킨각임?
-ㅋㅋㅋㅋ빨리 누가 물어봐 줘 왜 닭발인직ㅋㅋㅋ

"아, 123님. 감사합니다…."

박문대는 진한 현타와 싸우며, 화면에 뜨는 도네이션 글을 읽었다. 첫 도네이션 글은 단도직입적이었다.

#왜 하필 닭발을 골랐나요?ㅋㅋㅋ

댓글에서 훌륭한 질문이라며 사람들이 웅성거렸다. 박문대는 잠시 고민하다가, 솔직하게 대답했다.

"음, 사실 제 콜라보 아이템 키워드는 닭발이 아니라 냉동식품이었습니다."

-와 개구려

-닭발 다시 보니 선녀 같다

-망주사 놈들 왜 아이돌 PR에 냉동식품 따위를 넣었지요…?

-T1 탄산수도 있으면서 왜 만두 같은 걸 후보에 넣냐고ㅋㅋㅋ

댓글을 보지 못하는 박문대는 덤덤히 말을 이었다.

"샘플로 받은 냉동식품 중에 닭발이 제일 맛있었습니다. 그래서 닭발을 골랐습니다."

-!!

-샘플을… 다 먹어봤다고?

-이 참가자는 '진짜'다

-이쯤 되면 열심히 한다고 웃어넘길 수준이 아니잖아ㅋㅋ

"일단 광고니까… 맛없는 걸 맛있다고 하긴 힘들어서요."

박문대가 대답하면서 닭발을 다시 덥석 입에 물었다. 그리고 곧바로 다른 도네이션들이 연달아 터졌다.

#닭발 말고 좋아하는 음식이 뭐예요?

#참가자 누구하고 친함?

#그럼 삼각김밥은 뭘 기준으로 골랐나요ㅋㅋㅋ

"음식은 안 가리고 다 잘 먹습니다. 친한 참가자는… 음, 말하면 스포일러가 될 것 같아서 생략하겠습니다."

-정말 철저한 걸ㅋㅋㅋ

-우리 문대 친한 친구가 있는 건 맞지? 할미는 문대 믿는다!*^^*

-님 방금 옆 방송에서 선아현이 님이랑 친하다고 말했는데욬ㅋㅋㅋㅋㅋㅋㅋ

-ㅋㅋㅋㅋㅋ알았어 문대야 아현이랑 친하다고?

박문대 입장에서야 누군가를 직접 말하는 것 자체가 위험요소가 될 수 있다고 판단해서 얼버무린 것이었다. 하지만 댓글들은 그것마저도 소재로 삼은 뒤 가지고 놀고 있었다.

그리고 박문대가 삼각김밥을 고른 이유를 세심하게 설명하고 있을 때 즈음, 밀린 도네이션이 연달아 터졌다.

"참치 마요네즈가 진해서 닭발에 소스처럼 어울리는… 아."

#문대야제발노래한소절만좀ㅠㅠ
#넘 먹지만 말고 자기소개도 해줘용ㅋㅋㅋ
#노래 잘하는 비결 있어요?

"음, 노래요."
박문대는 먹으려던 마지막 닭발을 내려놓았다.

-드디어
-아이돌 자아가 깨어났음?
-닭발이 하나 남고서야 되살아났는데 의미 있는 걸까요….
-아냐 문대 노래 개쩐다구 팀전 방청했는데 개쩔었다구요ㅠㅠ
-방송에서는 좋았는데 과연 라이브는 어떨지

댓글이 수군대는 가운데, 박문대는 노래를 시작했다.
"무대 위에 서 있는 나, 아직은 모를 거야~"
방송 테마곡인 〈바로 나〉였다. 박문대는 별 고민 없이 이미 트레이너에게 호평을 받아 검증된 곡을 선곡한 것뿐이었으나, 시청자의 입장에서는 캐릭터 굳히기나 다름없었다.

-박문대, 그는 프로다
-누구보다 방송에 진심인 참가자가 아닐까?
-정말 예측불가다 범인의 사고방식이 아님
-미치겠네 너무 웃겨ㅋㅋㅋㅋ

댓글에는 우스갯소리를 쏟아내는 사람들이 넘쳐났다. 하지만 그게 전부는 아니었다.

-근데 잘 부르네
-왜 닭발이 한 컷에 잡히는데 감미롭지요?
-무반주인데도 듣기 좋다
-잘했어 문대야 이제 다른 것도 한 곡 더 불러줘ㅠㅠ

77명이 동시에 생방송을 진행하는 무리수 탓에 보급형 저가 장비를 썼는데도 박문대의 목소리는 또렷하게 송출되고 있었다. 얼버무리거나 흐려지는 부분 없이, 박문대는 시원시원하게 곡을 끌어갔다. 불안한 음 하나 없이 듣기 좋은 목소리였다.

마치 집중하는 것처럼 댓글이 올라오는 속도가 살짝 느려졌다. 반응에 간간이 감탄사가 섞였다. 그리고 프리코러스의 마지막 부분을 지나, 후렴이 시작되었을 때였다.

"지금 무대 위……."

띠리리리리링!!

책상 위의 시계에서 힘차게 알람이 울렸다.

종료 30초 전 알람이었다. 5분의 추가시간이 끝난 것이다.

"아, 시간이 다 되었습니다."

박문대는 즉시 노래를 중단했다. 괜히 시간을 끌면서 노래를 더 해서 논란의 여지를 줄 생각은 없었기 때문이다.

문제는 너무 단호하게 그만뒀다는 점이었다.

-아니 여기서 끊으시면

-하필 후렴 직전엘ㅋㅋㅋㅋ

-으아아 답답해 어억 그냥 내가 부를래 지금 무대 위에 빛나는 건 바로 나!! 으아아!!

-2화를 보게 하려는 큰 그림인 걸 모르시겠습니까? 문대씨는 프로그램에 진심이라구요

-닭발을 하나만 덜 먹었다면 1절은 다 부를 수 있지 않았을까?

-지금 당장 한 소절이라도 이어 부르면 될 텐데ㅠㅠ 아이고 문대야

딜레이된 도네이션 하나가 화면에 떴다.

#목소리 너무 좋아요!

현 댓글 분위기와 상반되는 온화한 도네이션에 댓글이 더 폭주했다.

"감사합니다. 열심히 하겠습니다. 음, 그러고 보니 남은 도네이션 질문들은……"

박문대는 빠르게 질문을 다시 훑어보며, '자기소개'와 '노래 비결'을

눈에 담았다. 그리고 생각했다.

'시간이 부족해서 차라리 다행이었다.'

사실 박문대는 일부러 노래로 시간을 끌며 다음 도네이션에 대한 답을 미루고 있었다. 대답하기 곤란했기 때문이다.

먼저 자기소개는… 남의 몸에 들어온 탓에 말할 것이 없었다. 본인도 '박문대'의 배경에 대해 완전히 파악한 것이 아니었기 때문이다. 게다가 이미 파악한 배경도 암울하기 짝이 없었다.

노래 비결은 더 말하기 난감했다.

'시스템창이 도와줘요? 미친 소리지.'

박문대는 순식간에 판단을 마치고 말을 이었다.

"일단 자기소개를 하자면,"

그 순간, 화면이 검게 변했다.

[라이브가 끝났습니다.]

방송시간이 다 끝난 것이다.

-??

-뭐임

-끝난 것 같은데?

-제작진에서 일괄 방송 종료했네

남은 시청자들은 혼란스러워하다가, 곧 상황을 파악하고 폭소하기 시작했다.

-ㅋㅋㅋㅋㅋㅋㅋㅋㅋㅋㅋ

-결국 자기소개는 한마디도 듣지 못했다고 한다…….

-그냥 앞광고 먹방 본 느낌인데요

-아 간만에 빅잼이었다

-아니, 박문대 진짜 웃기넼ㅋㅋㅋ 의문의 개그캐

사람들은 아직 살아 있는 실시간 댓글창에 한마디씩 남기고 나갔다. 하지만 제법 많은 인원이 꽤 오랫동안 남아서 댓글을 계속 남겼다. 박문대에게 호감을 가지게 된 사람들이었다. 그들은 1화에서의 박문대와 직전 PR 라이브의 박문대를 비교하며 신나게 즐거워했다.

-근데 문대 진짜 귀엽다… 저렇게 의욕 없어 뵈는 얼굴로 오물오물 잘 먹고 노래도 잘핼ㅠㅠ 요령 없는 것까지 최고 얌얌굿

-얼굴이 트렌디상이라 화룡점정임 관리 좀만 더 받으면 진짜 잘생겨질 듯

-좋아 오늘 바로 팬 계정 파야지

-투표 어디서 할 수 있어요?

-아이돌 주식회사 홈페이지 -> 주식 구매창입니다. 1일 1투표에 콜라보 번들 구매하면 추가 투표 가능함

-상술 오졌다

-문대가 귀여워서 한 표 줬다 진짜

댓글에서는 돈독 오른 투표 방식에 대한 비난이 이어졌지만, 곧 다시 박문대의 직전 방송으로 화제가 돌아왔다.

-그 와중에 닭발 너무 맛있게 먹더라ㅠㅠ 나 결국 링크 타고 가서 샀다.
-난 지금 배달시킴. 고맙다 문대야 이 야밤에 닭발이라니 다이어트 작살났다

그러다 갑자기 한 댓글이 뜬금없는 말을 내놨다.

-근데 난 문대 먹는 거 왜 이렇게 친숙하지 어디서 본 것 같은데
-엥 진짜?
-애기 때 분유 광고라도 찍었나? (두근)
-ㅋㅋㅋㅋㅋ 문대 연예계 경험 없다며
-아 찾았다. 이거임. 존똑 (링크)

링크는 한 닭발 먹방 동영상으로 연결되었다. 닭발을 덥석 한입에 집어넣고 오독오독 씹는 모습은 직전에 그들이 본 라이브 방송과 똑 닮아 있었다.
단지 종이 달랐다.

[시골 댕댕이가 닭발 먹방!]

동영상에서는 혈통을 알 수 없는 대형견이 생닭발을 먹고 있었다. 채널명은 '시고르자브종의 식생활탐구'.

귀가 쫑긋하고 털이 까만 개는 털이 밀려 시무룩해 보이는 얼굴로 꼬리를 흔들며 닭발을 열심히 입에 받아 넣었다. 그 모습 위로 박문대의 무심한 듯 호쾌한 먹방이 저절로 겹쳐졌다.

-헐

그 순간, 박문대의 첫 별명이 정해졌다.

-이거봐 둘이 개똑같잖아ㅋㅋㅋㅋ 이제부터 박문대는 문댕댕이야 반박 안받음 (시고르자브종 먹방 캡처) (박문대 라이브 캡처)

4천 번 이상 공유된 SNS 글에는 '박문대'의 모습을 한 내가 무뼈닭발을 입에 넣는 장면과 웬 큰 개가 닭발을 무는 사진이 함께 게시되어 있었다.

좀 심란해졌다. 일단 친근감을 줘서 부정적인 이미지를 상쇄한 건… 성공적으로 진행된 것 같았지만.

"문댕댕……."

29살 먹고 이런 낯부끄러운 별명을 가지게 될 줄이야.

살면서 잘 먹는다는 덕담을 들은 적은 몇 번 있었다.

'아마 음식을 잘 안 남기고, 안 가려서 그랬던 것 같은데…….'

단순히, 부모님 돌아가신 후에 먹을 걸 가릴 형편이 못 돼서 그랬을

뿐이다. 그래서 고작 닭발 좀 먹었다고 이런 반응이 올 줄은 생각하지 못했다.

"4번째라니."

라이브가 끝나고 얼마 지나지 않아서 PR 영상이 업로드되었는데, 현재 내 동영상의 조회수 순위가 손가락 안에 들었다. 심지어 아직도 상승세였다. 잘하면 3위인 아역배우 출신 이세진의 영상도 뒤집을 것 같았다.

나는 상황에 순응하기로 했다. 민망이고 나발이고, 좋은 상황이니까. 돌연사가 걸린 판에 까다롭게 굴 수는 없었다. 게다가 민망함보다도 신기함이 컸다. 좀… 많이 고맙기도 했고.

'덕분에 돌연사에게 한 걸음 멀어졌습니다.'

나는 SNS 글을 올려준 사람과 공유해 준 사람들에게 짧게 감사를 올리고 다음 고민을 시작했다.

이제 가까운 문제는 하나였다. 잠시 후 방영될 2화에서 내 편집이 어떻게 나올 것인가. 특히 등급평가에서 플래티넘을 받은 것이 마음에 걸렸다.

'편집이 조금만 구려도 '얘가 받아야 했는데 박문대가 받음' 같은 반응이 나올 것 같단 말이지.'

나는 약간 긴장한 채로 스마트폰의 온에어 창을 켰다. 그래도 2화는 쓸데없이 리액션 촬영을 안 해서 편했다. 덕분에 맥주 캔도 하나 딸 수 있었고.

[재상장! 아이돌~ 주식회사!]

오프닝에 삽입된 영린의 목소리를 들으며, 천천히 맥주를 들이켰다. 그리고 내용에 집중했다.

"……."

2화가 끝날 때 즈음에는 스마트폰 옆에 놓인 맥주가 두 캔으로 늘어 있었다. 나는 마지막 맥주 한 모금을 마시며, 생각했다.

'괜찮았는데?'

제작진이 내 등급평가도 공을 들여서 편집해 준 것이다. 안무를 빠짐없이 소화하는 것과 음정이 정확한 것을 심사위원들의 입을 통해서 한 번 더 검증하며, 잘한다고 도장을 찍어뒀다.

심지어 플래티넘 등급을 받는 장면도 별로 조명하지 않았다. 그냥 '당연히 이 정도 하는 참가자는 받아야지~' 같은 뉘앙스로 처리했다. 판정 논란을 아예 도마에 올리지도 않은 것이다.

"무슨 생각이지?"

술이 들어갔다고 속마음이 막 나오는군. 나는 곰곰이 내 편집 방향을 되새김질했다.

'마음에 걸리는 부분은… 있다.'

내가 일주일간 잠을 자지 않고 연습한 것을 하나도 보여주지 않은 것이다.

77명의 사정을 다 보여줄 수는 없을 테니 그것까지야 그러려니 해도, 선아현에게 안무를 물어보는 장면을 굳이 내보내 준 게 이상했다. 그것도 마치 내가 한 번 듣고 안무를 전부 따라 추는 것처럼 편집한 것이 마음에 걸렸다.

'그러고 보니, 등급을 받을 때도 별 감흥 없어 보이는 인터뷰를 넣었지.'

음, 여기까지 정리해 보니 감이 왔다. 제작진들은 1화에서의 '박문대' 캐릭터성을 계속 밀 모양이었다. 속되게 말하자면⋯ '눈치 없는 마이페이스 재능충 일반인' 캐릭터 말이다.

다행인 점은, PR 라이브 덕분에 인터넷 여론이 이미 나에게 닭발 강아지 이미지를 붙여줬다는 점이었다.

'대충 넘어가 줬을 것 같은데.'

바로 SNS를 켜서 확인해 봤다. 역시나 2화의 박문대도 똘똘한 강아지 기믹으로 처리해 버린 사람들이 먼저 여론을 잡았다. 다행이긴 하지만, 방심할 수는 없었다. 편집은 모든 것을 이기기 때문이다.

'강아지를 더 살려야 하나.'

드르르륵!

고민 중에 스마트폰이 울렸다. 큰세진이었다. 메시지 앱이 아니라 문자로 보낸 것에서 치밀함이 느껴졌다.

[문대야 우리 팀끼리 3화 다같이 보려는데 어때?]

굳이 그래야 할까? 나는 곧바로 답장을 작성하기 시작했다.

'미안하지만 그때는 일이 있⋯⋯.'

적당히 핑계 대서 거절하려는 순간, 연달아서 문자가 하나 더 도착했다.

[설마⋯ 문대만 빠지는 슬픈 일은 일어나지 않는 거지?ㅜㅜ 이세진 형님도 온다고 했는데!]

"⋯⋯."

이미 다 동의한 상황이야?

이놈은 제작진에게 같이 봤다며 썰을 풀고 인증 샷까지 보낼 놈이었다. 가뜩이나 편집 방향이 수상한데 나만 빠지면 무슨 일이 일어날지 몰랐다. 나는 천천히 문자를 고쳤다.

[어 그래. 가야지.]

곧바로 답장이 왔다.

[ㅎㅎ 문대도 좋아할 줄 알았어~ 그때 보자!]

"……."

어쩐지… 진 느낌이다.

나는 3화가 방영되는 날까지 운동과 연습을 병행하며 체력을 쌓으려 노력했다. 다행히 박문대의 자질이 바닥은 아닌지, 하면 하는 대로 잘 따라와 줬다. 아쉬운 점은 연습 업적을 대부분 500번을 채워 버렸다는 점이다.

'이젠 레벨업으로 빠르게 스탯을 채우기는 힘들 것 같은데.'

명성이나 무대 성공 이벤트 팝업에서 종종 스탯 보상이 뜨는 것이 그나마 다행이었다.

어쨌든 그럭저럭 충실한 일주일을 보내고 돌아온 금요일, 나는 오후 다섯 시쯤 약속 장소로 향했다. 서울 외곽 역에서 꽤 떨어진 곳에 있는 오피스텔이었는데 아마도 전 팀원 중 누군가의 자취 집인 것 같았다.

그리고 지하철역에서 나오는 과정에서 놀라운 일을 경험했다.

"저기!"

"예?"

"혹시… 그 아이돌 주식회사, 아니세요?"

누군가 이렇게 물어본 것이다. 사실 형식만 질문이었지, 그 사람의 눈은 이미 확신으로 번쩍번쩍 빛나고 있었다.

나는 잠깐 고민하다가, 고개를 끄덕였다. 마스크도 안 쓰고 나왔다. 누가 사진이라도 찍으면 빼도 박도 못하고 거짓말한 상황이 되니까.

"네, 맞습니다."

"아, 역시!"

말을 걸었던 여자분이 눈에 띄게 기뻐했다.

"진짜 잘 보고 있어요. 막, 노래도 너무 잘하시고…… 저기, 사진 좀 찍어주시면 안 될까요?"

이걸 어쩌지?

큰세진이 인증 샷을 남길 수도 있다는 생각에 적당히 차려입고 나오기는 했다. 하지만 촬영 때와는 달리 맨얼굴인 게 문제다. 내가 찍어봤던 탓에 안다. 웬만하면 아이돌들도 맨얼굴 사진에 보정이 필요했다.

'…그래서 가끔 리허설 찍으면 팔기 전에 양심상 전체 보정을 좀 넣어줬었지.'

하지만 지금 상황에서는 잡음이 안 나는 게 더 중요했다.

"네. 여기 보면 되나요?"

"아! 네네, 잠시만요…!"

여성분은 얼른 카메라 보정 앱을 켜더니, 셀카 모드로 함께 사진을 찍었다. 강호의 도리를 아는 사람이어서 다행이었다.

"아 진짜진짜 감사해요. 제가 꼭 투표, 아니, 주식 살게요!"

"아, 감사합니다."

아마 박문대의 이름도 기억 못 하는 걸 봐서는 안 할 확률이 높겠지만, 해준다는데 고맙다고 말이라도 하자.

그나저나 이 사람의 반응 때문인지 은근히 시선이 몰리기 시작했다. 지나가던 사람들이 힐끔힐끔 보기 시작하는 게, 슬슬 부담스러워졌다. 나는 얼른 고개를 꾸벅거리고 마무리 말을 던졌다.

"제가 일이 있어서…."

"아, 네! 사진 감사해요……."

'근데 무슨 일이세요?'라는 질문이 금방이라도 나올 분위기라, 나는 얼른 자리를 떴다.

그리고 역 밖으로 나가자마자 편의점에서 마스크부터 샀다. 자의식 과잉이라고 불러도 할 말은 없지만, 이미 사례가 생겼으니 돌아가는 길에는 조심할 생각이었다.

그런데 벌써 길에서 알아보는 사람이 나오다니. 이 시즌 3가 잘된다는 것은 이미 알고 있었지만 놀라웠다.

'방송 후반쯤 가면 장난 아니겠는데.'

지금 머무는 곳은 그냥 싼 방이라 보안이 형편없었다. 이대로 박문대가 통편집을 계속 면한다면, 나중에는 이것도 대책이 필요할지 모르겠다.

이런저런 생각을 하며 걷다 보니 곧 약속 장소에 도착했다. 오피스텔이라더니 신축인지 깔끔하고 보안이 좋아 보였다. 누구 집인지는 몰라도 괜찮게 사는 것 같다. 부럽네.

"오~ 문대 빠른걸? 어서 와!"

"아, 안녕."

초인종을 누르니 큰세진과 선아현이 튀어나왔다.

"거실은 이쪽~"

큰세진이 안내하자 선아현이 졸졸 따라왔다. 아무래도 여긴 큰세진 집인 것 같다. 하긴, 모임 주최자가 자기 집에 부르는 게 자연스러운 그림이긴 하군.

나는 제법 근사한 오피스텔 내부를 둘러보면서, 솔직하게 감탄했다.

"집 좋네."

"그치? 우리 집이었으면 좋겠다니까!"

"……?"

'월세라 자가는 아니라는 뜻인가?'

짧은 의문은 선아현의 말로 끝났다.

"고, 고마워."

"……."

여기… 선아현 집이었군.

이 와중에 큰세진은 거실 소파에 거의 드러누웠고 선아현은 소파 구석에 정자세로 앉아 있었다. 나는 주객이 전도된 이 기묘한 상황을 잠시 바라보다가, 생각을 멈췄다.

아무려면 어떤가. 3화만 보고 얼른 뜨자.

Tnet 건물 9층 구석의 편집실에서는 오늘도 〈아이돌 주식회사〉의 제작진이 야근 중이다.

"PR 영상 라이브 준비 때문에 편집이 너무 밀렸어."

"미치겠네."

방영 몇 시간 전에서야 완성본이 나온 아슬아슬한 상황이었다. 작가 류서린은 짜증스럽게 생각했다.

'그러니까 PR은 그냥 외주로 돌렸으면 좋았을 텐데.'

광고까지 밀어 넣었으면서 제작비는 쥐꼬리만큼 올려주니 외주를 쓸수가 없던 것이다. 덕분에 겨우 막내 작가를 벗어난 짬인 그녀의 스케줄 역시 밤샘의 연속이었다.

게다가 자막 작업을 하면서 확인한 편집본이… 너무나 예상 밖이었다.

'왜 얘네를 죽이고 개네를 밀어줬지?'

류서린 자신의 건의가 제대로 반영되지 않은 것이다! 그녀는 이를 부득부득 갈고 싶었지만, 그럴 기운도 없었다. 이틀 밤을 새운 탓에 눈앞이 노랬다.

'어차피 내가 무슨 힘이 있는 것도 아니지만.'

그래도 프로그램의 재미를 위해 건의한 것인데, 아쉬웠다.

'1, 2화 편집 방향 보고, 좀 기대했는데.'

그녀는 한숨을 쉬며, 편집실을 나섰다. 방영까지 앞으로 1시간, 잠시 당직실에서 눈이라도 붙이고 올 생각이었다.

"시작한다!"

"후하후하! 제발 우리 팀 이번 화! 제발!"

선아현의 집에 모인 전 팀원들은 배달음식을 시켜 먹고 근황을 떠들며 시간을 때웠다. 주로 1, 2화가 방영된 뒤 지인들의 반응을 각자 신나서 떠들던데, 별 영양가는 없었다.

—문대야, 닭발 시킬까?

…저걸 히죽거리면서 물어봤던 게 그나마 제일 기억에 남았다. 어쨌든 대충 흘려듣다 보니 곧 방송시간이 되었다.

'큰 화면으로 보는 건 좋네.'

나는 거실 벽의 사분지 일을 차지하는 거대한 벽걸이 TV를 보며 무심코 생각했다.

"아, 시작한다."

배가 차서 소파나 바닥에 늘어졌던 놈들이 각 잡고 앉는 것을 보니, 모니터링을 방해받지는 않을 것 같아 그것도 썩 괜찮았다.

하지만 착각이었다.

[첫 번째 팀전이니만큼, 여러분 모두 같이하고 싶은 참가자가 있겠지요?]

MC의 말이 방송을 타자, 곧바로 인터뷰가 삽입되었다.

[차유진 : 래빈이랑 했으면!]
[이세진(B) : 저요? (편집) 아, 문대도 좋고!]
[박문대 : (고개 저음)]

"으아악 형들 나왔어!!"
"큰세진 형 인터뷰 컷 잘 받으시네요."
"와 나는 너 말했는데! 안 나왔네."
팀원 중 하나가 화면에 잡힐 때마다 다들 오만 반응을 해대는 것이다. 화면에 집중하기 힘들 정도라 미치겠다.
와중에 큰세진이 폭소까지 했다. 동명이인이 있다고 이세진(B)로 나오는 건 아무래도 좋은가 보다.
"박문대 너 진짜 저랬어? 크하하학!"
"……아니."
그럴 리가 있겠냐. 큰세진 저놈도 하나만 걸리라는 식으로 한 일곱 명 이상 이름을 쭉 댔는데 내 이름만 방송을 탄 게 분명했다.
어쨌든 화면에 계속 집중하려고 노력이라도 해보자. 떠드는 와중에도 방송은 계속되고 있었다.

[와아!!]
[우리 팀 좋은데?]

일단, 이 팀이 정해지는 순간은 훈훈하게 나왔다. 서로 껴안고 빙빙

도는 걸 위주로 보여줘서 순수하게 되고 싶던 참가자와 같이해서 즐거운 것처럼 보였다.

예상외였던 것은 전 양궁 국가대표 류청우가 있던 상대 팀의 편집 방향이었다.

[이도준 : 아, 좀…….]
[박정섭 : 하필 이렇게 되나.]
[최상진 : 엄청 즐겁다? (편집) 그런 느낌은 아니었어요.]
[류청우 : 아이고. (헛웃음)]

분위기가 비교적 처지긴 했지만 류청우 주도하에 빠르게 수습되었던 팀이었는데, 방송에서는 분위기 작살났던 것처럼 나왔다.

"어……."

"음."

뭐라 코멘트하기가 난감했는지 옆에서 애매한 탄성이 나왔다. 좋아하기도 힘들고 비판하기도 애매한 상황이었다.

그렇게 다른 팀들의 결성 과정을 한 바퀴 지나가며 보여주고 난 뒤 다음은 선곡 과정이었다. 제대로 보지도 않고 팻말 위 버튼을 괴성과 함께 누르는 골드 1이 단독 컷으로 나왔다.

"아아아……."

골드 1이 자신의 흑역사를 보며 고통스러워했다. 화면에서는 자신이 얼빠진 소리를 지껄이고 있었으니까.

[오, 오류가?]

그리고 이어진 편집은…… 진지하지 않았다.
뚱땅거리는 개그용 BGM과 함께 팀원들의 인터뷰가 나왔다. 참고로 하일준이 골드 1, 권희승이 골드 2다.

[이세진(B) : 보셨죠 우리 얼굴?? 막 이렇게!]
[권희승 : 우리… 어쩌지? 으흐흐…….]
[선아현 : (웃으며 어깨를 움츠린다.)]
[하일준 : …죄송합니다. 크흐흑.]
[♡새로운 세상으로 / 말랑달콤♡]

팻말이 장난처럼 뒷배경에서 번쩍거렸다.
…그리고 여기서, 왠지 박문대의 인터뷰가 등장했다.

[박문대 : 전 좋았어요. (엄지 척)]

자막이 떴다.

[팬심은 모든 걸 이긴다…!☆]

거실은 폭소의 도가니탕이 되었다.

"아하하하!!"

"하학, 헉, 너무 웃어서 배 아파…!"

심지어 이세진도 얼굴이 시뻘게져서 웃음을 억지로 참고 있다.

"크흡, 저거 진짜야? 너 진짜 저랬어?"

"…팀 좋다고 한 거야."

"허흠, 큼, 아~ 그래? 고맙네."

큰세진이 키득거리다가 소파에 처박혔다. 나는… 그냥 닭이나 입에 처넣었다.

'휘말리지 말자.'

이후 안무 연습과 트레이너 피드백 시행착오까지도 너무 심각하지 않게 분위기가 잡혔다.

[이렇게 맞추자!]

[흠, 알았어.]

실제로는 적당히 암울했던 초반 연습이 마치 뭣 모르고 열심히 하는 것처럼 편집되었기 때문이다. 최초로 긴장된 배경음이 나온 것은 안무가의 독설을 받을 때였다.

[아무도 눈에 안 들어와. …뭐 어쩌자는 거야?]

이후 줄줄 이어지는 인신공격이 거대한 자막과 함께 단어가 강조되어 그대로 송출되었다.

"다시 들어도 진짜 세다."

"이제야 말하는 거지만, 진짜 무서웠어."

"응. 그래 보여."

"어. 너도."

화면에서 굳은 표정의 팀원들을 비춰주자 농담처럼 진심이 거실을 오갔다. 다행히 선아현이 안무가에게 까이는 장면은 나에게 포커스를 맞추지 않고 충격받은 선아현을 위주로 보여주었다.

그리고 예상 못 한 타이밍에, 예상 못 한 장면이 나왔다.

[피곤해?]

[아, 아니…….]

'연습에 집중하지 못하는 선아현 참가자'류의 편집을 받고 있던 선아현에게 내가 말을 거는 장면이 나온 것이다.

내가 '듣고 보니 맞는 말이군' 특성을 사용한 그 대화였다.

심지어 시기도 맞지 않았다. 저건 편곡 결정한 이후에 한 대화였는데.

"어, 어?"

"뭐야?"

선아현이 당황했는지 먹던 치킨을 떨어뜨렸다. 나도 좀 의아했다.

'저거 메인 카메라 다 빠지고 구석에 설치 캠만 돌아갈 때 한 말인데.'

굳이 방송에 쓸 것 같지는 않았었는데 오히려 카메라가 고정되어 있어서 오프 더 레코드 느낌도 났다. 덕분에 대화는 좀 더 진심처럼 들렸다.

[지, 진짜 내가 자, 잘할 수 있을 거라고… 생각해?]

[내가 뭐 하러 거짓말을 하지?]

[…!!]

거기에 감동적인 편집이 가미되자 소년만화 동료 영입 신처럼 보일 지경이었다. 나는 혼란스러워졌다.

'아니, 편집 잘해줘서 좋긴 한데……'

1화부터 제작진 놈들이 빌드업해 온 내 캐릭터를 생각하면 뜬금없는 선택이었다. 영 편집이 안 나와서 갈아치우기로 결심한 건가?

그 와중에, 화면 속의 박문대는 멋진 BGM과 함께 '그 대사'를 꺼냈다.

[그냥 '이걸 해내겠다' 정도만 생각해.]

그리고 거실이 리액션으로 울렸다.

"오올~"

"이걸… 해내겠다?"

"문대 씨 평소에 이런 생각을, 캬~ 명언!"

그냥… 무시하자. 야유인지 감탄인지 알 수 없는 놀림이 난무하는 가운데, 방송은 선아현의 짧은 인터뷰를 보여주었다.

[선아현 : 마, 마, 많이 고마웠고……]

[선아현 : 열심히… (해야겠다.) 그, 그렇게 생각했어요. 해, 해내야지.]

선아현이 기는 좀 약해도 확실히 의리가 있단 말이지. 나는 즉시 인사했다.

"고맙다."

"어, 어… 아, 아니, 내가 고맙……."

"아, 훈훈하네요."

"그렇습니다."

대화를 탈취당한 선아현이 더 당황하는 가운데, 드디어 TV 화면에 뮤디의 조언하에 편곡이 진행되는 컷이 나왔다.

[얘들아. 일단 방향부터 잡아봐야겠다.]

그래, 여기가 중요했다.

편곡 회의는 큰세진의 주도로 진행됐었다. 그리고 제법 분량을 받았다.

[권희승 : 큰세진 형님이 리더라 다행이었죠 뭐!]

[하일준 : 확실히 리더십이 있는 친구긴 해요.]

골드 1, 2의 저런 인터뷰까지 나온 것으로 보아, 제작진도 큰세진의 리더 포지션을 밀어줄 생각인 것 같았다.

"크, 여러분 감사합니다~"

"고마우면 다음 인터뷰 땐 내 이야기를 하거라."

"저두요!"

"아, 당연하죠~"

그리고 여유로운 표정의 큰세진과 대비되는 한 참가자가 거실에서 화면을 보고 있었다. 나는 힐끗 최원길을 보았다.

"……."

오늘 모임에 나오고서도 말수가 없던 최원길은 이제 대놓고 얼굴에 긴장감이 서려 있었다.

과연 제작진은 나에 대한 최원길의 시비를 어떻게 편집해 줬을 것인가. 내 입장에서는 역으로 내가 시비 건 걸로만 나오지 않으면 됐다. 사실 그게 아니면 별 관심 없기도 했고.

하지만 또 편집은 예상치 못한 방향으로 흘렀다. 아예 최원길의 시비를 통편집해 버린 것이다.

[아이디어는 좋은데, 잘못하면 원곡을 조롱하는 것처럼 보이지 않을까.]

게다가 내 말에 대한 큰세진의 반박도 잘려 나갔다. 대신, 그 자리에 진지하게 고개를 드는 큰세진의 모습이 들어갔다.

[생각해 봤는데, 원곡 감성 살리면서 강렬하게 갈 방법… 있을 것 같은데요.]

그리고 곧바로 내가 의견을 제시한 것처럼 연결되었다.

'최원길은 스토리에 필요 없다고 생각했나 보지.'

편곡의 극적인 흐름을 살리기 위해, 그림상 애매한 시비를 없던 일로 만들어 버린 것이다.

'그러고 보니 초반에 파트를 바꾼 것도 그냥 넘어갔군.'

최원길은 안심한 것 같았지만, 글쎄, 그럴 상황인지는 모르겠다. 결국 최원길은 끝까지 제대로 된 컷을 하나도 받지 못했기 때문이다. 하다못해 인터뷰도 제대로 안 나왔다. 아마 인터뷰에서도 파트나 편곡관련해서 싫은 소리를 자주 해서 쓸 게 별로 없었지 않을까.

어쨌든 그런 건 아무래도 좋았고, 중요한 건 내 편집이었다. 마침 화면의 박문대가 희미하게 웃으면서 말을 마무리하고 있었다.

[공포를 섞죠.]

[…!!]

그러자 하나하나 팀원들의 놀란 얼굴을 클로즈업으로 당겨서 잡아준다.

'…과한데?'

누가 보면 희대의 아이디어라도 낸 줄 알 것 같은 편집이었다. 심지어 또 인터뷰가 나왔다.

[하일준 : 와! (문대가) 그 말을 딱 하는데!]

[권희승 : 이거다 싶었죠.]

[이세진(A) : 그런 게… 재능이구나.]

아역배우 이세진의 말은 어쩐지 씁쓸하게 들렸다. 그러나 그것보다도 이놈까지 이런 인터뷰를 했다는 게 믿기지 않았다. 덕분에 거실에서는 오글거리는 인터뷰로 서로를 저격하며 장난과 야유가 난무했다. 이세진은 입을 꾹 다물고 꼿꼿하게 화면만 보고 있었지만.

그리고 큰세진의 인터뷰가 나오면서 모든 게 폭소로 변했다.

[이세진(B) : 문대 걔 진짜 웃기지 않아요? (폭소) 아니, 표정은 무슨 티벳여우처럼 해놓고 아이디어가 폭발하는데 너무 웃긴 거예요 진짜!!]

큰세진의 말을 배경으로 '박문대'가 온갖 상황에 반응하는 것이 컷 편집되었다.

선아현의 등수평가.

[제… 제, 제가… 어, 어릴 때, 사고를 당해서요…….]
[어떡해…….]

안타까워하는 대세 여론이 지나가는데, 박문대가 클로즈업되었다.

"……."

내가 봐도 평정심 그 자체다. 그리고 들어가는 자막.

[박문대 : (끄-덕)]

"아! 맞아!!"

"쟤 진짜 저랬어! 으아하하학!!"

그리고 트레이너의 혹평 장면.

[이런 평은 수학여행 장기자랑에서 받아야 칭찬인 거고!]

[…….]

고개를 푹 숙이고 입을 깨무는 팀원들 사이로 홀로 평온한 박문대의 얼굴이 보였다.

[박문대 : (평─온)]

그렇다.

다른 참가자들이 동요하는 온갖 상황. 박문대는 홀로 동태눈깔이었다.

"어허헉!!"

"저 얼굴이! 너무 웃겨!"

"……."

그때서야 나는 내 패착을 알았다. 있는 대로 오버액션하는 참가자 사이에서 혼자 저러니까, 침착해 보이는 게 아니라 진짜 좀… 정신에 하자 있는 것처럼 보였다.

'제작진 욕할 게 아니었군.'

나는 미친 듯이 웃으면서 미안하다고 내 등을 치는 큰세진의 손을 피하며, 홀로 반성했다.

이후 방송에서는 편곡 과정이 순조롭게 진행되는 것이 짧게 스포일러가 되지 않을 선에서 나왔다.

[이세진(B) : 저희 잘해낼 겁니다!]
[박문대 : …화이팅.]

내가 대체 왜 저렇게 감흥 없이 파이팅을 외쳤는지는, 모르겠다…….

그리고 얼마 지나지 않아서 무대가 시작했다. 별 잡소리를 다 하던 팀원들도 이 순간은 조용히 시청에 집중했으며, 그 가운데에서 나는 무대 화장을 한 '박문대'의 얼굴을 낯설게 바라보았다. 내가 저놈이라니.

[우우우우-.]

곧 도입 안무와 함께 음산한 전주가 흐르고, 본격적으로 퍼포먼스가 펼쳐졌다.

그리고 대기 중이던 다른 참가자들의 충격받은 얼굴이 파트가 바뀔 때마다 삽입되기 시작했다. 맙소사. 그나마 편집에 공을 들였는지 무대가 툭툭 끊기는 느낌이 덜해서 다행이었다.

'흠.'

어쨌든 무대는 확실히 잘 나왔다. 특히 선아현이 물 만난 물고기처럼 날아다니는 게 잘 보였다. 메인댄서가 큰세진이 아니라 선아현 같아

보일 정도였다.

'선아현 등수가 확 오를 것 같은데.'

그다음으로 잘 보이는 건 역시 큰세진이다. 그리고 나머지도 각자 파트를 잘 소화했고 의외로 이세진도 표정을 잘 써서 어색해 보이지 않았다. 최원길은 후렴에서 센터에 나올 때 안무 탓에 선아현에게 컷이 분산된 느낌이라 손해를 좀 본 것 같지만.

그리고 나는… 다행히 브릿지 파트가 제대로 나왔다.

[Can't You feel me?]

이 한 소절이 다음에 리액션이 두세 번이나 겹쳤다.

'…거의 돌림노래가 됐는데?'

고마웠지만 동시에 또 눈치 없는 재능충 기믹이 들어가는 건 아닌지 제작진의 의도가 의심스러웠다. 그래서 브릿지 파트 반응으로 트레이너들의 대화가 삽입되었을 때도 의심 가득한 눈으로 화면을 쳐다보고 있었다.

[뮤디 : 저게 원래 원길이 파트였다?]

[적태송 : 진짜요?]

[뮤디 : 어, 원길이가 못하겠다고 하니까 (문대가) 자기 후렴 파트 주고 혼자 편곡도……(한 거야).]

그런데 여기서 이 이야기를 살릴 줄이야.

게다가 트레이너의 대화만 들으면 내가 선의를 베풀어서 최원길과 파트를 바꿔준 것처럼 들렸다. 음, 근데 결과적으론 그게 맞는 말이긴 하군.

뮤디는 인터뷰 컷까지 나왔다.

[뮤디 : 문대가 의외로 맘이 여려.]
[뮤디 : 근데, 노래는 강하고!]

감사합니다.

같은 캐릭터라도 '눈치 없어서 X발 개빡치네'보다는 '눈치 없지만 착한 애야'가 훨씬 나았다. 돌연사를 피하면 보은으로 홍삼이라도 보내야 할 것 같았다.

무대는 앵콜을 외치는 방청객들의 열렬한 반응과 함께 끝났다.

[앵콜! 앵콜!]

그리고 얼싸안고 기뻐하는 팀의 모습도 성공적으로 방송을 탔다.

"우리 쩔었다."

"솔직히 내 무대지만 내가 봐도 좋았다."

"인정."

의미 없는 박수 소리와 함께, 만족스러워하는 전 팀원들의 대화가 거실을 울렸다.

나야 내 위주로 봤으니 내 분량만 이야기했지만, 사실 크게 보면 비교적 팀원들이 고르게 분량을 받았다. 덕분에 거실 분위기는 아직도 화목할 수 있었다.

　모르긴 몰라도 아마 초상집인 참가자도 많을 것이다. 가령 우리 다음에 나온 류청우의 팀은… 묵념하고 싶은 수준이었다. 몇 가지 자막을 발췌해 보겠다.

　[가장 좋은 선곡을 골랐다?]
　[그. 러. 나.]
　[계속 연습에 집중하지 못하는 팀원들]
　[리더 류청우의 고군분투]

　화룡점정은 누가 봐도 힘들어 보이는 류청우의 인터뷰였다.

　[류청우 : …해내야죠.]

　'와, 제대로 보냈네.'
　그 정도까지는 아니었다는 걸 이미 알고 있었는데도 보는 데 기분이 나빠지더라고. 우리 쪽 놈들도 보다가 무심코 측은하게 대화할 정도였으니 말 다 했다.
　"야, 쟤네 어쩌냐."
　"청우 형이 힘들어하긴 했어. 허, 그래도…."
　대충 요약하자면, 류청우가 실력은 없는데 불만만 많은 나머지 팀원들을 데리고 인고의 시간을 견뎌 무대를 완성하는 그림이었다. 떨떠름한 골드 1의 혼잣말이 편집 구도를 정확히 설명해 줬다.

"청우가 성격이 괜찮긴 한데…. 야, 이렇게 보니까 성인군자네."

어쨌든, 방송은 우리가 류청우의 팀을 가뿐히 이기는 것까지 보여주었다.

[스코어는… 무려, 82 대 401!]
[와아아악!!]

특별히 모난 데 없이 잘 봐준 컷이었다. 개인투표 관련해서는 류청우의 개인투표를 응원하게 만드는 묘한 편집으로 끝났지만.

[류청우 : 제 부족함이 컸다고 생각합니다.]
[박정섭 : 솔직히 (개인투표는) 이겨야 하지 않을까.]
[이도준 : 팀을 이끈 사람의 책임이….]

뭐, 우리 팀은 아예 개인투표를 언급도 하지 않는 점이 깔끔하고 좋았다. 현장에서도 방송에서도, 이 팀의 완승이었다.

그렇게 3화가 끝나자, 여기저기서 전 팀원들이 바닥과 소파로 자빠졌다.

"와… 이거 기 빨린다."

"긴장돼서 죽는 줄 알았네!"

"무, 무서웠어."

심지어 선아현까지 말을 얹는 게 다들 심력을 어지간히 소모한 모양이었다. 큰세진은 소파에 누워서 말했다.

"아, 새삼스러운 말이긴 한데… 다들 진짜 고생 많으셨습니다. 야, 방송 보니까 다들 너무 잘하더라!"

"큰세진 네가 수고했지~"

"잘 나와서 다행이야."

골드 2는 기대감으로 눈을 번쩍거리며 이런 말을 남겼다.

"우리 반응 완전 좋겠죠?"

그리고 마치 누군가 소원이라도 들어준 것처럼, 그 말은 그대로 이루어졌다.

처음 반응이 지표로 나타난 것은 위튜브였다. 박문대가 속했던 팀, 〈악토버31〉의 무대 영상이 실시간 인기 동영상에 9위로 랭크된 것이다.

댓글은 난리도 아니었다.

-편곡부터 무대 장악력까지 모두 오져 버리셨다

-누추한 망주사에 이런 귀한 무대가;;

-여러분 이게 바로 떡상할 주식입니다.

-뭐? 흡혈귀? 딱 기다려 헌혈차 몰고 간다

-이름 정리했어요! 0:12 선아현, 0:21 이세진(B)… (더보기)

-악토버즈 이대로 데뷔해ㅠㅠ

-준비 과정 보니까 다들 순딩순딩하고 친하던데 넘 귀여웠음ㅠㅠ 무대하고 갭 실화냐?

방송이 끝난 직후에는 비슷한 추천 글이나 감상 글이 연달아 인기 글에 오르거나 만 단위로 공유를 타기도 했다.

[여돌 데뷔곡 재해석한 아주사 무대]
[말랑달콤으로 예술한 참가자 팀]
[순위 변동 오질 것 같은 아주사 2화]

심지어 이 무대로 〈아이돌 주식회사〉를 접하고 시청자로 유입되는 경우도 슬슬 생기기 시작했다.

-그 뱀파이어 컨셉 무대 봤는데, 아주사 새 시즌임?
-망할 줄 알았는데 무대 퀄 무슨 일
-아이돌 좋아한 적 없는데 혹시 이거 투표 어떻게 하나요?ㅠㅠ

그래서인지 아예 이 팀을 묶어서 좋아한다는 글도 심상치 않게 볼 수 있었다.

-이대로 데뷔하면 좋을텐데!
-애들 번갈아가면서 투표 중이에요ㅠㅠ 아 왜 이미 그룹이 아닌 거야!

발 빠른 몇몇 골수 KPOP 리액션 채널도 움직였다. 말랑달콤의 원곡과 악토버31의 편곡 버전 무대를 비교하는 리액션을 올린 것이다.

[WOW! It's like, one of a kind. right?]

그 동영상은 자막을 달고 리액션 번역 채널에 다시 올라오며 끊임없이 국내와 해외 유입을 재생산했다. 이 과정 속에서, SNS 등 관련 커뮤니티에서 팀원들의 언급 빈도수도 압도적으로 늘었다.

가히 지각 변동 수준이었다.

화룡점정은 말랑달콤 본인들이 이 무대를 리액션하는 영상을 위튜브에 게시하며 일어났다.

[아주사 화제의 무대! 말랑달콤이 직접 봤다? 악토버31의 '새로운 세상으로' 리액션 영상]

전성기가 지나고 그룹 활동이 끝난 말랑달콤의 멤버들은 배우로 성공한 한 멤버를 제외하면 SNS 셀럽 정도의 위치에서 생활을 이어가고 있었다. 그리고 그중 두 멤버가 의기투합해 대세에 편승하여 위튜브 채널을 개설했었는데, 마침 본인들과 관련된 이 화제성 있는 컨텐츠를 놓치지 않은 것이다.

그리하여 배우 스케줄로 바쁜 한 멤버를 제외한 나머지 모든 멤버들이 옹기종기 앉아서, 악토버31의 편곡 무대를 감상했다.

"와~"

"아, 여기 어려운 부분인데."

"유은이 파트한 분, 선아현 씨? 이제 내 주식이야."

"오~ 메인보컬 분이 저희 팬이시래요! 박… 문대 님!"

"감사합니다~"

리액션은 의례적인 감탄사로 시작해서 디테일에 대한 감상으로, 또 참가자에 대한 칭찬으로 이어졌다.

"앗! 의상에 드라이 플라워!"

"저희 각자 상징 꽃대로 넣었네요. 우와……."

"되게 섬세하시다."

물론 브릿지가 나올 때는 다 같이 경악하기도 했다.

"키를 이렇게 올리셔?!"

"원킨데!?"

"와, 진짜 멋있어……."

"정말 우리 팬인가 봐."

그리고 종내에는, 울먹거림으로 끝났다.

"아, 아니, 왜 울지? 나 왜 울어?"

"아아~ 너무 잘해주셔 가지고, 저희가 많이 감동했나 봐요."

울먹이며 손부채질을 하던 멤버들은, 천천히 입을 열었다.

"저희가… 즐거운 B급 컨셉으로 과분한 사랑을 받았었잖아요. 근데 원래, 데뷔곡은 이랬거든요."

말랑달콤은 꽃의 요정으로 데뷔한 다음, 소위 말하는 '병맛' 컨셉으로 확 떴었다. 그래서 그 당시 인터넷 등지에서 유명해진 밈이 있었다.

-꽃의 요정에서 머리에 꽃 단 년됨ㅋㅋ

〈POP☆CON〉 무대에서 각자의 꽃을 상징하는 머리핀을 달고 나온 날이었다.

누군가 그 캡처 사진과 첫 앨범 무대의 사진을 비교하며 저 댓글을 달았던 것이다.

"사실 저희가 그… 데뷔곡하고 갭?을 좋아해 주셔서 더 사랑받으며 활동했던 건 맞는데, 그래도 약간… 아쉬웠거든요."

그 댓글이 유명해졌기 때문에 〈POP☆CON〉 곡이 더 화제가 됐던 것은 맞았다. 그녀들도 자신들의 전성기를 불러준 병맛큐티 컨셉에 나쁜 추억보다는 좋은 감정을 가지고 있었다.

하지만 그렇다고 전혀 서럽지 않았던 것은 아니었다.

"저희도 다양한 컨셉을 할 수 있었는데……."

은근한 조롱에 마음 상하지 않을 사람은 없던 것이다. 그래서 대중적으로 크게 주목받지는 못했던 자신들의 데뷔곡을, 진지하게 접근해 준 참가자들에게 큰 감동을 느꼈다.

"정말 감사해요. 말랑달콤의… 음, 청순 컨셉을 멋지게 소화해 주셔서!"

"예. 재해석하신 것도 너무 좋았어요. 뱀파이어… 저희도 기회가 되면! 정말 해보고 싶네요."

원곡의 감성을 너무 해치지 않고 멋지게 재해석한 무대가 마음에 쏙 들었던 것도 감명을 키웠다. 그녀들은 약간 글썽거리는 목소리로 말을 마무리했다.

"정말… 멋진 무대였어요. 저희도 다 주식 살게요!"

"악토버31 화이팅!!"

"화이팅~"

이 동영상의 캡처본이 커뮤니티와 SNS에 올라오면서 악토버31의 무대 동영상은 다시 한번 조회수가 급격히 상승했다. 그리고 4화가 나오기 전.

모든 팀전의 개인 직캠 동영상이 먼저 공개되었다.

슬슬 때가 됐다. 나는 방금까지 보고 있던 악토버31의 무대 영상 댓글창을 껐다.

우선 전체적인 상황을 파악한 결과를 말하자면……

'무서울 정도로 떡상했다……'

정말로, 그 외에는 표현할 방법이 없었다.

조회수부터 기사 댓글까지 수치가 3화에 방영된 다른 팀의 대여섯 배를 훌쩍 넘겼다. 류청우의 팀은 다른 의미로 버즈량이 올랐던데 그거 반사이득도 좀 본 것 같았고. 어쨌든 여기서 삐끗하지만 않는다면 순조롭게 2차까지는 통과할 수 있을 것 같았다.

그러니 다음 촬영이 더욱 중요했다. 편집의 위력을 실감했으니 더 조심해야겠지. 그럼 다음 촬영에 도움이 될 것들을 살펴보자.

나는 검색창에 새로운 검색어를 넣었다.

[박문대 개인 직캠]

검색하자 '1일 전'으로 게시 날짜가 표시된 공식 동영상이 제일 먼저 떴다. 피드백을 객관적으로 살피기 위해 하루 동안 보지 않고 있었다. 그랬더니 단위가 예상 이상이 되어 있다.

[조회수 : 32만]

내가 댄스가 강점이 아닌 참가자라는 것을 고려하면 기대 이상으로 높은 수치였다. 하단에 뜬 연관 동영상의 다른 참가자들을 보았다.

"3만, 12만, 7천, 2만, 6만…… 흠."

나보다 높은 수치가 몇 없었다. 아니, 애초에 5만을 넘기지 못한 참가자가 절반은 됐다. 조회수만 따지면 아마도 12인 안에는 거뜬히 들 것 같았다.

이미 무대가 공개됐다는 것을 감안하면 더 대단한 성적이었다.

'하지만 실속이 더 중요하지.'

나는 동영상 댓글을 추천순 정렬해서 쭉 훑었다.

-박문대 자기 파트마다 표현력 좀 봐 완전 천재만재 아이돌이자나 아이돌하려고 태어났다고ㅠㅠ

-문댕댕 이런 컨셉도 찰떡이라니 놀랍다

-팝콘에 닭발에 이젠 호러까지 잡았다 박문대 그는 신인가

-브릿지 귀호강 감사합니다

-문대야 말랑달콤님 팬이라 선곡 걸렸을 때 혼자만 약간 설레한 거ㅋㅋㅋ 너무 귀여웠어!

마지막 댓글은 좀… 오해가 있는 것 같지만, 좋게 봐주신 것 같으니 칭찬이라고 생각하자.

그 외에도 칭찬 글이 대부분이었다. 최신순으로 정렬하면 간혹 욕 댓글이 보이기도 했지만, 그마저도 뒤늦은 영어 댓글들에 밀려 곧 쓸려 나가듯 사라졌다.

이번에는 SNS에 내 이름을 검색해 보았다.

'박문대', 그리고 '문대'. 영상과 이미지가 첨부된 글들이 즉시 화면에 가득 찼다.

-문대 넘 귀여웡 (개인 직캠 움짤)

-어떻게 거기서 호러를 생각해 냈지ㅠㅠ 우리 문대 실력 인성 센스까지 삼위일체의 아이돌ㅠㅠ

-박문대 노래 잘하긴 하는데 그렇게 특출난지는 모르겠음 근데 얼굴은 내 취향임 (제작발표회 사진)

-문대는 문댕댕이애오 밥 잘 먹어오 예뻐해주새오♡ (강아지 먹방 합성 사진)

별의별 것에 대한 감상이 넘쳐서 좀 당황스러울 정도였다. 얼굴, 목소리, 표정, 어깨, 먹는 동작…. 심지어 나도 몰랐던 내 버릇을 귀엽다고 좋아하는 글까지 나왔다.

나는 목 뒤를 손으로 만지작거렸다. 좀 민망하지만… 기분이 나쁘지 않았다. 고맙기도 하고, 이상하게 의욕이 솟구치는 기분이 썩 괜찮았다.

물론, 이게 인터넷 여론의 전부는 아닐 것이다. 나는 곰곰이 생각에 잠겼다.

어디 보자. '문대'를 검색에 안 걸리게 변형했다면…….

"음."

나는 길게 고민할 것 없이 검색어를 넣었다.

[곰머]

'문'을 뒤집고 '대'를 유사 표기법으로 바꾼 간단한 변형식이었다. 일단 내가 데이터 팔던 때는 이게 거의 정석이었는데, 얼추 맞겠지.

예상대로 결과가 쏟아졌다.

-곰머 존못에 겨우 팝콘따리도 개못추는데 ㅅㅂ 편집 어디다 부벼ㅋㅋㅋ 개싫어 죽어죽어죽어

-솔직히 아주1사에서 괜찮은 메보감 없으니까 곰머 이악물고 밀어주는 듯? 소리가 너무;; 전형적으로 보정 먹인 깨끗함… 으휴

-곰머 맬렁스윗 팬이라는 것도 다 컨셉질 티 오지게 나던데요~

-않이 난 곰머 가슴 보고 싶다구 다음무대는 노출해야 돼

-일반인ㅋㅋㅋ 곰머가? 어디 좆소에서 연습생 생활하다 세탁했겠지~ 나 계정도 걸 수 있음 걔 보면 너무 작위적이라 못 봐줄 정도야

거를 타선이 없는 악플이 넘쳤다.

오, 마음의 준비를 했는데도 충격적인걸. 가운데 좀 이상한 것이 껴 있었지만…. 아마 성희롱처럼 보일 수 있으니 검색에 안 걸리게 했나 보군.

흥미로운 건 악성 글을 올리는 계정 중 꽤 많은 수가 프로필로 차유진의 사진을 골랐다는 점이었다. 아마 가장 인기가 많은 참가자라서 견제 겸 설정해 놓은 것이 아닐까 싶지만, 진짜도 있을 것이다.

그리고 그건 묘한 긴장감을 조성하는 것 같았다. 1차 팀전에서 무대를 같이한 참가자들을 묶어서 좋아하며, 다른 팀의 참가자를 공격하는 분위기 말이다.

뭐 전통적으로 이런 형태의 오디션 프로에서 항상 관찰되는 흐름이라서 특별히 놀랍지는 않았다. 내가 데이터 팔 때 직접 경험해 본 일이기도 했으니까. 자기가 미는 오디션 참가자 데이터랑 견제하는 참가자 데이터를 같이 사서 후자는 폐기해 버리려는 사람 말이다.

그리고 말하자면, 차유진과 박문대는 반대 진영에 속하게 된 것 같았다.

'팀전 무대가 극단적으로 잘 풀려서 떡상한 부작용이라고 해야 하나.'

아무튼, 감수할 만한 일이었기에 넘겼다. 그보다는 악플에서 뽑아낼 만한 내용이 없는지 살펴봐야 했다.

'일단 노래 이야기는 필요 없고.'

이건 객관적인 스탯이 존재하기 때문에 방송이 진행되면 계속 검증될 수밖에 없다.

그다음으로 많이 나오는 게… 내 캐릭터에 대한 이야기다. 주로 작위적이고 재수 없다는 말이나, 박문대의 외모를 비난하는 '그 정도 얼굴로 그 컨셉?ㅋㅋ' 같은 반응이었다.

아니, 얼굴이 안 되면 캐릭터도 가져서는 안 된단 말인가…. 그 편집 방향이 마음에 든 적도 없는데, 약간 씁쓸해졌다. 하지만 곧 필요 없는 감정이라는 걸 깨달았다.

'얼굴이야 만들면 되지.'

다음 촬영은 순위 발표식. 곧 방영될 4화와 비교하면 촬영 시기가 한 달쯤 시간이 떴다. 외모가 좀 변해도 그러려니 할 거란 뜻이다.

"상태창."

나는 거침없이 외모 스탯에 포인트를 쏟았다. 그리고 잠시 고민하다가, 스마트폰을 꺼내서 단체 메시지방을 키고 메시지를 하나 올렸다.

[괜찮은 샵 아는 사람 있나요?]

기왕 하는 거 제대로 해보자.

순위 발표식인 5화가 방영되기 며칠 전부터, 인터넷의 관련 커뮤니티에서는 순위 스포일러라고 주장하는 온갖 루머가 돌아다녔다.

[ㅇㅈㅅ 순위 스포]

: 본인 스탭임

(불분명한 촬영장 사진)

1위 차ㅇ진

2위 류청ㅇ

5위 김래ㅂ

6위 선ㅇ현

아역배우 ㅇㅅㅈ은 떡락해서 10위권 밖. 촬영 중에 질질 짬

———————————————————————————

-주작 같지만 이세진은 빨리 떡락했으면ㅋ 아역배우 퇴물이 어딜 아이돌 서
바이벌에 기어나와ㅎㅎ

  └pdf 땄습니다.

  └네ㅋ 따세요ㅋ

-역시 차유진이 1등인가.

-류청우 편집빨로 2위라니 부럽다ㅎ

  └이 병신들아 주작이잖아 낚인 척 하지마라 역겹네 진짜

  └인증샷 있는데 진짜 아냐?

  └옛다 작년에 올라온 다른 예능 비하인드사진 도용임 (링크)

  └헐….

이런 식으로 조작이 들통나고 결국 글이 삭제되는 일이 번번이 일어
났다.

제작진은 혼신의 힘을 다해 스포일러를 틀어막았고, 그 노력은
반쯤은 운에 기대어 성공했다. 덕분에 순위 발표식이 나오는 5화가
시작하기 직전, 시청자들은 잔뜩 애단 채로 화면 앞에 앉아 있게
되었다.

여기, 데스크탑 앞에 앉은 여성도 마찬가지의 심정이었다. 그녀는 두 손을 모으고 기원 중이었다.

'제발 문대 떡상……'

데스크탑의 최소화된 탭에는 그녀가 제작발표회에서 찍은 박문대의 직캠이 업로드되는 중이었다. 그렇다. 그녀가 바로 1차 팀전을 방청객으로 관람하며 박문대에게 꽂힌, 대포카메라의 소유자였다.

그녀는 PR 방송과 프로그램 본방을 통해 완전히 박문대에게 환승입덕한 상태였다. 심지어 찍은 사진을 올리며 홈마스터로 정착해 버렸다. 그리고 오늘은 대망의 순위 발표날. 그녀는 초조하게 생각했다.

'문대가 떨어졌을 일은 없지. 하지만 여기서 높은 등수를 한번 받아야 상위권으로 확실히 인식이 굳어질 텐데.'

어디든 후발주자는 얻어맞는 게 현실이었고, 이미 굳은 콘크리트층을 뚫고 올라가기 힘든 법이었다.

'그러니까 첫 순위 발표식이 중요해.'

그녀는 그렇게 생각하며, 한 손으로는 스마트폰을 통해 자신의 계정에 글을 썼다.

FullMoon Baby

: 박문대 제작발표회 직캠 업로드했습니다. (위튜브 링크)

#박문대 #박문대주식매입 #아주사박문대 #문댕댕 #Moondae

바로 직전에 업로드가 완료된 제작발표회 직캠을 첨부한 글이었다. 올리는 순간 공유수가 쭉쭉 늘어났다.

'좋았어.'

그녀는 뿌듯한 눈으로 그 현상을 바라보다가, 즉시 홍보문구를 추가로 달았다.

-우리 문대 많은 응원 부탁드립니다! :D♡ (아이돌 주식회사 주식매입 링크)

글을 올리고 나니, 슬슬 마지막 광고가 지나가고 있었다. 이제 5초 뒤면 방송이 시작했다. 그녀는 발을 떨면서 화면의 로고를 바라보았다.

[재상장! 아이돌 주식회사]

곧 화면이 전환되며, 간단한 예고편이 기대감을 고조시키기 위해 송출되었다.

[30위 참가자, 20위 참가자, …마지막 진출권을 거머쥔 49위 참가자는 누구일까요?]

고개를 숙이고, 입술을 깨물고, 울음을 터뜨리는 여러 참가자들의 모습이 휙휙 지나갔다. 다분히 긴장감을 조성하는 자극적인 편집이었으나 그녀는 그런 데 신경 쓸 정신이 아니었다.

방금, 박문대의 컷이 잡혔는데…… 부드러운 펌이 들어간 새로운 헤어스타일이, 머리가….

"그, 금발."

그녀는 멍하니 말을 내뱉고는, 그 뜻을 다시 한번 깨닫고 손으로 입을 틀어막았다.

'문대가 금발이야!!'

실제로는 금갈색에 가까운, 덜 파격적인 머리색이었으나 그런 건 아무래도 좋았다. 말도 안 되게 잘 어울리고 귀여웠다!

염색모가 잘 받는 것도 아이돌의 덕목일진대 어째서 박문대는 그것까지 가졌단 말인가. 무조건 아이돌을 하라고 신이 이것저것 찔러주신 게 분명했다.

그녀가 감격으로 떨리는 손으로 SNS의 타임라인을 갱신하니, 아니나 다를까 비슷한 혼잣말들이 쏟아지고 있었다.

-미친
-헐 금발
-머리 돌았나
-문댕댕 오늘 저를 죽이려고 작정한 게… 틀림없습니다…….
-개찰떡ㅠㅠㅠㅠ
-사실 지금까지 금발을 흑발로 염색하고 있었다는 게 학계의 정설입니다. 아무튼 그럼

박문대의 팬들은 쉴 새 없이 앓는 글을 쏟아냈다.

사실 이 감상들에는 박문대의 호쾌한 외모 스탯 투자가 큰 역할을

했다. 그러나 다들 헤어스타일의 변화가 외모 정변을 가져왔다고 굳게 믿는 통에 자연스럽게 넘어갔다. 그 한 컷이 워낙 잘 나왔기 때문에 그들의 폭주는 꽤 오래 계속되었다.

[PR 방송 제작기]

자잘한 제작 비하인드가 모두 끝나고, 순위 발표 직전에 PR 방송 준비촬영이 들어간 바로 그 시점이었다. 화면에서는 MC의 발표에 참가자들이 경악하고 있었다.

[여러분은 앞으로 15분간! 보물 공을 찾아오시면 됩니다!]
[예?!]

'이건 좀 궁금했어.'
그녀는 정신을 차리고 방송 내용에 다시 집중했다. 대체 어떻게 문대가 닭발을 고르게 된 건지 조금이라도 조명해 줬으면 좋겠다고 생각하면서.

[야압!]
[아싸! 금색!]

하지만 화면에서는 한참 동안 우르르 몰려다니며 공을 찾고 **뺏기는** 참가자들의 모습만 보여줬을 뿐이다.

'뭐야. 문대 분량이 없네.'

제작진 놈들 감도 없다며 박문대의 팬들은 투덜거렸다. 심지어 그냥 시청자들에게도 심상치 않게 비슷한 발언이 나왔다.

-닭발좌의 사연 끝까지 안나옴?
-그냥 망해서 닭발 한 듯
-ㅋㅋㅋ

그러나 이 반응들은 삽시간에 변한다. 박문대가 갑자기 사람 없는 조용한 숙소 식당에 슬그머니 나타났기 때문이다.

-??
-뭐야 왜 아무도 없음
-왜 박문대 혼자야?

식당 안에 들어온 박문대는 등 뒤로 손짓했다. 그러자 문 뒤에서 머리가 슬그머니 나왔다.

[이세진(B) : 아무도 없지?]
[박문대 : 어. 바로 간다.]
[하일준 : 오케이!]

시청자들은 더 혼란에 빠졌다.

-어?

-얘넨 어떻게 자기들만 있냐

-뭐 혜택인가?

심지어 자막도 혼란을 부추겼다.

[이 사람들은 어떻게 여기에…?]

-아니, 우리가 묻고 싶은데욬ㅋㅋ

-알려달라구!

화면에서는 식당을 신속 정확하게 뒤지는 세 참가자의 모습이 짧게 잡혔다. 그리고 휙, 장면이 되감기되었다.

[◀◀◀]

그리고 찰칵.

[AM 09:30 보물찾기 시작]

화면은 보물 볼을 찾으러, 참가자들이 뛰어나가는 시점에서 다시 시작되었다. 하지만 이번에는 박문대의 동작을 표시해 주었다.

[뒷문으로 간다?]

큰세진과 골드 1은 일방적으로 따라붙은 것이나 멀리서 잡힌 카메라로는 굉장히 자연스럽게 보였다.

그리고 세 사람은 순식간에 참가자 없는 뒤편에서 볼을 찾아내기 시작했다.

-ㅋㅋㅋㅋ미친

-대박이다

-와. 저 짧은 순간에 저걸 생각해냈냐

-아이디어 진짜 좋긴 한 듯

-박문대 성격 짜증 나는데 인정할 건 하자. 재능충은 맞다. 그래서 더 짜증 나는 것이다.

   └ㅋㅋㅋㅋ정답

셋이 얼마나 손발이 잘 맞는지 다른 참가자가 오는 소리가 들리면 순식간에 털고 다른 장소로 이동했다. 시청자들은 감탄했고 박문대의 팬들은 더 좋아했다.

-역시 우리 문댕댕 똑똑해

-셋다 피지컬이 되니까 쑥쑥 진행하네 역시 악토버즈야

-근데 문대 저렇게 볼 많이 찾았는데 왜 냉동식품이었니ㅋㅋㅋㅋ

'그러게 말이야.'

박문대의 홈마는 가장 최신 글에 하트를 클릭하며, 방송에 얼른 다시 집중했다.

그리고 그 장면을 확인했다.

그렇게 멋지게 볼을 쓸어 모은 박문대가, 선아현에게 브론즈 볼 하나만 받고 자신의 볼을 모두 넘겨주는 장면을.

"……!"

선아현은 얼결에 박문대가 내미는 볼들을 받아들었다. 직후 그의 인터뷰가 삽입되었다.

[선아현 : 사, 사실은 제, 제가 인스턴트 식품을 잘 못… 못 먹어요.]

그리고 회상처럼, 고정카메라로 찍힌 영상이 잠깐 송출되었다. 속이 안 좋은지 침대에 고개를 처박은 선아현의 모습이 가느다란 화장실 불빛에 희미하게 보였다.

[박문대 : 괜찮아?]
[선아현 : 괘, 괜찮…….]
[박문대 : 잠깐만.]

박문대가 숙소 밖으로 나갔다. 그리고 잠시 후.

[소화제를 챙겨온 박문대 참가자]

자막과 함께 재등장했다.

사실 이건 초반 등급평가 때 일어난 일이었다. 당시 박문대는 '잠은 죽어서 자는 것이다' 특성 활성화 상태로, 야밤에도 졸리지 않았고 비교적 시간이 넉넉했다. 덕분에 선아현이 준 초콜릿의 답례 겸 양심의 소리에 응답할 여유가 있었을 뿐이다.

참고로 박문대는 PR 방송 준비 시기 즈음에는 이 일을 깨끗이 잊은 상태였다. 그걸 알 리가 없던 선아현은 인터뷰에서 미안하고 고마운 표정으로 이렇게 말했다.

[선아현 : 제, 제가 모, 못 먹을까 봐… 바꿔준 것 같습니다.]
[선아현 : 고, 고마워 문대야.]
[박문대 : (고개를 꾸벅거림)]

물론 박문대의 컷은 전혀 상관없는 인터뷰에서 잘라 붙인 것이었다. 그러나 겉으로 보기에는 제법 훈훈했다.

-이런 전개는 상상도 못 했어
-뭐야 닭발좌 선량 그 자체네
-사실 새침부끄였던 거야?
-나 문대 좀 좋아짐ㅋㅋ

일반 시청자들도 이랬으니, 팬들은 더했다.

-문대는 요령을 부리지 않아서 악의적인 오해를 받기 쉬운데, 사실 주변을
잘 챙기는 타입인 것 같다.
-우리 댕댕이는… 진짜 댕댕이었구나
-문대 아이고 이 호구가ㅜㅜ 아니 닭발은 잘 골랐는데 아이고 그래도 자기
걸 다 주냐ㅜㅜ
-화관 문대가 뽑은 거였네
-문댕댕 다정해

호의적인 편집과 반응에 박문대의 홈마도 당연히 즐거웠지만 약간
불안하기도 했다.
'혹시라도 누가 인성 영업하면 어떡하지.'
인성 어필은 역풍 맞기 딱 좋았다. 특히 프로그램이 후반으로 갈수
록 더 그랬다. 저 참가자를 끌어내려야 내 참가자가 들어갈 자리가 생
기니까.
누군가 학창 시절의 경미한 비도덕적 행동을 제보하기만 해도 박살
날 수 있는 게 인성 영업이었다. 그리고 다른 참가자 중에는 벌써 졸업
사진까지 올라온 사람도 제법 있었다.
'그러고 보니 문대는 알려진 게 없네.'
워낙 조용한 학생이어서 그랬을까? 어쩌면 외국이나 시골 출신일지
도 모르겠다. 그녀는 논두렁 위 정자에 밀짚모자를 쓰고 무심한 표정
으로 앉아 있는 박문대를 상상했다.

'어울려······!'

원래 입덕 초기에는 그 사람을 어디다 가져다 대도 그림처럼 느껴지는 증상이 있었다.

그동안 방송에서는 다양한 참가자들이 PR 라이브를 준비하는 모습이 송출되고 있었다. 전자피아노를 뽑아서 아이돌 주식회사의 로고송을 만든 김래빈부터 운동화를 홍보하며 아이돌 히트곡 랜덤플레이 댄스를 선보인 큰세진까지. 꽤 재밌는 장면이 많았다.

그렇게 몇몇 상위권 참가자들을 중점으로, 아예 볼을 가져오지 못한 참가자들의 사정도 잠깐 비춰주었다.

[콜라보 아이템이 없으신 분들은, 바로 우리 프로그램! 〈재상장! 아이돌 주식회사〉를 홍보해 주시면 되겠습니다!]

물론 대부분이 33위 안에 들지 못하고 10분 동안 간신히 방송을 이어나갔었다. 안 그래도 식상한 컨텐츠를 열댓 명이 동시에 비슷하게 진행하니 재미가 있을 리 없던 것이다.

그리고 특이한 콜라보 아이템을 홍보한 참가자들을 잠깐 비춰주었는데, 박문대는 당연히 여기에 나왔다. 박문대가 닭발을 세팅하고 앉는 장면은 자막부터 제대로였다.

[박문대(닭발애호가) A.K.A 먹방샛별]
[차유진 : 정말 대단했어요.]

입을 벌리고 구경하는 차유진의 리액션이 짧게 지나갔다.

그녀의 타임라인은 다시 한번 '귀엽다'는 말로 도배되었다. 거기에는 그녀 본인의 글도 포함되어 있었다.

-문대 너무 귀여워 닭발뿌셔ㅜㅜ

PR 방송 준비 과정은 라이브가 잘 끝난 것처럼 적당히 훈훈하게 마무리되었다.

몇몇 참가자가 실수로 다른 참가자의 비밀을 폭로하거나, 촬영 중 일어난 민감한 문제를 토로한 것은 마치 없던 일처럼 쓱 지나갔다. 인터넷에서 조리돌림을 당하고 두 명이 자진 하차했는데도 말이다. 프로그램이 인기궤도에 오른 이상 본방송에서 쓸데없이 참가자의 논란을 재생산할 필요가 없던 것이다.

이미 그럴 거라고 짐작하고 있었기 때문에 대다수의 시청자는 한두 번 빈정거리거나 비판한 뒤 다음 내용에 집중했다.

대망의 팀별 개인전 발표식이었다.

[여러분! 1차 팀전, 팀 내에서 개인투표 1위를 한 참가자가 얻는 보상을 기억하십니까?]

[아…….]

[1차 순위 발표식, 무조건 합격이었습니다!]

화면에서는 '제발 자신이었으면 좋겠다'고 중얼거리는 참가자들을 여럿 잡아주었다. 그리고 MC가 현란한 솜씨로 쓸데없는 말을 덧붙여 시간을 끈 후에, 팀마다 한 명씩 승자를 불러주었다.

물론 대다수의 참가자들은 축하하는 척이라도 하려고 노력했다.

[와~]
[축하해요!]

특히 논란이 됐던 류청우의 팀원들은 류청우의 1위가 발표되자, 조금도 기분 나빠 보이지 않기 위해 애썼다. 하지만 방송에서는 또다시 묘한 분위기로 방영되었다.

[……]
[…아.]
[축하드려요.]
[그래, 고맙다. 너희가 고생 많이 했는데… 미안해.]
[…아뇨. 뭘.]

'너무 저러니까 별로다.'

이런 패턴에 익숙해진 그녀는 편집에 오히려 반감이 들 지경이었다. 아마 골수 서바이벌 시청자들은 비슷한 감정을 느꼈으리라.

물론 박문대의 팀인 '악토버31'의 개인전 1위도 발표되었다.

[악토버31의 1위는…… 축하합니다! 선아현 참가자입니다!]

[…!]

화들짝 놀라는 선아현을 악토버31의 팀원들이 둘러쌌다.

[오오오!!]
[이건 아현이가 할 줄 알았지~]
[축하합니당!]
[고생 많았어.]
[가, 가, 감사합니다……]

적절히 화목한 연출이었다.
'다행이다!'
그녀는 안도하면서도, 좀 아쉬워했다.
'문대가 받을 수도 있을 것 같았는데.'
저걸 받아봐야 실질적인 메리트가 없고 괜히 공격만 받을 수도 있다
는 건 알지만, 그래도 괜히 아쉬웠다. 그녀의 SNS 타임라인에서도 비
슷한 기색이 슬쩍슬쩍 나왔다.

-축하해 아현아~
-조금 아쉽지만 문대 반응이 훈훈해서 좋았다
-금발 문대 길게 잡혔어! 아잇ㅠㅠ 너무 행복해
-다들 잘해서 누가 받아도 안 이상하긴 했지ㅠㅠ
-문댕댕 고생했다~

아마 좀 더 노골적으로 검색하면… 이런 반응도 금방 찾을 수 있을 것 같았다.

-편곡도 멘탈케어도 문대가 했는데 날로 먹는 건 선아현ㅋㅋ 아 인류애박살~

물론 악성 개인 팬이겠지만 말이다.

다행히 화면 속에서 축하말을 건네는 문대의 새로운 비주얼 덕분에 화제는 금방 전환되었다. 그녀는 얼른 문대의 클로즈업 샷을 캡처해서 업로드했다.

-누가 해주신 건진 모르겠지만 문대 금발 정말 감사합니다… (캡처 사진)

방송에서는 MC가 또 의미심장한 소리를 하고 있었다.

[그런데 혹시, 원래 불합격이었던 참가자가 합격했다면 어떻게 되는 걸까요?]
[어…!]
[아, 설마.]
[여러분, 최하위 합격자가 탈락하게 됩니다!]

참고로, 시청 중이던 그녀는 전혀 관심이 없었다.
'문대 제발 빨리 부르지 마라…!'

제발 박문대가 후반에 불리길 바라며 초조해할 뿐이었다.

[그럼 47위 참가자를 발표하겠습니다.]

그녀는 하위권 순위가 지나갈 동안 위튜브용 영업 동영상을 만들 생각이었으나, 손에 마우스가 제대로 잡히지 않았다.

'이게 뭐라고 왜 내가 긴장하고 있냐⋯⋯!'

참을 수 없어서 탄산음료를 가져와서 앉을 때, 마침내 발표는 30위권에 접어들었다. 중간에 또 한 번 끊고 재미없는 음료수 PPL 컨텐츠를 진행한 뒤였다.

'심지어 문대는 한 컷도 안 나왔잖아⋯!'

마시다 뿜을 뻔한 이후로 음료에 손도 안 댔기 때문이었지만 시청자로서는 알 수 없는 연유였다. 그녀가 관심을 가질 수 있는 장면은 31위를 발표할 즈음에야 나왔다.

[31위는⋯ 권희승 참가자입니다!]

박문대가 내심 '골드 2'으로 지칭 중이던 악토버31의 참가자였다. 단상으로 나가며 인사하는 사람 중 박문대가 있었다.

[축하한다.]

진지한 표정으로 어색하게 하이파이브를 해주는 것이 몹시 귀여웠다. 그 와중에 MC는 되지도 않는 우스갯소리를 했다.

[다음 방송에 진출하는 첫 악토버31의 팀원입니다! 그래서 31위일 까요?]
[그런 것 같습니다!]

권희승을 시작으로 악토버31의 팀원들이 띄엄띄엄 단상에 불려 나가기 시작했다. 최원길과 하일준(골드 1)까지는 20위 중하권에서 발표된 후, 한동안 이름이 불리지 않았다.
그다음은 13위였다.

[축하합니다. 13위는⋯ 이세진 참가자! 앗, 두 분이군요!]

이세진과 이세진이 반사적으로 고개를 쳐들었다가 한 명은 머쓱하게 웃으며, 다른 한 명은 표정을 굳히며 원상 복귀했다.

[두 분 중에⋯ 이세진B! 일명 큰세진입니다! 악토버31에서 리더를 맡았었죠.]
[아하하!]

큰세진은 신나게 웃으며 이세진에게 악수를 청했고, 이세진은 떨떠름하게 그 악수를 받았다. 이후 큰세진은 별별 참가자들의 환호와 아는 척과 함께 단상 위로 올라갔다.

[와! 13! 딱 저희 팀 같은 등수네요. 운명 같습니다.]

큰세진은 상황에 맞게 농담을 한마디 했다. 그리고 진지하고 진솔해 보이는 감사 인사와 격려 문구를 깔끔하게 마치고 위로 올라갔다.

일단 12명 안에는 들었다!

그녀는 침을 삼키며 다음 발표를 기다렸다. 박문대는 1화 방영 전에 미리 형성된 인지도가 없다시피 했기 때문에 이것만으로도 어마어마한 성과였다.

[11위에 이름을 올린 참가자는… 서현철 참가자입니다!]

그리고 11위까지 문대의 이름은 불리지 않았다. 마침내 손가락으로 셀 수 있는 등수에 접어들었다.

10위, 9위…….

[8위에 이름을 올린 참가자는…… 아, 첫 번째 팀전에서 말랑달콤의 곡을 소화했던 참가자입니다.]

'됐다…!'

그녀는 어깨에 힘을 풀고 숨을 내쉬었다. 아마도 문대를 부를 것이다. 그녀는 거의 기정사실처럼 생각했다.

일단 아역배우 이세진은 초반 인지도가 압도적이고, 선아현은 지난 무대 덕분에 지표가 너무 좋았으니까. 그 둘이 문대보다 늦게 불릴 것이라 생각했던 것이다.

[반전매력을 보여준 이 참가자는……]

남은 악토버31의 세 참가자를 번갈아 가며 제법 오래 비춰준 뒤에야, MC는 말을 이었다.

[이세진 참가자입니다!]
[…!]

이세진이 굳은 얼굴로 벌떡 일어났다. 아직 자리에 있던 선아현과 박문대가 버릇처럼 축하 인사를 건넸다.

[축하드립니다.]
[추, 축하합니다….]
[…고마워.]

이세진이 희미하게 웃더니 어색하게 인사를 받는 것이 방송을 탔다. 그리고 그녀는 육성으로 소리를 질렀다.
"어어어어!"
관련 커뮤니티 반응도 폭주 중이었다.

-헐

-헐 이세진

-5위 안에 들 줄

-8위?

-성격 얘기 좀 나오긴 해도 노력파로 나와서 순위 유지할 줄 알았는데

-빠 꽤 붙었던데 신기하네;;

-아무래도 다른 참가자들이 떡상해서 등수 밀린 듯?

이세진은 고개를 푹 숙이며 '감사하다, 죽을힘을 다해 하겠다'는 짧고 굵은 말을 남기고 단상을 떠났다. 그녀는 마우스를 움켜쥐었다.

'그럼 대체 문대는 몇 위인 거지?'

MC의 목소리가 이어서 화면을 울렸다.

[이번 참가자는 뛰어난 춤 실력으로 주목을 받은 참가자입니다.]

'문대 7위도 아니다!'

그녀는 두 손을 불끈 쥐고 속으로 오만 가지 비명을 질렀다. 그동안 투표… 아니, 주식을 매수해 달라며 SNS에 끈질기게 영상과 글을 올렸던 보람이 물밀듯이 밀려왔다.

그리고 6위까지 지나, 5위.

[이 참가자… 톡톡 튀는 발상과 독특한 재능으로 주목받았었죠?]

마침내 MC가 박문대를 호명했다.

[5위, 박문대 참가자입니다!]

자리에 앉아 있던 박문대가 벌떡 자리에서 일어나는 모습이 카메라에 잡혔다.
'미친미친, 이런 미친⋯⋯.'
그녀는 넘치는 괴성을 참지 못하고 SNS에 글을 써 내렸다.

[미친 문대 5위 아 문대야ㅠㅠ 진짜 너 잘될 줄 알았어 우리 문대 천재니까ㅠㅠㅠ 아이돌 해줘서 고마워 진짜ㅠㅠ]

그리고 등록하지 않고 삭제했다. 이미 네임드 계정이 된 그녀의 SNS 글들이 괜한 트집 요소로 사용되면 안 된다는 실낱같은 이성이 등록을 막아준 것이다.
단상으로 올라간 박문대는 금갈색 머리카락이 흔들리도록 꾸벅 고개를 한 번 숙여 보인 뒤, 말을 시작했다.

[과분한 등수라는 생각이 듭니다. 매수해 주신 주주분들의 기대에 어긋나지 않도록 발전하는 모습 보여 드리겠습니다. 잘 부탁드립니다.]

그리고 꾸벅 고개를 숙였다.

정석적인 소감문이었으나 단어 선택 때문인지 아이돌보다는 기업박람회가 생각났다. SNS에서도 '문댕댕 사장님이세요?ㅋㅋ'같은 말이 난무할 무렵, MC가 미리 준비된 질문을 던졌다.

[닭발 PR로 많은 관심을 받았는데, 혹시 데뷔하게 된다면 어떤 먹방을 또 진행하고 싶으신가요?]
[음… 스팀초벌대창?]

범상치 않은 정확한 제품명에 MC가 빵 터졌다.

[이유가 있나요?]
[시식했던 것 중에 닭발 다음으로 제일 맛있었습니다.]

박문대의 차분한 답변에 여기저기서 웃는 소리가 나왔다. MC는 그것을 유머러스하게 포장해 줬다.

[아, 이번에도 PPL 관련 상품! 아이돌 주식회사를 많이 생각해 주는 참가자입니다~ 이렇게 5위! 박문대 참가자였습니다.]
[감사합니다.]

박문대는 그냥 희미하게 웃고는, 다시 한번 고개를 숙여 인사했다. 그리고 자신의 등수에 맞는 자리로 올라갔다. 적당히 센스 있고, 괜한 논란의 여지를 주지 않는 소감 편집이었다.

시청 중이던 그녀는 안도의 한숨을 내쉬었다. 매번 박문대의 태도에 대하여 이상한 여지를 주는 식의 편집이 은근히 끼어 있어서 걱정한 것이다.

'다른 참가자를 물었나 보네.'

아니나 다를까, 4위로 발표된 김래빈은 껄끄러운 편집을 받았다. 7위인 참가자와 팀전에서의 갈등이 부각됐었는데, 그것의 여파인 것 같았다.

어쨌든 그녀는 한결 편한 마음으로 나머지 발표를 시청했다. 사실 막말로 누가 되든 상관이 없었다.

'기왕이면 선아현이 선방했으면 좋겠다는 정도? 아, 그리고 차유진은 좀 망했으면 좋겠다.'

SNS 등지에서 차유진의 악성 팬들이 어찌나 문대를 멸칭으로 부르며 개소리들을 올려대는지 열 받아서 고소하고 싶을 지경이었다. 하지만 〈아이돌 주식회사〉는 보통 소속사를 나와서 출연하는 참가자를 선호하는 터라, 소속사의 고소로 여론을 잠재우는 것이 전통적으로 힘든 구조였다.

'심지어 문대는 일반인 출신이잖아……'

혹시라도 검색하다가 상처받지 않았을지 걱정일 뿐이었다. 그녀는 데뷔만 하면 소속사로 PDF를 있는 대로 따 보내야겠다는 굳은 결심을 하며, 관성적으로 방송을 봤다.

선아현은 3위였다.

[가, 가… 감사합니다. 흐윽,]

선아현은 펑펑 울면서 감사 인사를 했다. 감동적인 BGM과 함께 눈시울을 붉히는 악토버31의 몇몇 팀원들의 리액션 컷이 함께 잡혔다.

[하, 할 수 있, 있을 거라고… 새, 생각 못 했는데. 다, 다… 팀원들 덕분에, 덕분입니다. 그, 그리고 투, 투표… 해주셔서 정말 감사합, 합니다.]

MC가 '투표가 아니라 주식!'이라고 입 모양으로 벙긋댔다. 하지만 정신이 없어서 보지 못하는 선아현의 교차 편집이 감동 속에서 소소한 웃음을 챙겼다.

선아현은 훌쩍거리며 자신의 자리를 찾아갔고, 그 과정에서 박문대를 포함한 악토버31 팀원들의 훈훈한 상호작용이 잠시 조명되었다. 인터넷상에서의 뜨거운 반응을 제작진들도 의식하고 있다는 증거였다.

이후 1, 2위는 모두의 예상대로 차유진과 류청우가 후보에 올라, 경합 끝에 차유진이 1위로 발표되는 것으로 끝났다.

[정말 좋아요!]

'차라리 류청우가 나았겠어!'

신나서는 해맑게 수상소감을 하는 차유진이 은근히 얄밉게 느껴졌다. 하지만 그렇다고 악플을 달 만큼 바보는 아니었기에, 그녀는 그냥 박문대의 5위에 기뻐하기로 마음먹었다.

그다지 주목받지 못한 참가자가 49위로 발표되며 순위 발표식은 싱겁게 끝났다. 잠시 악토버31들이 모여 선아현을 놀리며 웃는 훈훈한 장면을 마지막으로 박문대의 분량도 끝이었다.

'아쉽다.'

그녀와 같은 팬의 입장에서는 공급이 부족했다.

좀 더 많이 보고 싶었다. 다음에는 부디 출근길을 찍으러 갈 수 있기를 바라며, 그녀는 박문대의 선방을 염원했다. 아마 저 순위 발표식이 끝난 이후로 쭉 다음 팀전을 위한 촬영이 이어졌을 것이다.

'큰세진이나 선아현, 둘 중 하나 정도는 또 같은 팀이지 않을까?'

그녀는 이런저런 추측을 해보며, 마음 깊이 바랐다.

'누구든, 문대가 마음 편하게 멋진 무대를 만들었으면 좋겠다!'

골 깨질 것 같다. 이건 또 무슨 상황이냐.

"아! 박문대 참가자를 지목했습니다!"

MC의 신난 목소리와 참가자들의 놀란 감탄사가 사방에서 울렸다. 77명에서 49명으로 줄었는데도 여전히 귀 따가운 크기였다.

"헐!"

"문대 형?"

놀랐냐? 나도 놀랐다. 저놈이 왜 날 지목했지?

"이렇게 박문대 참가자는… 김래빈 참가자의 팀에 합류하게 됩니다."

순위 발표식 다음에 곧바로 2차 팀전 촬영을 진행하는 것까지는 나도 예상한 일과였다.

　─이번 팀은… 제비뽑기로 정해집니다!
　─제가 뽑은 7명의 참가자가 리더가 되어, 퀴즈를 맞춰서 팀원을 뽑아
가는 겁니다!

　이런 룰도 한 번쯤은 나올 줄 알았다. 근데 얘가 날 뽑을 줄은 몰
랐네.
　'김래빈.'
　차유진과 같은 기획사 출신의 참가자로, 현재 4위. 내가 알기로는 최
종 2위까지 간다. 참고로 나랑은 인사도 해본 적 없다.
　"그럼 박문대 참가자, 이동해 주시기 바랍니다!"
　"……."
　나는 터벅터벅 걸어서 김래빈의 옆에 섰다.
　다짜고짜 왜 뽑았냐고 물어볼 순 없지. 그랬다간 무슨 편집이 들어
갈지 모른다. 일단은 거래처 직원을 만난 것처럼 서로 고개나 꾸벅거
리자.
　"잘 부탁합니다."
　"예. 저야말로 잘 부탁드립니다."
　다행히 살벌한 인상답지 않게 고개 인사는 잘한다. 불순한 의도는
아니었나 보군. 요즘 10대가 선호할 것 같은 잘생긴 양아치상에 삼백
안이라 편견이 작용했던 것 같다.
　'그럼 정말로 박문대가 쓸 만해 보여서 골랐다는 건가.'

김래빈은 랩을 하는 참가자였으니 파트상 메인보컬 포지션을 견제하지 않아도 이상할 게 없긴 했다. 애초에 나도 낮은 순위 참가자가 날 골랐다면, 그냥 메인보컬 뽑았다고 생각했을 것이다.

그런데 분명… 김래빈의 전 팀에 원래 메인보컬 포지션으로 데뷔할 참가자가 있었다. 근데 굳이 걸렀다?

'아, 지난번 팀원이 불편하다 이거군.'

생각해 보니 거를 수도 있겠다 싶었다. 김래빈의 전 팀이 바로 개인 1위 보상 때문에 분위기가 박살 난 곳이었기 때문이다.

음. 지난 방송분이 생각나는군.

─일부러 이런 파트 준 거 아니야?

─아닙니다. 모두가 가장 알맞게 소화하여 무대에서 최대치를 보여줄 수 있도록…….

─그러니까 내가 이거밖에 못할 거라고 생각했다는 거네.

방송엔 나오지 않았지만, 개인전 보상이 발표된 후엔 아예 멱살까지 잡은 놈이 나왔다고 들었다.

'그 살벌함은 방송에서도 아주 잘 살렸지.'

덕분에 방송 편집본에서 좋은 의미로 살아남은 건 차유진뿐이었다. 그 팀 메인보컬은 특별히 분량은 없었다만, 찝찝하니 서로 손절했다고 해도 이상하진 않다. 그리고 남은 보컬 중에 가장 검증된 박문대를 골랐다면 말 되지.

'그래도 첫 번째로 고른 건 좀 이상하긴 한데.'

당장 신경 쓸 사항은 아니니 넘기자. 나는 빠르게 생각을 정리하고 상황을 파악했다.

"다음 퀴즈입니다~ '박'으로 시작하는 단어 다섯 개!"

"박물관, 박수, 박쥐, 박혁거세, 박고지."

김래빈은 곧바로 손을 들더니 빠르게 정답을 맞혔다. 기세가 비장했다.

"와우! 김래빈 참가자, 연속 정답입니다!"

"아아아!"

"이거 랩하는 사람한테 너무 유리한 거 아니에요?"

방송생태를 파악한 참가자들의 풍성한 리액션과 함께, 김래빈은 곧바로 다음 참가자를 지목했다.

"차유진… 참가자 지목하겠습니다."

전 팀이었어도 그 와중에 1위는 챙겨가는군. 나라도 그랬을 것이다.

의외로 현명했다. 지난 팀전 양상만 보면 이세진보다도 사회성 말아먹은 것처럼 보였는데 역시 소문과 편집의 힘이었나. 다만 이대로 팀원이 구성되면 나한테 어떤 영향이 올지 모르겠다.

'1차랑 너무 달라질 것 같은데.'

"잘 뽑았다!"

"응."

지목당하자마자 얼른 달려온 차유진이 김래빈에게 아는 척을 했다. 그리고 이어서 나에게 엄지를 치켜들었다.

"같이해요!"

"네… 그렇네요."

"무대 잘하니까요!"

"예. 잘 부탁해요."

이거 언제까지 이렇게 대화해야 하는지 모르겠다. 어색하군.

웃긴 건 나만 어색한 것 같다는 점이다. 차유진은 자기 혼자만 무슨 맥락을 파악했는지 고개를 끄덕이는 중이다. 벌써 앞으로의 의사소통이 대충 예상 가는걸.

그 와중에도 김래빈은 거침없이 팀원을 뽑고 있었다. 타율이 제법이라 빠르게 팀원이 채워졌다.

"류청우 참가자."

"민정훈 참가자."

그리고 나는 슬슬 찜찜해졌다. 라인업이 과하게 좋았다.

여기서 '좋다'는 의미가 뭐냐면, 등수가 높았다는 뜻이다. 모든 팀원이 15위 안이었다. 무슨 편집이 나올지 후보를 떠올리는 것만으로도 벌써 정신이 혼미해진다.

'이러면 천상계 수준으로 잘하지 않고서야 답이 없는데?'

심지어 나만 그림이 좀 이상해졌다. 같이할 참가자를 뽑는 최초 7명 중에 최원길이 있었기 때문이다.

"선아현 형!"

"큰세진, 아, 이세진 형!"

최원길은 선아현부터 시작해서 1차 팀전에서 같은 팀이었던 팀원들을 거의 복원해 놨는데, 물론 나는 제외였다. 김래빈이 먼저 뽑아갔으니까 선택의 여지가 없었지.

'음, 그 여지가 있어도 안 뽑았을 것 같긴 하군.'

하지만 김래빈이 먼저 뽑아 간 악토버31 출신은 한 명 더 있었다.

"이세진, 아역배우 출신 이세진A 참가자! 김래빈 참가자의 팀에 합류합니다~"

이세진은 그다지 좋지 못한 안색으로 이쪽을 향해 걸어왔다. 1차에서 큰세진과 골드 1, 2의 미친 사회생활 덕분에 터지지 않았던 불발탄이 김래빈의 팀에 합류했다는 뜻이다.

"……"

이세진은 또 왜 뽑았을까.

'설마 남은 사람 중에 가장 등수가 높아서 뽑은 건가.'

아직 선택 못 받고 남은 인원을 보다가 고개를 돌리니, 마침 최원길의 팀이 보였다.

"문대~"

눈이 마주치자 큰세진과 골드 1, 2가 무슨 콩트라도 하는 것처럼 슬픈 표정으로 손을 뻗었다. 그리고 당황한 표정의 선아현은 안절부절못하며 손을 흔들었다.

"……"

이… 줄을 잘못 탄 것 같은 불길한 느낌은 대체 뭘까.

등골이 싸했다. 아무래도 초자연적인 도움이 필요한 순간인 것 같다.

'상태창.'

나는 꺼뒀던 업적 달성 팝업을 불러냈다.

[명성의 부름!]
50,000명의 사람들이 당신의 존재를 기억했습니다!

: 희귀 특성 뽑기 ☞ Click!

1화 방영 후에 떴던 거니, 벌써 몇 주 전 팝업이었다.

'본의 아니게 존버했네.'

사실 3화가 방영된 후 얼마 지나지 않아 10만 명 업적도 달성했었는데 그건 보상으로 포인트를 줬다. 그래서 현재 내 상태창은 이렇다.

[이름 : 박문대 (류건우)]

Level : 12

칭호 : 없음

가창 : A

춤 : C+

외모 : B+

끼 : C

특성 : 잠재력 무한, 듣고 보니 맞는 말이군(C), 날 봐!(D)

!상태이상 : 데뷔가 아니면 죽음을

남은 포인트 : 1

참고로, 팀전을 진행하며 얻은 연습 포인트는 팀 무대 전에 이미 가창과 춤에 하나씩 분배한 상태였다.

아, 외모 스탯에 하나만 더 찍으면 A권에 진입하는데 아깝지 않았냐고? 마침 포인트도 한 점 남았는데 말이다.

당연히 아까웠다. 하지만 외모는 다른 스탯과 달리 급격히 변하면 성장이 아니라 의학의 도움으로 의심받게 된다. 특히 알파벳이 바뀌는 수준의 변화라면 더 그렇다.

초반에 C+에서 B-로 올린 거야 방송 준비하면서 관리받기 시작한 덕이라고 합리화했다고 치자. B-에서 당장 A-로 올리는 건 변명의 여지가 없었다. 당장 B-에서 B+ 올리는 것도 한 달의 기간과 헤어스타일 변화로 간신히 변명거리를 만들어둔 상태였던 것이다.

'뭐… 개 이미지도 강화할 생각이었으니 겸사겸사 좋았지.'

검색 순위를 보니 견종 중 골든 리트리버가 이 근래 대세 같던데, 그걸 연상해 줬으면 더 좋겠고… 음, 잡설이 길어졌다. 팝업에서 특성 뽑기나 얼른 진행해 보자.

'뭐라도 쓸 만한 게 나와줬으면 좋겠는데.'

새로 뜬 팝업에서는 이제 익숙해진 룰렛 머신이 빙글빙글 돌아가다가 멈춘다.

피핑!

황동색 칸이다. 고등급으로 보이는 은색 칸은 이번에도 걸리지 않았다. 아쉽다고 생각하려던 찰나, 특성의 이름이 보였다.

[특성 : '날 봐!(D)' 획득!]
-사람들이 당신의 행동을 약간 더 주목한다.

'……?'

이게 왜 또 나와?

팝업은 거기서 멈추지 않고, 새로운 문구를 띄웠다.

[동일 특성 확인!]

'날 봐(D)'를 합성하시겠습니까?

"……"

이건… 양산형 망겜에서 흔하게 나오는 '동일 아이템으로 강화'가 아닌가. 대체 이 시스템은 어디서 튀어나와서 이런 형태인지 알 수가 없었다.

'일단 데뷔해서 돌연사를 피하면… 좀 알아봐야겠는데.'

어쨌든 다른 수가 있던 것도 아니니, 합성해 봤다.

[합성 성공!]

[특성 : '센터가 되고 싶어(C)' 획득!]

−사람들이 당신의 행동을 제법 주목한다.

: 활성화 시 '끼' 능력치 한 단계 상승

"…!"

이름은 끔찍했지만 내용은 인상적이었다. 능력치를 올려준다면 환영이지. 계륵 같은 특성이었는데 기사회생한 느낌이다.

그런데 '끼' 스탯이라. 참 오묘한 능력치가 올랐다. 속되게 말하자면 카메라 앞에서 마가 안 뜨는 능력이고, 쉽게 말하자면… 음, 스타성인 것 같은데.

마침 끼 스탯이 가장 높은 참가자가 옆에 있었다.

"이렇게! 팀이 결정되었습니다~"

"우와아아!"

팀원 모집이 다 끝났는지, MC의 진행 멘트가 들렸다. 나도 적당히 박수로 호응하며 슬쩍 차유진의 상태창을 확인했다.

[이름 : 차유진]

가창 : C+ (B+)

(랩 : B)

춤 : A+ (S+)

외모 : A (S)

끼 : A+ (EX)

특성 : 블랙홀(A)

다시 봐도 무시무시한 상태창이었다.

스탯 A 삼 연발은 다시 봐도 이런 놈이 아이돌을 하는구나 싶은 수치다. 특히 끼 스탯은 현 상태도 잠재력도 차유진이 참가자 중에 가장 높았다. 심사위원인 영린보다도 높았으니, 웬만한 현직 아이돌보다도 높다는 뜻이었다.

그리고 지금 내 상태창에서 가장 낮은 능력치 중 하나가, 방금 보정을 받은 '끼'였다. 춤하고 끼, 둘 중에 어떤 걸 먼저 올리는 게 좋을지 이번 팀전을 하면서 힌트를 얻을 수 있다면 좋겠는데 말이다.

"자, 여러분 일단 팀원분들과 인사부터 나누고 계시면 됩니다! 인사가 끝나면 곧바로 2차 팀전을 소개하겠습니다!"

일단 팀전이 잘 끝날지부터가 의문인 상황이 문제였다. 나는 MC의 말에 따라 순순히 모여 앉는 팀원들의 면면을 둘러보며 묵묵히 생각했다.

'무슨 개판이 나든 끼지만 말자.'

"아, 잘 부탁한다."

다른 참가자의 묘한 기 싸움을 누르고 리더를 단 류청우가 웃으며 팀원들에게 인사를 했다. 다들 손바닥을 치긴 하는데, 그 아래 깔린 긴장감이 대놓고 느껴졌다.

'이건… 편집 안 들어가도 그냥 잡힐 것 같다.'

제작진들이 이런 견제심리를 기가 막히게 잡아내더라고.

"인사는 다 나누셨나요?"

"네!"

"아, 훈훈한 모습 좋습니다~ 그럼, 2차 팀전 과제를 발표해 볼까요?"

"으어어어!"

MC의 말에 참가자들이 아우성을 칠 때도, 이 팀의 참가자들은 비교적 체면을 챙기는 태도였다. 딱 타과생들이랑 교양에서 같은 조가 됐을 때 몸 사리는 그 느낌인데, 어쨌든 내가 해결을 볼 수 있는 문제는 아니니 냅두고 MC의 말에나 집중하자.

"2차 팀전으로 〈아이돌 주식회사〉에서 꾸준히 해온 컨텐츠가 있죠~ 뭔지 아시나요? 아! 맞습니다. 바로, 〈숨은 명곡 재발굴〉 프로젝트입니다!"

이번 시즌에도 역시 저걸 하는군.

"홈페이지에서 그… 50곡 중에 투표받던 거 맞지?"

"응."

주변에서 숙덕거렸다. 다른 참가자들도 이미 다 알고 있는지 상투적인 리액션만 하고 있다.

"여러 가지 이유로 아쉽게 빛을 보지 못한 명곡들! 〈아이돌 주식회사〉에서 새롭게 재해석해 다시 한번 대중 앞에 선보이는 프로젝트인데요, 올해도 우리 주주 여러분께서 여러 아이돌 명곡들을 선발해 주셨습니다!"

막말로 못 떴지만, 곡은 괜찮으니 리메이크해서 자기들 곡처럼 써먹겠다는 뜻이었다.

'작곡비도 굳을 테니 창조경제가 따로 없지.'

제작진의 놀라운 원가절감 능력에 감탄하고 있을 때, 갑자기 옆에서 누군가 말을 걸어왔다. 놀랍게도 이세진이었다.

"…하고 싶은 곡 있어?"

"음?"

말 건 본인이 후회하는 표정이긴 했지만, 어쨌든 질문은 질문이니 대답은 했다.

"좀 중독성 있는 곡이면 좋겠는데요."

안 그래도 인지도 떨어지는 곡일 텐데 대중성까지 없는 곡은 안 하고 싶다는 뜻이었다.

"형은요?"

"나는… 〈Base〉했으면 좋겠는데."

괜찮은 선곡이었다. 〈Base〉는 지난 팀에서 했던 말랑달콤의 데뷔곡처럼 인기 아이돌의 무명시기 타이틀곡이다. 실제로 무대를 본 적이 있는데, 컨셉이 강하고 멜로디가 중독성 있던 것으로 기억난다.

"그 곡 좋죠. 무대로 만들기도 좋을 것 같고."

"……그렇지."

이세진이 고개를 끄덕이며 긍정했다. 드디어 사회성을 챙기기 시작한 건가 싶던 순간, 불쑥 차유진이 대화에 끼어들었다.

"저도 그 곡 좋아요. 'Base~ Uh, 울리는 고동~'"

"……아, 네."

이세진은 불편한 표정으로 입을 딱 다물었다.

'이놈은 매번 이러네.'

이럴 거면 왜 여기 나왔는지 물어보고 싶다. 어쨌든 카메라가 있으니 마 뜨는 일은 없는 게 나았다. 대충 수습이나 하자.

"그렇구나. 이번에 하면 좋겠네요."

"그래요!"

차유진은 별생각 없는 표정으로 해맑게 긍정했다.

'눈치와 맥락은 없지만, 긍정적인 놈이었군.'

나름대로 평가를 상향시켜 주고 있으니, MC가 드디어 선곡 방식을 발표했다.

"정면에 보이는 저~ 탁자 위에는 7가지 물건이 올라가 있습니다!"

확실히, 참가자들로부터 꽤 거리가 떨어진 탁자가 보였다.

"이 물건들은 각각 다른 '숨은 명곡' 원곡자분들의 소지품입니다~

여러분은 이 소지품 중 하나를 추리와 직감으로! 선택해 주시면 됩니다."

"허억."

"아~ 나 이런 거 못 하는데!"

"방식은~ 아, 전통적이네요. 달리기입니다! 리더 여러분, 자, 준비해 주세요!"

"달리기요?"

운동 잘하는 류청우가 리더라서 이득을 볼 수 있는 상황이 왔다. 물론 원곡자 물건만 보고 선곡을 맞출 수 있어야 효력이 있겠지만 말이다.

다만, 이런 식의 접근은 가능했다.

"저거 파우치! 여자분 것 같아!"

"야구공은… 야구 팬이신가?"

"오 해골 연필이다. 뭔가 독특한데?"

여기저기서 숙덕거리는 소리가 요란했다. 다들 나름대로 머리를 굴리는 모습이다.

아, 이 팀은 순식간에 합의를 봤다.

"근거리에서 확인했을 때 가장 고가로 보이는 물건을 가져와 주셨으면 합니다."

"음, 그래!"

비싼 물건을 이런 데 내놓는 사람이라면 현재 성공한 연예인일 확률이 높을 것이란 추리 같은데, 그냥 듣기에는 썩 그럴싸했다. 아마 선곡뿐만 아니라 방송 분량도 생각한 판단 같았다. 김래빈의 그 말에 류청우도 고개를 끄덕여 동의했다.

얼마 지나지 않아 MC가 리더들을 다시 불렀다.

"자, 리더 여러분. 준비되셨나요?"

"네!"

"그럼, 자… 출발!"

리더들은 우악스럽게 달려가서 협탁 위로 손을 날렸다.

'아무리 봐도 저기서 뭘 고를 여유가 없어 보이는데.'

이러면 이번 선곡도 그냥 운빨 아닌가?

"좋아, 잡았고!"

하지만 류청우는 무언가를 휙 낚아채더니, 싱글벙글 웃는 표정으로 돌아왔다. 그리고 확신에 찬 얼굴로 든 물건을 쓱 내밀었다.

야구공이었다.

"이거, 류완범 선수 친필 사인볼이었어!"

"…!!"

"와우."

다들 놀란 표정으로 눈을 크게 떴다. 류완범은 메이저리그에 진출했던 유명한 타자였다. 차유진은 곧바로 물었다.

"어떻게 알아요?"

"나도 야구를 좀 보거든. 그래서 바로 알아봤어."

류청우가 씩 웃으며 야구공을 던졌다 받았다. 일이 잘 풀리는 그 기운에 일시적으로 팀 내의 긴장감이 풀리며 편안한 분위기가 조성됐다.

하지만 오래가진 못했다.

"야구공의 주인은… 아, 아이돌 밴드 '태양섬'의 보컬, 이찬우 씨입니다!"

"…??"

야구공의 소유자가 바로… 아무도 모르는 낯선 아재였기 때문이다.

"누구세요?"

차유진의 뇌 맑은 질문에 팀원 누구도 답을 돌려주지 못했다.

"우와아!"

바로 옆에서는 최원길의 팀이 신나서 오두방정을 떨고 있었다.

"안녕하세요. 영화배우로 활동 중인 정하임입니다."

"어어어…."

그 팀의 리더인 큰세진이 고른 파우치의 주인은 유명 여성 배우였다. 1차 팀전 때문인지, 묘한 데자뷔가 들었다.

나는 어깨를 으쓱했다.

'뭐, 이럴 수도 있지.'

어차피 가장 중요한 건 곡이었다.

물론 현재 유명한 연예인이 나와주면 분량 확보에 유리하긴 했다. 게다가 '불쌍한 무명 아이돌의 소중한 곡까지 뺏어가네' 같은 반응을 원천차단할 수 있다는 점도 장점이었다.

하지만 결국 곡이 좋은 것이 압도적으로 이득이었다. 오디션 프로에서는 무대가 좋아야 하니까. 그러니 곡을 확인하면……

"제가 여러분께 맡길 곡은… 〈태양처럼 타오르는〉입니다!"

오.

오……. 이걸… 어쩌냐?

"아!"

"알아요!"

다른 팀원들은 감탄사를 냈다.

"아는 곡이라 다행이다…."

"선배님, 저 잘 듣고 있습니다!"

팀 내에 안도가 넘쳤다. 그럭저럭 인지도가 있고 좋은 곡이라는 것에 활기를 되찾은 모습이었다. 원곡자도 그 모습이 신이 났는지 열심히 곡을 소개했다.

"〈태양처럼 타오르는〉은 7년 전에 발표된 곡이지만 지금도 응원가로 사랑받고 있습니다. 아마 야구 좋아하시는 분들은 한 번씩 후렴구는 들어보셨을 거예요."

"아, 잘 알죠. 멋진 곡입니다."

류청우가 서글서글하게 대답하자 원곡자가 흐뭇하게 웃었다. 차유진이 눈을 크게 뜨고 질문한다.

"후렴구가 어때요? 야구 잘 몰라요!"

원곡자가 그 질문을 기다렸다는 듯이 목을 가다듬었다.

"아, 흠흠. '자, 일어나~ 타오르는 저 태양처럼~' 이거요."

"아하. 그렇습니다."

"하하!"

차유진의 엉성한 문법에 팀원들이 화기애애하게 웃었다. 원곡자와 함께 훈훈한 분위기를 연출하는 게 아까와 비교해서 아주 보기 좋아 보였다.

'문제는…… 전망이 좋지 않다는 점이지.'

그렇다. 이 컷 다음에 '이틀 뒤' 자막 넣고 요절난 팀 분위기를 예고 편으로 띄울 것 같았다. 저 곡은, 전혀 아이돌 서바이벌에 맞지 않는 곡이기 때문이다…….

"……."

솔직히 말해보겠다.

누군가 〈태양처럼 타오르는〉이 좋은 곡이냐고 묻는다면, 좋은 곡이라고 대답할 수 있었다. 하지만 아이돌 무대로 좋은 곡이냐고 물어본 다면 얼른 손절하라고 대답해 주고 싶다.

이 곡이 전형적인 2000년대 록 밴드 스타일의 가사와 사운드를 가지고 있기 때문이다…….

날 믿어도 좋다. 내가 시구하는 아이돌들 찍으러 갈 때마다 이 곡을 들어봤었다. 이건 치어리더의 군무도 안 어울리는, 그냥 흥겨운 밴드곡이다. 그것도 극고음의 시원함이 장점인.

결론적으로… 편곡 난이도가 말도 안 되게 높았다.

"……."

'작곡 관련 특성은 못 뽑나? 지금 당장 필요한데.'

답 없는 내 심정과는 상관없이 원곡자와 참가자들의 대화는 희망찼다. 다른 팀원 놈들은 이 곡의 중독성 있는 후렴 한두 구절만 아는 눈치였다.

"저희가 활동을 오래 못 했어서 이 곡을 그다지 많이 부르진 못했어요. 이번에 여러분이 멋지게 해주시면 좋겠네요."

"저희가 최선을 다해서 멋진 무대 만들어보겠습니다!"

무슨 수로?

…아니다. 쓸데없이 스트레스받는 걸 그만두고, 이번 팀전은 편집에서 처맞지만 않으면 평타라 생각하고 몸이나 사리자. 이대로 가도 어디 중소 기획사는 잡아서 빠른 데뷔는 가능할 것 같으니까.

'그래도 무대는… 어느 정도 뽑을 줄 알았는데.'

이상하게 아쉬웠다. 애초에 자의로 시작한 일도 아닌데 왜 무대에 마음 쓰게 된 건지를 모르겠지만.

'과몰입이라고 누가 놀려도 할 말이 없겠군.'

"……."

'…그래도, 재미는 있었지.'

좋아. 토의할 때 조금 신경 써서 이야기해 보자. 어쩌면 다른 참가자가 좋은 아이디어를 낼 수도 있으니까.

원곡자는 곧 촬영장을 떠났다. 며칠 뒤 중간평가 때 트레이너와 함께 연습을 본다고 했다. 그리고 팀원들이 둘러앉아서 드디어 무대 구성 이야기가 나왔다.

일단 류청우가 예시 답안 같은 컨셉을 내놨다.

"응원단 컨셉이 제일 낫지 않겠어? 곡에도 어울릴 것 같고, 난이도 있는 안무 넣기도 좋잖아."

"치어리딩? 으으음……. 경험은 좋은 일이에요."

"괜찮은 것 같아요."

"신나겠네."

차유진을 비롯한 몇몇에게 호응이 돌아왔다. 그럭저럭 오케이라는 뉘앙스였다.

"너희는 어떻게 생각해? 래빈이, 문대, 세진이."

류청우는 빠르게 팀원들의 반응을 훑어보더니 말 없는 세 참가자를 찍어냈다. 나를 포함해서.

이런 건 처음 입 여는 것보다 나중에 상황 보고 단어 골라서 말하는 게 잘 먹힌다. 그러니 자연스럽게 다른 둘이 앉은 방향을 쳐다보는 걸로 하자.

"우선 세진이부터 의견 들어볼까?"

"……응원단은, 촌스러워 보일 것 같은데요."

여기서까지 팩트로 때리네.

지금까지 별 악의적인 편집을 받은 게 없어서 이세진의 비협조적인 태도가 방송에서 부각된 적은 거의 없었다. 대충 박문대 검색하다 걸리는 것만 봐도 이세진의 팬들은 이놈을 '낯가리는 예민한 노력가'로 믿고 있었다.

그런데 류청우가 워낙 편집을 잘 받는 편집자라 이세진이 이번에야말로 편집으로 쥐어 터질지도 모르겠군. 어쨌든, 류청우는 별로 동요하지 않았다. 그냥 침착하게 되물었을 뿐이다.

"그럼 다른 의견 있을까?"

"그게 없으니까 굳이… 말 안 하려고 했던 거예요."

"흠, 좋아. 일단 알았어."

류청우는 곧바로 김래빈에게 다시 같은 말을 물었다.

"래빈이는 어떻게 생각해?"

"제가 이 곡을 잘 모르는 상태라, 일단 들어봐야 할 것 같습니다."

"좋아. 그럼 일단 한번 틀어보자."

지급 받은 스마트패드를 작동시키자, 고전적인 드럼 도입부를 시작으로 일렉 기타로 연주하는 후렴 멜로디가 흘러나왔다.

"……."

다들 입을 다문 채로 곡을 끝까지 들은 후에, 김래빈이 먼저 창백한 얼굴로 중얼거렸다.

"이건……."

드디어 이 선곡 참사를 알아챈 사람이 나왔군.

우선 가사는 소싯적 유행했던 청춘 애찬가였다. 좋게 말하면 복고풍, 나쁘게 말하면 올드하단 뜻이다. 당연히 꽃의 요정이나 뱀파이어 같이 특징적인 컨셉은 없고, 붙이기도 애매했다.

그리고 노래 잘하는 사람 혼자 서서 부르는 것을 기반으로 만들어졌기 때문에, 후렴 옥타브가 목이 찢어지도록 높았다. 만약에 옥타브를 조절한다면? 곡의 매력이 사라질 것이다. 성대를 찌르는 고음의 호쾌함을 매력으로 부르는 곡이기 때문이다.

"흠, 음이 굉장히 높네. 다른 힘든 점 또 발견한 거 있어?"

"……."

김래빈은 말을 쏟아낼 것처럼 숨을 들이켜다가, 흘끔 카메라를 보고는 입을 다물었다. 지난 팀전이 방영되고 인성 논란으로 두들겨 맞은 덕분에 눈치를 보는 모양이었다.

"그러니까… 네. 곡은 좋은데, 편곡하기 어려울 것 같습니다."

"그래? 네가 그렇게 말하는 걸 보면 진짜 어려울 것 같다."

류청우는 선선히 수긍했다. 김래빈이 지난 1차 팀전에서 방송은 망했지만, 어쨌든 편곡을 주도해서 제대로 된 곡을 뽑았기 때문인 것 같았다.

'2000년대 후반 양산형 EDM 곡을 샘플 비트만 남기고 잘 빠진 EDM 트랩으로 바꿨었지.'

"그럼 문대는 어땠어?"

결국, 내 턴까지 왔군.

"저는 편곡보다 먼저 정할 게 있는 것 같습니다."

"어떤 거?"

"파트 분배요."

선곡에서 답이 안 보인다? 그럼 이건 중점이 잘하는 데 있어선 안 된다. 망하지 않는 데 있어야 한다.

단언하는데, 당장 팀에서 이 곡 후렴을 제대로 부를 수 있는 건 나밖에 없다. 이걸 바로 소화하려면 가창이 A- 이상은 되야 비벼볼 것 같은데, 그게 이 팀에서 나뿐이었다.

'그렇다고 후렴을 나 혼자 다 부를 순 없지.'

그러니까 당장 삑사리 안 나게 파트 자르고 연습하는 것부터 시작해야 했다. 편곡은 뭘 가져다 붙여도 상타가 안 나올 것 같으니 좀 미루자고. 큰 그림을 그릴 수 있는 때가 아니다. 비상사태지.

이 설명을 최대한 온건하게 전달하면 이렇게 된다.

"부르기 어려운 곡이니까 일단 빨리 연습부터 해야 할 것 같습니다."

"파트 분배… 물론 중요하긴 하지."

류청우는 놀란 기색이었다.

"그런데 의외네. 문대 지난번 팀전에서는 편곡부터 정하자고 했다던데?"

"예?"

방송에도 안 나온 내용이었는데 어떻게 알았는지 모르겠다.

"아, 큰세진이에게 들었어."

"……."

'언제 류청우하고도 말 텄냐.'

역시 보통 놈이 아니었다.

"래빈아, 네가 아무래도 편곡을 제일 잘 잡으니까 물어본다. 문대 의견 어때?"

"…예. 괜찮습니다. 연습하면서 저도 여러 선택지를… 고민해 보겠습니다."

김래빈은 쉽게 동의했다. 내일 지구에 떨어질 운석을 관측한 사람 같은 몰골이긴 했지만.

"음, 그럼 일단 의견들을 다 들어봤으니, 더 좋은 아이디어 나오기 전까지는 거수로 진행할게."

류청우는 시간을 낭비하지 않고 곧바로 상황을 정리했다.

"일단 응원단 컨셉으로 연습을 진행하는 것에 찬성하는 사람 손."

과반수가 손을 들었다. 나도 일단은 들었고.

류청우는 손을 들지 않는 이세진에게 특별히 눈치를 주진 않고, 곧바로 다음 안건으로 넘어갔다.

"그럼 파트 분배부터 해도 괜찮은 사람 손."

다행히 이것도 과반수로 통과되었다. 이세진까지 손을 든 걸 보니 내

설명이 그래도 말은 통했나 싶었다만… 이세진은 나와 눈이 마주치기 직전에 휙 손을 내리더니 눈을 피했다.

"……"

의견에 동의하는 거지 너에게 동의하는 건 아니라고 보여주고 싶은 건가. 굳이?

"좋아. 그럼 파트 분배부터 하자."

그렇게 파트 분배가 차근차근 진행되는 것 같더니 곧 예정된 난관에 부딪혔다.

"저 여기 안 될 것 같아요."

"어, 저도……"

"이거 너무 키가 높다."

후렴부 고음 멜로디는 네 번이나 나오며 곡의 절반가량을 차지했다. 그러나 박문대를 제외한 모든 팀원이 부르는 족족 실패하거나 목을 부여잡고 멋쩍은 얼굴이 됐다.

가창 B+로 썩 괜찮은 노래 실력을 가진 한 팀원은 음 이탈을 불안해하더니, 결국 '그' 의견을 냈다.

"아무래도 편곡을 해서 키를 낮춘 다음에 하는 게 좋을 것 같아요. 우리 랩하는 멤버도 둘이나 있으니까, 랩도 좀 넣으면 어때요?"

편곡부터 하자는 얘기다. 망할.

"키를 낮추는 건……"

김래빈의 표정이 어두워졌다. 안 그래도 나쁜 인상이 더 나빠졌다. 그러나 대세는 이미 기울어 있었다.

"낮추는 게 맞다고 생각해요."

"저도 동의."

"흠, 일단 팀원들이 소화는 할 수 있어야 하긴 해. 키를 낮추고 거기에 어울리게 편곡을 해보는 건 어떨까?"

김래빈은 주변을 힐끔거리다가, 결국 고개를 끄덕였다.

"예… 그럼 그렇게 해보겠습니다."

여기서 안 하겠다고 하면 또 편집으로 작살날까 봐 아예 지고 들어가는 기색이 역력했다.

결국, '키 낮추기', '랩 파트 추가', '응원단 컨셉에 어울리는 반주'라는 통일성 없는 의견이 모두 반영된 채 편곡이 진행되었다. 감 없는 놈들이 목소리가 크면 이렇게 순조롭게 망하는구나 싶다. 무대는 이미 말아먹은 거나 마찬가지였다.

나는 이 모든 과정에서 굳이 반대하지 않았다. 어차피 내가 말 해봤자 쪽수에서 밀렸다. 혹시 운 좋게 〈듣고 보니 맞는 말이군〉이 발동한다고 해도, 마땅한 대안도 없이 말해봤자 불만종자만 될 뿐이었다.

게다가 '너는 부를 수 있으니까 그대로 가자는 거지?' 같은 소리 나오기 시작하면 답이 없었다. 안 그래도 사회성 없는 놈처럼 방송에 나오는데 이기적으로 보이기까지 하면 곤란했다.

그러니까, 이게 끔찍하게 구리다고 솔직히 말해줄 외부 사람이 필요했다.

'결국, 존버가 답인가.'

1절만 보는 중간평가가 사흘 뒤였는데, 심사위원들이 귀가 있다면 누군가가 구리다고 말해주겠지. 그때까지 뭐라도 대안이나 떠올려 봐야겠다.

"이제 안무 만들어요!"

하지만 차유진이 저 외침과 함께 그날 만들어낸 안무는 〈바로 나〉급 괴랄한 난이도의 움직임이었다. 덕분에 나는 대안이고 나발이고 남은 스탯 포인트를 춤에 꽂아버리고 싶은 충동을 참아야 했다.

체력이 살살 녹는 사흘이었다. 그리고, 드디어 중간평가에 들어갔다.

"이 팀 등수가 화려하네~"

"래빈이가 칼을 갈았다!"

"다들 순위 발표식 성적이 좋네요."

심사위원들의 입에서 일단 등수부터 나왔다. 제작진이 미리 언급해 달라고 말해둔 거겠지만 사실이니 기대치로 작용할 것이다.

"아, 벌써 데모곡도 나왔어?"

"예!"

김래빈이 직접 편곡자와 이야기하며 진행한 덕분이었다.

"훌륭하네~"

"그러게. 이 팀이 유일하게! 벌써 원곡 아니라 자기들이 편곡한 걸로 하는 거예요."

"역시 능력자들의 팀이야!"

심사위원들은 벌써부터 흡족해했다. 그러나.

"음…."

막상 무대가 끝난 후 반응은 미적지근했다. 어깨를 으쓱하며 시선을 교환하던 심사위원들은, 결국 하나둘씩 마이크를 잡았다.

"사실, 너희 무대 자체가 막 그렇게 나쁘단 느낌은 아니거든? 근데 매력이 없어."

"맞아. 안무도 잘 짰어요. 위트도 좀 보이고. 음, 응원단 컨셉… 뭐 원래는 곡하고 어울려야 할 것 같은데, 왜 이렇게 우중충하지?"

"랩도 너무 뜬금없이 들어간 것 같은 느낌이라 아쉽네요. 원곡을 이 것저것 많이 건들긴 했는데, 원곡보다 못한 느낌이에요."

심사평이 쌓일수록 문제점이 구체화되기 시작했다. 결국, 마지막으로 심사위원 영린이 마이크를 잡자마자 물었다.

"편곡 누가 했나요."

일부러 김래빈은 안 쳐다봤다. 한 놈보다는 말 꺼낸 놈이 문제였으니까. 근데 주변을 보니 다른 놈들은 다 김래빈을 쳐다봐서 별 의미는 없더라.

"저희 다 같이 상의해서 한 일입니다."

류청우가 상황을 빠르게 파악하고 연대책임으로 돌렸다. 그리고 리더로서 팀을 잘못 이끌었다고 말해서 중화시켜 버릴 모양이었다. 괜찮은 판단이다.

하지만 어디든 트롤러가 있다.

"네. 그리고… 편곡 작업은 래빈이가 진행했어요."

여기서 이런 식으로 꼬리를 자르겠다고?

'미친 건가.'

카메라 돌아가는데 이렇게 멍청한 짓을 한다고? 보니까 자기도 당황한 얼굴인 게, 혹평을 받으니까 무서워서 반사적으로 딴 놈 이름을 댄 모양이었다.

'X이이발…'

잘못하면 집단 따돌림으로 편집 들어가게 생겼다. 혹시 도매급으로 넘어갈까 봐 나도 일단 입을 열었다.

심사위원들은 금방이라도 '그럼 너희, 래빈이가 다 잘못했다는 거야?' 같은 대사를 칠 분위기였다. 그러니 말을 잘 골라야 했다.

'상황 수습이 아니라 그냥 사실 나열처럼 들려야 된다.'

"네. 래빈… 이가 편곡이 가능하니까 편곡자님과 상의해 줬고, 편곡 방향은 저희가 다 같이 의견 내서 정했습니다."

"…!"

김래빈이 움찔거렸다.

'넌 입 열면 안 되고.'

다행히 류청우가 곧바로 치고 들어왔다.

"맞습니다. 말씀 주신 문제도 저희가 다시 한번 다 같이 이야기해서 해결하겠습니다. 그래서 팀전 당일에는 최고의 무대 보여 드릴 수 있도록 만들겠습니다."

"……"

살렸다.

나와 류청우는 눈치껏 더 말을 꺼내지 않았다. 심사위원들은 여러 생각을 하는 표정이었지만, 곧 고개를 끄덕였다.

'질책할 타이밍이 이미 지나갔다고 생각한 모양이군.'

다행이었다.

"그럼 지금 편곡부터 다시 해야 하는데, 다른 팀보다 시간적으로 굉장히 뒤처질 거예요. 할 수 있겠어요?"

"해내겠습니다. 우리 할 수 있지?!"

"네!"

"할 수 있습니다!"

눈치를 쓰레기통에 처박은 놈이 아니라면 여기까지 끌고 왔는데 대답을 흐리진 않겠지. 다행히 이번에는 트롤러도 정신 차리고 힘차게 대답했다.

심사위원 영린은 고개를 끄덕였다.

"알겠어요. 그런데 이 시간 제약 속에서 무모한 도전일 수도 있다는 점, 결과는 여러분들이 감당해야 한다는 점 꼭 알고 계셔야 해요."

"맞아. 바꾼다고 꼭 지금보다 좋아지리란 보장은 없어."

그렇다고 안 바꿔서 무대가 별로면 '왜 피드백 받고도 안 바꿨지?' 같은 반응이 나오겠지. 그리고 '도전정신이 없다'는 식의 분량이 들어갈 테니 사실 의미 없는 말이었다.

결국, 뭘 하든 결과에 맞춰서 과정이 편집되고 평가되는 것이다. 참가자들 모두 암묵적으로 아는 사실이기에, 팀에 군기와 긴장감이 깃들었다.

"예. 명심하고 도전하겠습니다."

류청우의 대답이 상황을 끝마치는 것 같은 그때, 목소리가 툭 끼어들었다.

"제가 한 말씀 드려도 될까요?"

마이크를 든 원곡자였다.

"아 예…. 말씀하세요."

심사위원들은 갑자기 끼어든 원곡자에게 약간 떨떠름하게 대답했고, 원곡자는 그윽한 눈으로 마이크를 들었다.

"여러분의 무대에는… 〈태양처럼 타오르는〉 곡이 가진 힘이 느껴지지 않았어요."

"……?"

이야기 다 끝난 판에 뒤늦게 뜬금없이 무슨 소리지. 은은하게 당황한 사람들을 두고 원곡자는 계속 입을 털었다.

"이 곡은, 사람들의 마음에 용기와 열정을 불어넣어 줘야 하거든요? 근데 여러분, 잘생기고 춤 잘 춘다고 그게 전해지는 게 아니에요."

"……."

아, 예…….

"저희 활동할 때는, 진짜 그 느낌을 주려고 했거든요. 여러분 지금 좀 유명해졌다고 그런 곡에 대한 예우를 잊으면 안 돼요."

'아직 데뷔도 못 한 오디션 프로 참가자들한테 저런 말까지 하면서 부끄럽지도 않나.'

애들 후려치는 꼰대 발언을 조언이라고 착각하는 것 같았다. 자아도 좀 비대한 것 같고. 하지만 저놈 반응도 편집에 들어갈 테니 신경 써야 한다는 게 골 아픈 지점이었다.

안 그래도 편곡 대안을 쥐어 짜내야 하는데 저 헛소리까지 참고해야 하는지 당연히 짜증 났겠지만, 반박해 봐야 '불쌍한 무명 아이돌 원곡자'에게 곡 뺏는 그림만 나오니 다들 순순히 대답했다.

"예!"

"명심하겠습니다."

뭐… 사회생활이 다 그렇지.

다른 팀들까지 모두 중간평가 피드백 끝난 후, 마침내 편곡 재토의가 시작되기 직전이었다. 트롤러가 우물쭈물 김래빈에게 말을 걸었다.

"저기, 미안해…."

"……."

저거 카메라 앞에서 사과하게 돼도 되나? 하기야 이미 팀 단위 커버는 쳐놨으니, 본인 실수 수습은 알아서 할 일이긴 했다.

김래빈은 잠시 침묵했지만, 곧 고개를 끄덕였다.

"아니요, 괜찮습니다. 제가 편곡을 도맡은 건 사실이고."

사실 '아니 X발 니가 그렇게 하자고 했잖아요'라고 대답해도 이상하지 않을 상황이었다. 어쨌든 류청우는 둘 모두의 등을 두드리며 말을 끝냈다.

"고생했다. 얘들아, 우리 준비되면 바로 편곡 얘기 다시 해보자."

참고로 여기서 '준비'는 제작진의 카메라 세팅이었다.

"네!"

막간의 자투리 시간에 참가자들은 기합이 든 상태로 잠시 흩어졌다. 중간평가가 아슬아슬했던 탓에 썩 표정들이 좋지는 않지만, 그래도 끝에서 수습이 된 탓인지 아직 희망이 살아 있는 모양이었다.

'근데 대안이 나와야 그 희망도 쓸모가 있단 말이지.'

딱 보니 이거다 싶은 편곡 방향을 생각해 낸 놈도 없고, 그냥 말하다 보면 뭐가 나오지 않을까 기대하는 것 같았다. 가진 거 없이 행복회로 돌리는 중이란 뜻이다.

'앞날이 썩 밝진 않군.'

"저기, 박문대 형."

"어, 네."

구석에 앉아서 혼자 머리 좀 굴려보는 중에, 김래빈이 말을 걸어왔다.

'의왼데.'

지난 사흘 동안도 별로 대화해 본 적 없는 놈이다. …아니, 생각해 보니 애초에 사흘간 누구랑 떠든 적이 거의 없었다. 연습하기도 힘들어 죽겠는데 무슨 놈의 잡담을 할 여유가 있단 말인가.

어쨌든 김래빈은 엉거주춤 옆에 꿇어앉더니 엄숙하게 말했다.

"…감사합니다."

"아뇨, 뭘."

아까 트롤러 말 잘라줬다고 고맙다는 거겠지.

"그런 상황에서 다른 분이 도와주신 건 처음이라……."

역시 그랬군. 나는 대충 상황을 이해했다.

김래빈 입장에서도 걱정한 것이다. 이번에도 팀에 적응을 못 해서 싸우는 분량이 들어가면, 여론상 회복 불능 선고가 뜰까 봐.

'어쩐지 너무 저자세더라니.'

아니나 다를까 구구절절 이야기가 흐른다.

"제가 지난 1차에 이어서 팀워크가 결여됐다는 평을 또 받을까 봐 많이 고민했는데, 박문대 형 덕분에 위기를 넘겼습니다. 역시 팀원으로 제일 먼저 팀워크 좋은 분을 영입했던 건 현명한 선택이었습니다."

"……?"

설마 박문대를 맨 처음 픽업한 게 '팀-워크' 때문이었단 말인가. 질문해 보니 고개를 끄덕인다.

"예. 팀원들을 합리적인 방법으로 대우해 주시는 걸 봤습니다. 물론 가창력도 훌륭하셨고요."

"……어, 그래요. 고맙습니다."

방송에서 편집으로 박살 나놓고 또 방송 내용을 믿었다는 점이 아주 독특한 놈이었다. 그것도 초반에 오지게 사회성 없게 편집된 박문대의 팀워크 능력을 믿다니…….

정말 놀랍다. 차라리 큰세진을 뽑았다면 이해했을 것이다.

'아, 거긴 또 류청우랑 리더 역할이 겹쳐서 안 뽑았나.'

나름대로는 기준이 있나 보지. 황당해하고 있자니, 김래빈이 또 말을 걸었다.

"아, 형. 편하게 말씀하셔도 전 괜찮습니다."

"…음, 그래."

뭐, 등수 높은 놈이랑 말 터놓는 건 나쁠 게 없었다. 나는 순순히 대답하다가, 지금 상황에 물어봐야 할 질문이 있다는 걸 깨달았다.

"그러고 보니 편곡 말인데, 혹시 뭐 생각하는 거 있어?"

"…사실, 좀 곤란한 상황이긴 합니다."

김래빈의 잘나가는 양아치 같던 인상이 좀 누그러지며 우울한 표정이 됐다.

"다시 편곡에 들어간다고 해도, 어디서부터 얼마나 고쳐야 할지도 문제니까요."

이미 맞춰서 다 연습해 놓은 탓에 얼마나 건드려야 마감일을 맞출지 모르겠다는 말이군.

"많이 고치면 안 될 것 같은데… 지금 수정사항이 너무 중구난방이라 통일성이 없어서 뭘 손대야 할지 모르겠습니다."

"그렇긴 하지."

그러니까 특별히 아이디어도 없고 뭘 고칠지도 못 정하겠다는 뜻이군. 나랑 똑같았다. 김래빈은 한번 성토를 시작하니 멈출 수 없다는 듯이 줄줄 걱정을 중얼거렸다.

"원곡자분의 조언도 반영해야 할 텐데, 사실 '용기와 열정을 불어넣어야 한다'는 게 구체적으로 어떤 뜻인지 잘 모르겠습니다."

"……그러게."

그건… 진짜 그렇지. 조언이라고 보기도 힘들었다.

'아이돌이 무슨 쌍팔년도 미국만화 슈퍼히어로도 아니고 용기와 열정을 어떻게 불어넣냐.'

"……?"

잠깐. 방금 뭔가… 깨달은 것 같은데.

나는 직전의 생각을 복기해 보다가, 이상한 아이디어 하나를 잡았다는 걸 깨달았다. 그런데 생각할수록 그 아이디어가… 이 상황과 딱 들어맞았다.

원키를 그대로 써도 소화할 수 있도록 편곡이 가능한 컨셉 아이디어. 이미 연습한 응원단 컨셉의 안무를 많이 안 고쳐도 되고, 심지어 그놈의 '용기'와 '열정'도 잡을 수 있다.

어쩌면 기가 막힌 해결책인 것 같았다. 근데 문제는…….

'…너무 과해.'

그랬다. 그냥 과한 게 아니라, 유치찬란해질 수도 있다는 게 문제였다. 그럼 안 고치는 것만 못했다. 누구 하나만 잘못해서 무대에서 마가 떠도 그대로 숙연해질 게 분명했다.

어?

"…아니지."

"저, 형?"

"잠깐."

나는 김래빈의 되물음을 일단 무시했다. 대신 마침 자투리 시간이 끝나서 슬슬 돌아오는 팀원들을 보며 속으로 외쳤다.

'상태창!'

그리고 빠르게 팀원들의 스테이터스를 훑었다.

"……!"

다른 능력치는 몰라도, '끼' 능력치는 전부 B- 이상이었다.

참고로 B등급에 들어섰다는 것은 메인 포지션으로 써먹을 만한 수준의 능력치라는 말이다. 과연 등수 높은 놈들만 모인 팀답다.

'이건… 되겠는데?'

어쩐지 심사위원들이 철 지난 응원단 컨셉을 별로 안 까더라.

"래빈아. 편곡 말인데."

"예, 예?"

나는 당황한 김래빈에게, 떠오른 아이디어를 일단 뱉었다.

"예……?"

김래빈은 처음에는 더 당황하는 것 같았다. 하지만 내 부가설명이 붙을수록 점점 침착해지더니, 곧 삼백안을 번쩍번쩍 빛내기 시작했다. 예상보다도 반응이 좋았다.

"자, 잠깐만요."

김래빈은 연습실 한 편에 설치된 건반으로 달려가더니 뭔가를 뚝딱뚝딱 쳐내기 시작했다. 그리고 나는 아까 본 김래빈의 상태창을 떠올렸다.

[특성 : 마에스트로(A)]

−필요한 건 작은 계기일 것이다.

: 영감을 받을 시, 창작 속도 +120%

"……."

선아현도 그렇고, 역시 상태창 금수저가 따로 있다.

'다른 놈 특성을 복사해 오는 기능은… 없나? 웹소설에서 보면 자주 나오던데.'

한탄하고 싶었지만 일단 할 일을 해야 했다. 나는 얼른 상태창을 불러와서 남은 포인트를 '끼 스탯'에 투자했다. 이걸로 나도 B−에 진입한 것이다.

'좋아. 수치는 맞췄고.'

"문대야, 래빈이 왜 갑자기 건반으로 갔어?"

다가온 류청우가 건반을 뚱땅거리는 김래빈에게 말을 걸지 못하고 박문대에게 말을 걸었다. 나는 어깨를 으쓱했다.

"컨셉 아이디어를 냈는데, 마음에 들었나 봅니다."

"무슨 아이디어?"

"변신 히어로물이요."

"…!?"

혼란스러운 류청우의 뒤에서, 차유진이 옆 사람에게 속닥거렸다.

"변신 혀로물이 뭐예요?"

경연 날짜까지 닷새 남은 시점이었다.

그리고 닷새 후 경연 당일.

〈아이돌 주식회사〉의 2차 팀전이 진행될 무대 세트 건물 앞은 인산 인해였다. 방청객의 숫자가 많이 늘어난 건 아니었다. 단지 치솟는 시청률과 화제성 지수 덕분에 앞에서 배회하며 소리라도 들어보려는 사람들이 늘어난 덕분이었다.

마지막 방송도 아닌데 벌써부터 슬로건이나 포토카드를 나눠주는 사람도 심상찮게 보였다.

'와, 장난 아니네.'

한 여성이 어수룩한 몸짓으로 인파를 피해서 입장 줄에 섰다. 친구의 부탁으로 함께 방청객 신청을 넣었다가 본인만 당첨된 것이라, '그냥 가지 말까?' 고민하다가 겨우 자체 휴강을 하고 온 사람이었다.

'요새 워낙 유명하니까.'

물론 이 선택에는 '제발 우리 문대 어떻게 하는지만 좀 알려줘'라며 눈물과 밥으로 호소한 친구의 부탁이 크게 작용했다. 그러면서도 마음 한편에는 이런 생각도 들었다.

'그렇게까지 좋나…?'

그녀도 SNS에서 금갈색 머리를 한 박문대의 사진을 본 적이 있었다. 제법 매력적이었으나, 저 정도로 좋아할 만큼 잘생기진 않았다고 생각했다. 그래도 밥도 얻어먹었으니 눈여겨봐 둬야겠다고 생각하면서 그녀는 드디어 건물 안으로 입장했다.

이때까지만 해도 방청이 끝난 후 친구에게 박문대의 사진을 구걸하는 미래는 상상도 못 한 채였다.

방청객은 인파 속 짧은 우여곡절 끝에 그럭저럭 시야가 좋은 중간 자리에 앉을 수 있었다.

'좀 어색하네.'

혼자서 이런 관람을 하는 것이 처음인 여성이 머쓱해할 때, 옆자리의 사람이 말을 걸어왔다.

"누구 보러 오셨어요?"

"네? 어… 박문대?"

"아……. 네."

〈김래빈 데뷔해〉 슬로건을 한 손에 들고 있던 옆자리는 위아래로 그녀를 한번 훑어보더니, 곧 자기 스마트폰을 들여다보며 휙 고개를 돌렸다.

"……"

묘하게 기분이 나빴다. 괜히 와서 기분과 시간만 버리는 느낌에, 여성은 뚱한 상태로 첫 무대를 방청하기 시작했다.

"첫 무대는……. '롤링커플'의 〈Fingerprint〉입니다!"

MC의 우렁찬 소개와 함께, 활동 2번 끝에 망한 혼성 아이돌인 '롤링커플'의 무대가 스크린을 통해 잠시 상영되었다. '숨은 명곡이라 잘 모르는 방청객을 배려', '원곡자에 대한 예우'라는 명분으로 하는 구성이었지만, 사실은 뜨지 못한 옛 아이돌의 촌스러운 무대와 현 참가자들의 무대를 대비시키는 의도였다.

"그리고 이 무대를 재해석한 참가자들은… 하일준, 지태우, 이세진, 선아현, 최나훈, 권희승, 그리고 최원길입니다~ '기간틱' 팀! 입장해 주세요!"

원곡의 무대 화면이 뚝 꺼지더니, 참가자들의 프로필 사진이 MC의 호명에 따라 한 칸씩 스크린을 채웠다.

그리고 스크린이 서서히 꺼지며 무대에 조명이 들어왔다.

−손바닥을 맞대면 느껴지는 Feel~

방긋 웃는 큰세진의 얼굴이 화면을 채웠다.

따단따−

그리고 빠른 비트의 일렉트로 하우스 반주와 함께 화려한 군무가 무대 위에 펼쳐졌다.

'우와……'

화면으로 볼 때와 달리, 현장에서는 안무의 공간감이 살아 있는 탓에 더 박력 있게 느껴졌다. 아이돌 무대를 처음으로 직접 관람하는 여성에게는 약간 충격적이기까지 했다.

'발라드 가수 말고 댄스 가수 콘서트도 좀 다녀볼 걸 그랬나?'

그녀는 무심코 후회하면서, 눈앞의 무대를 즐겁게 몰입해서 관람했다.

"감사합니다!"

그래서 무대가 끝난 뒤에 퇴장하는 참가자들에게 박수를 보낼 때 즈음에는 완전히 들뜬 상태였다.

'이거 좀 재밌는데?'

무대 중간중간 준비시간을 기다리는 것은 지루했지만, 방송 장비가 돌아가는 중에 연예인들의 무대를 보는 것은 색다른 맛이 있었다. 다만 아쉬운 점은 참가자들에 따라 팀의 실력이 들쑥날쑥했다는 점이었다.

'이 팀은 좀…… 그렇네.'

두 번째 팀은 아쉬웠고, 세 번째, 네 번째 팀은 꽤 재밌었다. 그녀는 소위 말하는 '덕질'이라는 것을 해본 적이 없었기 때문에, 각 무대에 대한 자세한 감상보다는 뭉뚱그린 느낌만 남아서 쓱쓱 잊어버렸다.

일단 지금까지는 첫 번째 팀이 가장 잘했다, 그 정도가 머리에 남은 감상이었다.

'나가면서 가장 좋았던 두 팀에 투표하라고 했지?'

일단 한 자리에 첫 번째 팀을 넣어둔 채로 그녀는 계속 무대를 관람했다. 그러나 그다음 팀들은 나름대로 컨셉이 있고 재밌는 수준으로, 첫 팀만큼 큰 감흥은 없었다.

'음, 약간 피곤하다.'

사실 후반 팀들의 실력이 전반보다 뒤떨어지진 않았다. 단지 계속 잘 모르는 곡을 연달아서 보고 있자니 처음의 신선함이 사라지고 지루해지기 시작한 것이다.

게다가 아직까지도 친구에게 부탁받은 참가자는 등장하지 않았다.

'이제 마지막 팀 아닌가?'

그녀는 스마트폰을 켜보고 싶은 마음을 참으며, 겨우 다음 팀 소개를 집중해서 들었다.

"이번 무대는… 밴드 '태양섬'의 〈태양처럼 타오르는〉입니다!"

그리고 스크린에 10년 전쯤 음악방송으로 보이는 영상이 떴다.

'아, 이 노래.'

야구 좋아하는 친구와 갔던 야구장에서 들었던 응원가다.

'원래는 이렇게 불렸었구나……'

뭐랄까, 야구장에서처럼 신나지는 않았다. 그냥 굉장히 고음이 많고, 힘든 곡이구나 싶었다. 그녀는 열창하는 화면 속 보컬을 별 감흥 없이 흘려 보다가, MC의 우렁찬 목소리에 깜짝 놀랐다.

"그리고 이 무대를 재해석한 참가자들입니다! 류청우, 이세진, 김유준, 박문대, 민정훈, 김래빈, 그리고 차유진!"

'방금 박문대라고 했지?'

그녀는 황급히 스크린을 다시 응시했다. 스크린에서는 이번 참가자들의 프로필 사진이 떠올라 있었다.

'아, 다들 아는 애들이다.'

유명한 참가자들이 많아서 마지막 팀이었구나. 그녀는 다시 올라오는 기대감에 자리를 고쳐 앉았다. 주변에서 아까보다 몇 배는 커진 환호성이 귀를 찔렀다.

'세상에, 진짜 인기 많네.'

"바로, '영웅가' 팀! 지금 입장합니다~"

이름이 촌스럽다고 생각하기도 전에, 무대가 캄캄해졌다.

스크린 불빛도 사라진 검은 무대였다.

그 위로 한 줄기 푸른 스포트라이트가 꽂히는 순간, 검지를 총구처럼 하늘로 치켜들고 있는 참가자의 모습이 드러났다.

레이싱복 같은 패턴의 훤칠한 검은 점프슈트가 강렬한 푸른 조명을 흡수했다. 그 손에서는 빨간 핑거 슈트가 조명에 반들거렸다.

그리고 저음의 목소리가 들렸다.

-Yah, yah… Hero Time

[HERO TIME!]

순간, 같은 글자가 스크린을 가득 채웠다.

끼이이익!

강렬한 베이스가 노골적인 글리치 소리와 함께 스피커를 찢기 시작하자 무대의 모든 조명이 터지듯이 돌아왔다. 그리고 일곱 명이 일사불란하게 움직이기 시작했다.

"……!"

쭉쭉 뻗은 팔다리가 바닥을 치고 몸을 꺾으며 칼같이 정교한 군무가 펼쳐졌다. 그들은 하나같이 패턴이 다른 검은 점프슈트 차림이었다. 가운데 위치한 차유진이 노래를 시작했다.

–타오르네 내 마음이
태양처럼 찬란하게

뒤에서 몸을 든 참가자가 이어받아 불렀다.

–저 멀리 하늘 높이 닿아
더 멀리 날아 잡을 수 있게

전형적인 밴드 사운드가 흘러야 할 반주 자리에는, 락킹한 느낌만 남은 채 무겁고 강렬한 덥스텝 사운드가 깔렸다.

WOB- WOB- WOB- WEEEB––!
BRMMMM––!

그리고 다시 군무. 한 손을 뻗는 참가자들이 마치 마샬아츠를 하는 것처럼 움직였다.

그녀는 입을 벌리고 무대를 쳐다보았다. 자기 파트에서 더 격렬하게 움직이는 것이 시선을 붙잡았다.

안무는 자잘한 움직임 없이 크고 확실한 동작들로만 이루어져 있었다. 자칫 단조롭고 과해 보일 수 있는 구성은, 눈 깜짝할 사이 바뀌는 동선 덕분에 그저 강력해졌다.

—세상을 구하는 것은 하나
타오르는 황홀한 열정

남색 헤어밴드를 한 류청우가 프리코러스를 불렀다. 무언가를 쏘는 것 같은 묘하고 멋진 안무가 섞여 있다 싶은 순간, 코러스가 터져 나왔다.

—날아가! 난 끝까지~
저 태양처럼 빛날 그날까지!

앞으로 쭉 뻗은 발을 박차며 시원하게 고음을 뻗은 참가자의 머리색은 반짝거리는 금발이었다. 샛노란 광택의 초커가 마치 자신의 머리로 만든 것처럼 어울렸다.

그 높은음을 내면서, 참가자는 씩 웃고 있었다.

'미친.'

쟤가 문대야? 여자는 반사적으로 입을 틀어막았다.

'사, 사진 너무 못 찍잖아……!'

친구가 자기가 찍었다며 보여준 사진에서는 안 저랬다! 저렇게 잘하고 귀여운 애는 그렇게 찍어줘야 하는 거 아닌가!!

이미 형성된 낮은 기대치를 두들겨 패는 것은 어마어마한 파괴력을 가지고 있었다. 게다가 원래 취향 이기는 장사는 없는 법이었다.

'내가 개랑 취향이 비슷했구나…!'

그녀가 새로운 깨달음을 얻고 있을 때, 무대는 새로운 국면에 접어들었다.

박문대가 앉으며 비켜난 자리로 김래빈이 들어왔다. 보랏빛 렌즈가 든 고글이 빗장뼈 부근에서 흔들렸다.

-Rising like a star
Shining like the sun

'어?'

원곡에서 계속 후렴의 고음이 나와야 할 부분에 그 대신 랩이 들어간 것이다.

그러나 남은 후렴구 멜로디가 사라지진 않았다. 대신 마치 샘플러처럼 신디사이저로 처리되어 힙한 덥스텝 반주 위에 쨍한 소리로 더해졌다. 그 위로 랩이 얹어지니, 앞선 고음의 기세가 죽지 않았다. 도리어 듣기 편해진 느낌이었다.

게다가 그 부분의 가사가 올드했기에 영어로 직역한 랩 가사가 차라리 곡을 더 현대적으로 만들었다.

-날아가네! 이 순간~
여긴 태양처럼 타오르는, 시간!

−Take your wings
and fly up
Let's catch up
to the moon!

'와……'

원곡을 잘 모르던 여성은 그냥 '이쪽이 더 낫다.' 정도의 감상만을 느꼈지만, 그래도 다른 팀보다 훨씬 편곡이 좋다는 것은 확실히 들었다.

그리고 무엇보다, 그냥 무대가 멋있었다. 마지막 후렴이 나올 즈음에 그녀는 거의 홀린 채로 무대를 향해 등받이에서 몸을 숙이고 있었다.

−날아가! 저 끝까지~

이번에는 박문대와 김래빈이 각각 대형의 끝에서 주고받는 것처럼 후렴을 불렀다.

마치 일체형처럼 움직이는 안무가 파동처럼 보였다. 청보라 레이저 빛 아래에서 검은 점프슈트는 마치 SF 코믹스 캐릭터 같은 느낌을 배가시켰다.

그리고 초고음의 마지막 후렴 마디.

−네 세상을 구하리!

"허어어억."

그녀는 육성으로 나오려는 신음을 삼켰다.

하얀 핀포인트 조명 속에서 고개를 드는 박문대는 진짜 당장이라도 세상을 구할 것 같았다. 아니, 일단 자신은 구하고 있는 게 분명했다…!

무대에서는 마지막 댄스 브레이크와 함께 백 텀블링을 하며 차유진이 튀어나왔다. 허공을 가른 몸은 마치 액션 영화 속 시퀀스처럼 무대 바닥으로 착지했다.

툭.

아주 상징적인, 슈퍼히어로 랜딩이었다.

탑 라인 남은 반주 위로, 글리치 섞인 안내방송 같은 내레이션이 흘러나왔다.

−Thank you for flying Hero Air today…….

무대 위의 소년들은 천천히 뒤로 돌았다. 그리고 동시에 한 손 엄지를 들어 올린 채, 곡이 끝났다.

그 순간, 그녀는 주변이 엄청난 소음에 가득 차 있었다는 것을 처음 깨달았다.

"아아아악!!"

"으아아으악!!!"

무대에 집중하느라 무의식중에 무시했던 온갖 환호와 비명이 귀를 울렸다. 귀가 먹먹해지도록 어마어마한 소리였다.

더 신기했던 것은 그녀도 소리를 지르고 있었다는 점이다.

"미쳤어!! 미쳤다!!"

아까 그녀에게 말을 걸었던 옆자리 사람도 거의 자리에서 튀어나갈 듯이 소리를 지르고 있었다. 손에 든 슬로건은 이미 다 구겨진 채 마구잡이로 흔들리는 탓에 본연의 역할을 전혀 소화하지 못하고 있었다.

그녀의 머릿속에서는 씩 웃는 박문대, 초고음을 쭉 미는 박문대, 뒤로 도는 박문대가 끝없이 재생되고 있었다. 동시에 눈앞에서 퇴장하는 박문대의 모습을 한 컷도 놓치지 않기 위해 그녀는 눈을 부릅뜨고 생각했다.

'투표!! 투표를 해야 돼!'

그리고 무엇보다 하나를 확신했다.

'무조건 1위!! 무조건 1위다!'

이 팀이 승자였다!

CHAPTER
3

CHAPTER
3

무대가 전부 끝난 뒤 방청객들이 나간 텅 빈 관객석 앞에서는 곧바로 등수 발표가 시작되었다. 팀마다 일렬로 선 참가자들을 앞에 두고, MC는 다음 순위를 발표했다.

"3위는… 〈태양처럼 타오르는〉을 재해석한 '영웅가' 팀입니다!"

"헐?"

"야 말도 안 돼."

MC의 발표가 끝나자마자 사방에서 웅성거리는 소리로 가득 찼다. 나는 짜게 식은 눈으로 스크린을 쳐다보았다.

'이럴 줄 알았다.'

"헐, 저기가 3위?"

"아니 그렇게 잘했는데?"

"애초에 등수도 제일 높고……."

"반응도 장난 아니었잖아."

우리가 3위를 했다는 것에 경악한 주변의 다른 팀 참가자들이 도리어 수군거렸다. 고맙지만 사실 방청객이 인당 두 표 행사할 수 있다고 했을 때부터 이 사태는 예견된 일이었다.

'다 견제표로 넣었군.'

여기에 방청까지 올 정도면 대부분 미는 참가자가 있는 헤비 시청자라는 뜻이다.

그 방청객들은 일단 자기가 가장 좋아하는 참가자가 있는 팀을 찍는다. 그리고 그다음으로 '등수는 낮고 실력이 좋은' 팀에 한 표를 넣었겠지. 자기가 주력으로 미는 참가자의 경쟁 상대가 될 만한 이 팀에게 표를 줄 일은 없다.

그렇게 생각해 보면 솔직히 3위를 한 것도 선방이었다. 미는 참가자가 이 팀에 있는 방청객에 더해서, 그냥 보러 온 몇몇 사람들 표는 다 쓸어 담았다는 소리니까.

그러나 팀원들은 제법 충격을 받은 모양이다.

"…감사합니다!"

한 박자 늦게 대답한 류청우가 힘차게 허리를 숙이며 인사했다. 팀원들은 열심히 감사 인사를 따라 했지만, 담담하게 보이려 애쓰는 표정인 게 훤히 보였다.

"감사합니다."

나도 고개를 주억거렸다.

1, 2위 발표는 또 순위 발표식으로 미뤄졌다. 그중에는 최원길이 모은 '1차 팀과 비슷한' 팀도 있었다.

"그럼 주주님! 〈재상장! 아이돌 주식회사〉, 팀전 1위 소식과 함께 순위 발표식으로 찾아뵙겠습니다!"

MC의 마무리 멘트 후에 어쩐지 최원길이 의기양양한 표정으로 이쪽을 슬쩍 본 것 같다.

'바본가……'

쟤는 매번 저러네. 아직 편집의 매운맛을 보지 못해서인가?

어쨌든 이 팀은 그런 걸 눈치챌 정신머리가 없는 상태였다. 풀이 죽은 채로 박수를 보내는 팀원들을 류청우가 한 명씩 어깨를 토닥였다.

"고생했어. 우리 최선을 다해서 멋있었을 거야. 걱정하지 말자."

"예……"

"맞아요. 우리 잘했어요!"

뭐, 차유진 말대로 무대를 잘한 건 확실했다. 그러니 이걸로 동정표를 받으면 모를까 욕을 먹지는 않겠지. 어차피 이 팀에는 당장 다음 순위 발표식에서 탈락할 것 같은 놈도 없으니 차라리 최상의 결과였다.

문제는 편집인데, 류청우만 살리고 다른 놈들 다 죽이는 편집이 또 들어가지 않는 이상은 평타는 칠 것이다. 무대가 잘 나왔으니까.

다들 벌써 팬덤이 붙은 놈들이니 어지간한 악편은 여론전에서 무마될 것이다. 1차 팀전 방송을 말아먹었지만, 팬들이 끈질긴 여론싸움을 통해 도로 순위권에 안착시킨 김래빈이 그 예시였다.

아, 마침 본인이 말을 거는군.

"저… 박문대 형."

"어, 왜."

김래빈이 고개를 꾸벅거렸다.

"여러모로 정말 감사했습니다. 연락처 좀 교환할 수 있을까요?"

"그래."

나는 순순히 번호를 알려줬다. 김래빈은 친분이 있어서 나쁠 건 없는 참가자였다. 그놈의 개사기 작곡 특성 덕분에 편곡을 날로 먹기도 했고. 성격을 보니 시도 때도 없이 연락하는 큰세진 놈과는 달리 필요할 때 용건만 빠르게 전화로 끝낼 것 같았다.

녀석은 번호를 받고 고개를 다시 꾸벅 숙였다.

"가끔 안부 인사드리겠습니다."

"……좋지."

내가 아이돌 지망생하고 대화하는 건지 후임하고 대화를 하는 건지 모르겠다.

'어, 그러고 보니……'

이건 소위 말하는 '묶이는 참가자 무리'를 갈아탈 수 있는 기회인가. 이번 팀전도 성공적으로 끝났으니, 다음 화 방영에 맞춰서 친분 목격담 몇 개만 흘리면 알아서 팬덤이 재편성될 가능성이 있었다.

'…박문대와 초반에 묶인 놈들이 미래에 마약부터 최종 순위까지 위험요소가 많긴 했지.'

게다가…… 기왕이면 최종 등수 더 높을 놈이랑 묶이는 게 생존율이 높지 않나? 지금 김래빈과 묶이면 차유진을 미는 시청자층에서의 내 평판이 좀 덜 적대적이 될 가능성도 무시할 수 없었다.

'거참.'

이딴 계산까지 하려니 현타가 이만저만이 아니었지만, 돌연사당한다는데 체면 따지는 놈이 어딨겠는가.

"수고하셨습니다~"

"고생 많으셨습니다!"

퇴근 준비 겸 짐을 챙기면서도 간간이 머리를 굴리는데, 뒤에서 누군가 톡톡 등을 건드렸다.

"저, 저기."

"음?"

고개를 돌리니, 선아현이 비장한 표정을 짓고 있었다. 근 일주일 바빠서 인사만 했던 놈이 갑자기 결심한 얼굴로 말을 걸러 온다?

'뭐 나쁜 소문이라도 도나?'

선아현은 주변을 둘러보더니 사람들이 쳐다보지 않는 것을 확인하고는 곧 눈을 부리부리하게 뜨며 속닥였다.

"최, 최원길 있잖아."

"…? 어, 최원길이 왜."

갑자기 최원길 이야기는 또 왜 나오냐.

'또 파트 먹겠다고 지랄해서 욕하러 왔나?'

놀랍게도 이 막 던진 생각은 반쯤 맞았다.

"너, 너, 너무 못된 애야…!"

선아현은 거의 씩씩거리고 있었다.

"……."

아니, 대체 무슨 인성질을 해야 이 호구를 이렇게까지 빡치게 만들수 있지.

"왜, 무슨 일 있었어?"

"으, 응!!"

선아현은 세차게 고개를 끄덕이더니, 조심스럽게 지난 팀전의 일을 설명하기 시작했다.

"처, 처음에는 막… 자, 자기 파트 달라고 하다가,"

오, 내 예측 샷이 완전히 맞았군.

"자, 자꾸 네 얘기 꺼내고! 막 비, 비꼬고……."

최원길의 행적에 대해 이어진 설명을 정리하자면 대충 이랬다.

—내가 1차 때 카메라 분량을 못 받았으니까 이번에는 좀 받아야 맞다. 팀도 내가 꾸렸는데 고마워해야 하는 거 아니냐.

—왜 문대 형한테는 파트 몰아주더니 나도 메인보컬 됐는데 안 주냐. 친분으로 차별하는 것 같다.

심지어 후자는 제작진과의 인터뷰에서 울면서 이야기한 모양이다.

'선빵이 승리한다는 걸 지난 팀전에서 배운 모양이군.'

아닌 밤중에 뒤통수 맞은 팀원들이 어버버 거릴 때, 큰세진이 눈치껏 최원길을 살살 달래서 상황을 정리했다고 한다. 방송을 생각하자면 현명한 선택이었다. 하지만 덕분에 제대로 말해보지 못한 팀원들의 빡침은 오갈 데 없어진 모양이다.

선아현의 조심스럽던 태도는 말이 끝날 때쯤에는 완전히 분기탱천한 상태로 변했다. 더듬는 게 열 받아서 더듬는 것 같이 보일 정도였다.

"조, 조심해야 돼…! 네, 네 이야기 이상하게 할까 봐…… 아, 알려주려고."

볼이 시뻘게진 선아현은 그 와중에도 박문대를 신경 썼는지 결국 걱정으로 말이 돌아왔다. 아마 본론은 이쪽이었나 보다.

상황이 웃기긴 한데, 이거 참…… 그렇다.

'좀 고맙기도 하네.'

자기 것 챙겨 먹기 바쁜 이 서바이벌 오디션 속에서 나를 인맥 관리가 아니라 진짜 친구처럼 대우하려고 하는 놈이라니. 애들 데리고 그룹 서열 나누던 내가 얼간이처럼 느껴진다.

이게 무슨 중학교 반 배정도 아니고 말이지. 이미 1차 팀전에서 내 팀이 떡상하면서 내 미래 지식은 싹 갈리는 중인데 같잖게 편집증처럼 굴었나 싶기도 하고.

나는 피식피식 웃으며 대답했다.

"어, 그래. 고맙다."

"아, 아니야……."

선아현은 화들짝 놀라더니, 황급히 손사래를 치며 평소의 소심한 모습으로 돌아왔다.

그 틈을 치고 어느새 나타난 큰세진이 어깨동무를 해왔다. 정말 대화가 있는 곳은 어디든 낄 수 있는 이상한 능력이라도 가진 것 같은 놈이다.

"얍~ 친구들, 뭐 해?"

"그, 그… 알려주고 있었어."

"뭐? 아… 걔."

큰세진은 어깨를 으쓱했다. 아무래도 최원길은 이름 대신 대명사로 통할 만큼 트롤로 찍힌 모양이다.

"다음에는 같이 안 하면 되지 뭐~ 스트레스받는 쪽이 지는 거야. 이거 좀 봐봐. 좋은 거 보기도 바쁜 세상이다."

"으, 으응?"

큰세진은 자연스럽게 화제를 넘겨 버리더니, 스마트폰 화면에 뭔가를 띄워서 나와 선아현 쪽으로 돌렸다. 지하철역 광고판 사진들을 올린 SNS 글이었는데, 그 속에서 이제 익숙한 이 프로그램의 유니폼이 보였다.

'아, 벌써 참가자 광고까지 갈 시기가 됐나.'

대중시설에 광고를 걸어주는 것은 아이돌 팬들의 대표적인 서포트 중 하나다. 내가 찍은 사진도 몇 번 걸려봐서 기억한다. 물론 데이터 사간 팬 계정 이름으로 올라갔지만.

어쨌든 큰세진 본인 광고판이 걸렸다고 보여주려는 건가 싶었는데, 그것뿐만은 아니었다.

"짠! 이거 우리 셋이다?"

"음?"

다시 보니, 확실히 서로 마주 보고 있는 인근의 광고판 셋을 각각 찍은 사진이다. 사진 밑에는 같이 등록된 글이 보였다.

[홍대입구역인데 악토버 동갑즈 같이 걸렸어 존귀ㅠㅠ 포스트잇 붙이고 왔다!]

큰세진이 히죽 웃으며 말했다.

"야, 진짜 신기하지 않아? 어떻게 이렇게 주르륵 광고 걸어주셨지? 상의하고 하셨나?"

"……."

아니. 자리싸움하셨을걸.

목 좋은 환승역 대형 광고판 잡으려고 얼마나 돈과 시간을 쓰셨을지 생각해 보면 미안할 지경이었다.

'음, 박문대의 생존 가능성에… 투자해 주셔서 감사합니다.'

새로운 고민이 생겼다. 데뷔해서 돌연사를 면해도 계약 기간은 성의껏 채워야 지옥행을 면할 것 같다는 점이다. 내가 기묘한 부채감에 혼란스러워할 때, 큰세진이 본론으로 들어갔다.

"우리 이거 보러 갈래? 팬분들이 메시지도 붙이셨다는데 한번 가봐야 하는 게 도리 아니냐~"

"……."

그 도리, 각자 지켜도 되지 않나? 그러나 선아현은 눈을 번쩍번쩍 빛내며 단번에 오케이를 외쳤다.

"조, 좋아!"

"굿굿. 문대도 가는 거지? 언제로 잡을까?"

같이 가는 걸 기정사실로 박고 시작하는 게 어째 3화 단체 관람 때 낚였던 방식이랑 똑같았다.

그래도 뭐… 어차피 큰세진의 말대로 광고판은 도리상 한번 보러 가긴 해야 했다. 사람들이 알아봐도 혼자보다는 대처하기 편하겠지. 나는 잠시 두 놈을 번갈아 살펴보다가, 그냥 고개를 끄덕였다.

"갈 거면 이번 주 내로 가는 게 낫겠는데."

"빠를수록 좋지!"

"조, 좋아!"

희희낙락하는 두 사람이 열심히 날짜를 잡는 것을 들으며, 짐을 도로 챙겼다. 뭐, 기분이 나쁘진 않았다.

그리고 이틀 뒤.

나는 지난번에 편의점에서 구매했던 검은색 면마스크를 다시 꺼내 썼다. 목적지는 홍대입구역. 촬영 시기가 아닐 때는 집에만 처박혀 있었기 때문에 외출은 오랜만이었다.

[선아현 : 우리 광고판 보고 점심 먹지 않을래? 맛있어 보이는 음식점을 몇 곳 찾아뒀는데 혹시 너희만 괜찮으면… (더보기)]

선아현에게 메신저톡이 왔다.

'여전히 장문이군.'

이모티콘을 남발하는 큰세진의 반응을 확인하며 밖으로 나와서 버스를 탔다. 싼 맛에 계약한 방이라 도보 20분 거리 내에 지하철이 없었으니까.

'이대로 홍대입구역 근처 정류장에서 조용히 이동하면 되겠지.'

…라고 생각했던 것은, 오산이었다.

"헉."

"박문대 아냐?"

"헐……. 야, 야 저기!"

버스에서 내려서 횡단보도를 건너자마자 이렇게 되었기 때문이다.

아직 약속 장소에 도착한 것도 아닌데 이미 사람들이 몰리고 있었다. 날 바로 알아본 사람은 몇 사람 안 됐지만, 번화가라서 인파가 인파를 부르는 중이다.

"누구야?"

"연예인이야? 아이돌?"

'이거 안 되겠는데.'

나는 고민하다가, 허리 숙여 인사하고는 뛰었다.

웬만하면 좀 더 반응을 해주고 싶었는데 분위기가 심상치 않았다. 이 시점에서 제일 흥하는 오디션 프로그램의 파급력은 놀라웠다. 하기야 연예 뉴스란을 켜면 랭킹에 무조건 〈아이돌 주식회사〉 관련 뉴스가 하나 이상 있는 시기다. 내가 밖에 안 나가서 안일했던 거지.

'이렇게 된 이상, 광고판만 빠르게 보고 사라져야 한다.'

빠르게 지하철역 안으로 달려 내려가는 중에 스마트폰에 진동이 왔지만, 일단 인파를 따돌리고 확인할 생각이었다.

그리고… 나는 세 명의 광고판이 걸린 위치에 도착하자마자 사태를 파악했다. 이미 광고판에 도착한 두 사람이 스마트폰에 둘러싸여 있었기 때문이다.

'이미 도착했는데 이 지경이라는 연락이었나 보군.'

이 바보들은 마스크도 안 쓰고 나왔다. 그 와중에 박문대를 알아본 사람들이 환호했다.

"문대야!"

"문대도 왔어!"

난감한데 고맙긴 했다. 이거 참.

'일단 빠르게 할 일부터 해치운다.'

우선 광고판 주변에서 사람들의 질문과 요청에 어버버 거리는 선아
현을 잡았다.

"폰 줘."

"어, 어?"

"인증 사진 찍어야지."

"…!"

선아현은 그제야 정신을 차리고는 슬금슬금 자신의 광고판 앞으로
향했다. 나는 건네받은 스마트폰의 카메라를 켰고, 사람들은 즉시 반
응했다.

"아, 사진!"

"저희 좀 비킵시다~"

"애들 사진 찍어요!"

놀랍게도, 격정적으로 몰려들던 사람들이 자진해서 거리를 두고 물
러나기 시작했던 것이다. …내가 너무 목숨 걸고 사진 건지려는 사람
들을 많이 봐서 그런지 좀 걱정이 과했나 싶기도 하다.

"어깨 펴고."

"으, 으응!"

"아현아 너무 잘생겼어!"

마지막 말은 내가 한 게 아니라, 선아현 팬으로 보이는 분이 외친 말
이다. 선아현은 고장 난 것처럼 얼굴이 벌게졌다.

"아, 아, 아아니에요……."

그렇게 몇 번 중얼거린 선아현은 삐걱삐걱 몸을 폈다. 나는 기계적
으로 구도를 맞춰서 사진을 찍었고, 스마트폰을 내리는 순간 옆에서 큰

세진이 외쳤다.

"문대! 나도 나도!"

나는 선아현의 스마트폰을 쥔 그대로 몸을 돌려서 큰세진의 인증 사진도 찍어주었다. 큰세진이 몇 번이나 포즈를 바꾸는 통에 찍기 귀찮았다. 하지만 사람들은 열심히 스마트폰으로 그 광경을 또 촬영하고 있었다.

"귀여워……."

"다른 포즈도 해줘~"

'…이러면 인증 사진 굳이 내가 찍을 필요가 없었던 게 아닌가?'

그냥 오늘 들어가서 인터넷에 뜨는 거 아무거나 다운로드받으면 됐지 않나.

"문대야 너도!"

"아."

일단 나만 안 찍는 것도 이상하니 나도 내 광고판 앞으로 이동했다. 사람이 다 물러가고 완전히 드러난 광고판을 코앞에서 보니 그 크기에 위압감까지 느껴졌다.

박문대의 광고판 사용된 사진은 제작발표회 때 찍힌 것이었다. 다행히 볼 콕이나 손가락 하트 사진은 아니었지만, 대문짝만 한 얼굴이 좀 민망했다.

'…눈 마주치지 말자.'

쓱 고개를 돌리니, 배경에 적힌 문구가 보였다.

[박문대]

[혜성처럼 나타난 우량주!]

맨 밑에 작은 글씨로 '많은 매수 부탁드립니다♡'까지 붙어 있었다.

"……"

굉장히 임팩트 넘치는 문구라는 점은… 부정할 수 없겠다.

'고생하셨겠네.'

나는 묵묵히 인증 사진을 찍었다. 이건 이 정도 성의는 보여야 했다. 그리고 사진을 찍고 광고판에서 떨어지자마자 다시 사람들의 말이 쏟아졌다.

"광고 보러 온 거야?"

"아, 어떡해…"

"촬영 잘했어요?"

"저 투표하고 있어요!"

슬슬 통행에 방해될 만큼 사람이 불어나고 있었다. 확실히 내가 혼자 버스정류장에서 내렸을 때보다 심했다. 셋이서 온 단점이었다.

이거 잘못하면 민폐라고 까이겠는데? 뭘 좀 해주고 가고 싶었는데, 힘들 것 같다.

'셋이 온 장점을 써먹어야겠군.'

나는 다른 두 사람에게 눈짓했다. 다행히 신호를 알아들은 표정이다. 우리는 꾸벅꾸벅 고개를 숙였다.

"감사합니다!"

"열심히 하겠습니다!"

그리고 곧바로 가장 가까운 출구로 뛰었다. 키 큰 남자 셋이 한꺼번에 뛰니 자연스럽게 길이 열렸다.

"저희 들어가 볼게요~ 감사합니다!"

큰세진이 돌아보면서 손을 흔들며 외쳤다. 눈치껏 따라 하니 대답하는 목소리가 여럿 들렸다.

"어? 얘들아!"

"잘 들어가!"

"화이팅!!"

다행히 무례하다고 느낀 사람은 없었는지, 밝은 목소리들이었다. 그렇게 많은 응원 소리를 들으면서 달리는 건 처음이었다.

기분이 굉장히… 오묘했다.

튀어나온 입구에서 곧바로 택시를 잡아탔다.

"아! 진짜 좋았다!"

택시가 출발하자마자, 큰세진이 히죽히죽 웃으며 한 말이다. 선아현도 고개를 마구 끄덕이는 게, 어지간히 신이 난 기색이었다.

'그렇게 좋았나?'

물론 고맙다 못해 부채감이 느껴지긴 했다. 그러나 많은 사람이 알아본다고 특별히 기분이 고조되지는 않았다. 기질의 문제일까? 아니면…….

'…나이 문제일 수도 있지.'

저놈들은 다 21살이니 말이다.

혼자 떨떠름하게 생각할 때 즈음, 큰세진이 갑자기 '아!' 하는 감탄사와 함께 자신의 스마트폰을 꺼냈다. 그리고 곧바로 내 폰에 진동이 왔다.

[(사진) (사진)]

박문대의 광고판 앞에서 찍은 내 사진이었다. 노출값이 잘못됐는지 색이 다 날아가서 허옇게 뜬 광고판 위로 다 흔들려서 뭉개진 내 얼굴이 떠 있었다.

"······."

이 새끼 사진 더럽게 못 찍네.

"야, 흔들려서 오히려 현장감이 살아 있지 않냐?"

현장감이 너무 넘쳐서 현장감 외에는 아무것도 알아보지 못할 사진이다. 말없이 놈을 쳐다보니, 큰세진이 웃음소리를 내며 모른 척 선아현에게 말을 걸었다.

"하하… 맞다, 아현아! 내 인증 샷도 네 폰에 있지?"

"으응! 자, 잠깐."

선아현이 허둥지둥 자신의 스마트폰을 켜더니, 단체방에 사진을 올렸다. 내가 찍은 큰세진과 선아현의 사진들이었다.

'네 사진은 왜 올리냐.'

아마 당황해서 한꺼번에 올린 모양이다.

"오~ 문대가 찍어준 사진은······."

유쾌한 척 화면을 들여다보던 큰세진은 잠시 말문이 막힌 듯 입을 멈췄다. 그리고 약간 당황한 얼굴로, 이번에는 진짜 같은 감탄사를 내기 시작했다.

"어, 오······. 너 사진 진짜 잘 찍네."

몇 년 그걸로 밥 벌어먹었었는데 당연한 일이었다.

나도 힐끗 화면을 봤다. 수평 구도가 완벽하고 인체 비율이 어색하지 않으며 표정과 포즈를 잘 잡아낸 사진이 인당 네댓 장씩 올라와 있었다. 실력이 녹슬지는 않은 모양이었다. 약간 뿌듯해하고 있으니, 큰세진이 머쓱한 말투로 덧붙였다.

"…음, 다음에는 나도 좀 잘 찍어줄게. 미안하네."

이것도 진심인 것 같았다. 비즈니스의 맛이 안 나는 큰세진이라니 오늘은 별걸 다 보는군. 나는 그냥 어깨를 으쓱했다.

"뭐… 현장감 살아 있는 사진도 괜찮아."

"…!"

큰세진이 잠깐 놀란 얼굴을 했다가, 얼른 씩 웃고 화제를 돌렸다.

"그치? 아, 그러고 보니 아현이가 추천한 맛집은 이렇게 물 건너가나? 아쉽네."

"괘, 괜찮아. 다, 다음에 같이 오면……"

"…흠."

그래. 그 이야기도 했었지.

지금 선아현이 찾아온 음식점들을 가는 건 무리였다. SNS에서 유행하는 곳들만 뽑아온지라 이 인원으로 갔다가는 식사를 남의 SNS로 생중계하게 될 판이다. 게다가 선아현이 그다지 서치에는 재능이 없는지, 바이럴 마케팅의 냄새가 나는 곳들이라 가성비가 별로였다.

나는 잠시 생각에 잠겼다가, 이대역을 지나던 내비게이션을 확인했다.

"기사님, 저희 연희동으로 꺾어주실 수 있을까요."

"되기는 하지요~"

"예, 그럼…"

나는 뒷자리의 둘을 돌아보았다.

"나 아는 조용한 집 있는데, 거기 갈래?"

"올~ 당연히 찬성!"

"조, 좋지!"

됐네. 나는 기사분께 양해를 구하고 내비게이션을 조작해 음식점을 찍었다.

그리고 그 음식점에서 식사가 다 끝난 후에야, 굳이 할 필요 없는 짓을 자진해서 했다는 것을 깨달았다.

맙소사. 친해지고 있잖아!

"흐으으음."

스마트폰을 들여다보던 여성은 고통스러운 침음성과 함께 고민의 고민을 거듭했다. 화면에는 그녀를 번뇌의 늪에 빠뜨린 선택지가 떠올라 있었다.

[아이돌 주식회사의 주식 패키지 대할인! ~80%]

커다란 배너 아래에는 〈아주사〉가 방영되는 채널인 Tnet의 그룹사에서 파는 온갖 서비스와 묶인 주식들이 보였다.

가령 여기 Tnet의 음원사이트 패키지를 사면, 50% 할인된 3개월

스트리밍 이용권과 〈아주사〉 주식 20주 매수 권한도 받는 것이다. 한마디로, 문대에게 20표를 더 줄 수 있었다.

이 방송국 놈들은 하루에 한 표씩 더 줄 수 있는 월정액권 외에는 전부 이딴 식의 패키지 형태로 주식을 팔았다! 무서운 건 이 패키지가 할인율이 높아서, 기존 서비스 이용자들이 할인받으려고 이 패키지를 샀다가 〈아주사〉에 빠지는 이중 구조로 되어 있다는 점이다.

'진짜 상술 지독하다……'

여성은 한숨을 쉬며 페이지 스크롤을 달각거리다가, 방금 온 메시지가 팝업에 뜬 것을 보았다. 방청 신청으로 자신의 입에 박문대를 떠먹여 준, 그 친구의 메시지였다.

[연주 : 미친미친ㅠㅠ 문대 목격담 떴어! (링크)]

'허억.'

황급히 클릭한 링크는 SNS 게시글로 연결되었다.

[오 나 방금 혈육이랑 밥 먹으러 나왔다가 아주사 참가자 봤다 그 말랑달콤 노래한 애들인 듯? (사진)]

첨부된 사진에는 칸막이 쳐진 테이블에서 삼계탕이 든 뚝배기를 받는 박문대와 선아현, 큰세진이 보였다. 사진 아래로 길게 반응 글이 이어졌다.

-삼계탕 보는 눈 좀 봐 얘들아 튀어나오겠다ㅋㅋㅋ

-역시 근본 없는 치킨보다는 K-삼계탕이지 뭘 좀 아는군

ㄴ치킨차별을 멈춰주세요ㅠ

-얘네 셋 계속 친하게 지내는 거 저는 찬성입니다.

-아 광고판 보고 이거 먹으러 갔나 봐ㅠㅠ 귀여운 놈들 사랑한다ㅠㅠ

'광고판?'

여성은 혹시 하는 마음에 '박문대 광고판'을 검색해 봤다. 그 즉시, 만 단위로 공유되고 있던 몇 시간 전 글이 상단에 떴다.

[문대 광고판 인증샷 찍고 갔어ㅠㅠ 사람 넘 많이 몰려서 오래 못 있었는데도 귀엽고 친절해서 수니심장 박살냈음 마스크 썼는데도 잘생김이 뚫고 나옴 실물 존잘ㅠㅠ (짧은 동영상)]

첨부된 동영상을 재생하자, 청바지에 검은 후드, 검은 야구모자를 쓴 박문대가 자신의 광고판 앞에서 사진을 찍는 모습이 나왔다.

[잘생겼어요!]

[주식 많이 살게 문대야!]

[으음, 감사합니다….]

박문대는 사람들의 쏟아지는 말에 약간 부끄러운 듯이 대답했다. 그리고 다른 참가자 두 사람과 함께 유쾌하게 질주해서 사라지는 것으로 영상이 끝났다.

-귀여워

-문대 생각보다 사교적인걸?

-ㅠㅠ역시 문댕댕은 뇌피셜이 아니라 공식이다ㅠㅠ 뭐, 티벳여우? 이단이다!

-눈새로 편집한 피디놈 죽어 제발 우리 애 그냥 차분한 거였잖아

-금발이 모자 써도 개찰떡

'귀여워⋯! 너무 귀여워!!'

발을 구르던 그녀는 문득 박문대의 광고판 사진이 익숙하다는 걸 깨달았다. 친구가 자신이 찍었다며 보여준 사진이었다! 그녀는 얼른 메시지를 작성했다.

[민소 : 와 이거 니가 건 거 아니야? 축하해 문대가 보고 갔대! (링크)]

[연주 : 안 그래도 그거 보고 혼절해 있다가 지금 정신차렸음⋯ 내가 건 거는 아니고 팬 연합에서 한 거긴 한데 그래도 너무 설레⋯ 벅차⋯]

'왜 이거부터 알려주지 않았느냐'고 묻자, '너무 심장이 떨려서 타자가 안 쳐짐'이라는 대답이 나왔다. 여성은 키득거리며 축하 이모티콘을 보냈다. 그리고 생각했다.

'나도 뭔가 해주고 싶다.'

박문대가 잘돼서, 멋진 무대를 많이 보고 싶었다. 결국 그녀는 방금

의 구매 페이지로 돌아가서 음원 패키지를 구매했다.

"후!"

그렇게 흐뭇하게 문대의 주식을 매수한 후, 다른 내용은 없나 확인해 본 삼계탕집 목격담 글에서는 어느새 싸움이 터져 있었다.

-사진 내려주세요. 스토킹은 범죄입니다.
└아니 어쩌다 우연히 본 건데요 무슨 스토킹;; 걍 목격담임
└남 밥 먹는 거 도촬이 목격담인가요? 상식적으로 말이 되는 소리를 하세요.
└응 차단했음 ㅅㄱ

이 대화 이후, 불타오르던 사람들의 반응은 머쓱하게 흐지부지되었다. 박문대의 소식을 접하기 힘들었기에 드문 목격담에 반사적으로 흥분했지만 사생활 침해일 수도 있다는 것을 깨달은 탓이었다.

여성도 머쓱해하며 창을 껐다. 아직 문대가 데뷔도 하지 않았다는 것을 깜박한 것이다.

'그거야… 그렇게 잘했으니까…!'

그녀는 다시 생각해도 정신이 멍해지는 직전 방청 경험을 떠올리다가, 문득 잊고 있던 것을 생각해냈다.

"헉! 〈아주사〉 본방!"

그렇다. 애초에 아이돌 주식회사 방영을 기다리며 막간을 이용해 주식구매 페이지를 살펴보고 있던 것이다. 그녀는 허겁지겁 채널을 틀었고, 다행히 막 시작하는 방송의 로고를 볼 수 있었다.

"휴……."

안도하며 마음을 놓은 것도 잠시, 갑자기 MC의 의미심장한 얼굴이 방송을 탔다.

"…?"

[여러분, 혹시 〈재상장! 아이돌 주식회사〉의 약속, 기억하십니까?]

마치 토의실 책상 앞에 앉아 발언하는 것처럼, MC가 진지하게 책상을 쳤다.

[모든 것을 여러분의 뜻대로 진행하겠다, 약속드렸습니다. 그래서 지금도 저희 홈페이지에서 최종 데뷔 인원수, 평가 선곡 등 수많은 투표가 진행되고 있습니다.]

참고로, 슬슬 '초반에 최종 데뷔 인원수를 너무 적게 투표해 버렸다'며 우는 사람들이 나오고 있었다.

[그리고 오늘, 그 약속을 하나 더 실행하려고 합니다. 여러분. 지금까지 시청하시며 보기 싫은 참가자가 생기셨습니까?]

'무슨…?'

방송 시작하자마자 갑자기 이게 뭔지 혼란스러워하는 시청자의 앞에, 제작진은 거대한 똥을 투척했다.

[그럼 그 참가자의 주식을 팔아버리십시오! 새롭게 도입된 〈주식 매도〉, 주주 여러분은 앞으로 보고 싶지 않은 참가자의 주식을 깎을 수 있습니다!]

"…?!?!"

[주주 여러분께서 구매하시는 '주식 매수권'은, 앞으로 '주식 매도권'으로도 이용하실 수 있습니다. 즉! 특정 참가자의 주식을 사는 대신 팔아서 마이너스로 만들 수 있는 겁니다!]

바야흐로 지옥의 도래였다.

〈아이돌 주식회사〉에 참가자의 득표수를 깎을 수 있는 신제도가 도입된 후.

-장난해?ㅋㅋㅋ 제작진 미쳤어?

인터넷은 아비규환이 됐다.

-진짜 제정신 아니네 누가 나쁜 맘 먹으면 어떡하려고 헤이트 투표를 열어
-이제 매운맛이 아니라 불지옥임

-아 진짜 다음 순위 발표식 괴로워서 못 볼 것 같아 이 쓰레기 새끼들아 애들한테 무슨 짓이야

-이쯤 되면 불매해야 하는 거 아니냐?

제작진과 프로그램을 비난하는 글이 우선 온갖 커뮤니티를 덮었다. 당연한 반응이었으나, 이 비난이 기본정서로 자리 잡은 후에는 슬슬 이런 글이 등장하기 시작했다.

-이번 마이너스 투표가 이득일 참가자와 손해 볼 참가자 정리.jpg

참가자 품평이었다. 여기서 더 나가면, 슬슬 자신이 밀지 않는 참가자에 대한 비방 글이 난무하게 될 것이다.

"흐음."

나는 7분 만에 베스트 게시판에 뜬 그 글을 훑어보았다. 슬슬 스크롤을 내리자, 찾던 이름이 보였다.

[박문대 등수하락 위험도 ★★]

: 얘 이야기 나오면 악편이냐 천편이냐 가지고 맨날 개싸움 남. 정병 걸린 수준으로 물어뜯는 애들이 있음. 수치 꽤 깎일 듯.

'별 두 개면 양호하네.'

솔직히 이럴 줄 알았다. 방송에서의 박문대 놈은 호불호 탈 수밖에 없이 극단적인 캐릭터이기 때문이다.

'PR 라이브나 1차 팀전 편집이 잘 뽑혀서 그나마 만회한 거겠지.'

게다가 1차 팀전에서 뜬 악토버31의 참가자들은 현시점에서 후발주자다. 기존 강세 참가자의 악성 팬들에게 얻어터질 수밖에 없다는 뜻이다. 스크롤 내려보니 큰세진 빼고는 다 하락 위험에 넣어뒀더라.

물론 이 글 하나만 믿을 수는 없지만, 일단 글이 사람들에게 무시당하지 않고 인기 글로 올랐다는 것만으로도 어느 정도는 대세 여론과 유사하다는 뜻이었다.

물론 댓글에서는 개싸움이 났지만 말이다.

-뇌피셜 길게도 적어뒀네 알못 새끼가 아주사에 통달한 척 인터넷 여론을 지배하는 척 오지죠?ㅋㅋㅋㅋㅋ

-벌써 피곤하다 이런 거 그만했으면 좋겠네 진짜...

-ㅋㅋㅋㅋ이 악물고 내리라고 부들거리는 애들 누구 빠인지 존나 투명함 그러게 왜 욕먹는 놈을 빨어?ㅋ

-대충 맞는 말인데? 현실을 인정하세요ㅎㅎ

그리고 이런 댓글들 사이사이로 글에 올라온 참가자에 대해 떠드는 사람들도 보였다. 주로 하락할 것 같은 참가자를 씹고 뜯고 맛보며 즐기고 있었다.

-ㅋㅋㅋ이세진 떡락 확정~

-ㅠㅠ래빈이 어떡해? 더 하락하겠다.. 팬들 힘내야 할 것 같아!

물론 '왜 얘가 안정권이라고 적어놨는지 모르겠다'는 식으로 여론몰이를 하려는 시도도 제법 눈에 띄었다.

-류청우 전 국대라고 올려치는 것도 적당히 해야지 팬들부터 방송까지 다 부둥부둥 해주니까 오히려 짜증 나서 주식 파는 애들도 많을 듯?

'벌써 밑밥을 치는군.'
물론, 박문대의 이야기도 제법 있었다.

-문대 까는 애들은 제발 노선을 하나로 정해줬으면 좋겠음. 실력은 편집빨이니까 못 믿겠다면서 성격은 편집된 방송본 가지고 와서 까고ㅋㅋ
└응빠들은 실력은 방송 믿고 성격은 악편이라고 안믿자나~ 그게 그거임
└미치겠다 PR 라이브에서 문대 무반주로 노래한 거 들어봐 방송보다 더 잘함. 그리고 왜 인터뷰 짜깁기한 편집본은 믿고, 실제로 문대가 다른 참가자들한테 잘해준 영상은 못 본 척하는 거야?
└자기 혼자 주절주절;; 으휴 아이돌에 목숨 걸지 마세요 아줌마!
└신고했음 ㅅㄱ

'이건…… 좀 미안한데.'
괜히 박문대의 주식을 잡아서 고통받는 사람들을 보고 있자니 말문이 막혔다. 내가 뭘 더 잘한다고 해서 방송 방향을 바꿀 수 있는 건 아

니니까.

'사실… 이미 알고 있었다.'

이 마이너스 투표가 도입되는 것은, 하도 논란이 됐었기 때문에 공시생이었던 나도 알고 있었다.

〈재상장! 아이돌 주식회사〉가 미친 화제성과 X망 사이에서 정신 나간 듯이 줄타기를 했던 적이 두세 번쯤 있었는데, 이게 바로 첫 번째 사건이다.

어차피 지금 추세로 봐서는 어지간히 득표율이 깎이더라도 탈락하지는 않을 것 같아서 크게 신경 쓰지 않았다. 그런데 막상 닥치니 좀… 신경 쓰인다. '박문대'를 응원하는 사람들이 말이다.

'너무 스트레스받지 않았으면 좋겠는데.'

나는 머뭇거리다가 일단 창을 껐다. 사실 〈주식 매도〉보다 새로 방영된 6화의 반응을 살펴볼 생각이었는데, 이 싫은 놈 죽이기 투표권 난동에 묻혀서 그다지 많지 않았다.

'애초에 6화에는 내 분량이 적기도 했지.'

내가 속했던 팀의 무대가 다음 화로 배정된 것이다. 팀 편성과 선곡 장면도 아주 부분적으로만 나온 탓에, 별 반응이 없었다.

-으윽 곰머 왜 래1빈이랑 같은 팀이야 개시러ㅠㅠ 김래1빈 제발 자선사업 그만해 지난 팀도 거지 같았잖아 진짜 얼굴 빼면 머가리는 볼 거 없다... 어휴 어쩌다 이런 걸 잡아서는...

-문대야 유진이한테 들러붙지 말자 그냥 죽어

주로 이런 악성 팬의 반응만 남아 있었다. 아니, 이걸 팬이라고 봐도 될지 모르겠다.

'…잘 보니 김래빈도 욕하고 있는데?'

데이터 팔던 시절에도 가끔 봤던 부류였다.

왜 욕하면서 팬이라고 주장하는지는 모르겠지만…… 중요한 건 박문대와 같은 팀이 된 걸 싫어하는 반응이 좋다는 반응보다 더 적극적이라는 점이다. 심지어 '박문대'를 괜찮게 보는 시청자들도 1차 팀전의 팀원들과 같이 못 한 게 아쉽다고 하는 마당이니까.

"흠."

나는 팔짱을 끼고 웃었다. 과연 7화가 방영되면 여론이 어떻게 바뀔지 궁금했다. 무대는 확실히 좋았고, 그건 편집으로 건드리는 것에도 한계가 있었으니까.

'그럼 그때까지 상태창 팝업이나 정리하면서 연습 업적을……'

드르르륵.

생각하는 도중 스마트폰이 울렸다.

아마 그놈의 동갑내기 단체방이겠지. 나는 무심코 스마트폰을 열었다. 복사한 뒤 붙여넣기라도 한 건지, 거의 동시에 두 메시지가 도착했다.

[김래빈 : 형 잘 지내고 계신가요. 저 김래빈 참가자입니다. 이렇게 연락드린 이유는 다름이 아니라 여쭤볼 것이 있어서입니다.]

[김래빈 : 저랑 차유진 내일 강남역에 팬분들께서 올려주신 광고를 확인하러 갈 일정인데, 혹시 형도 광고 확인하러 같이 가실… (더보기)]

"……."

'강남역에도 내 광고가 올라갔던가?'

검색해 보니 오늘부터 게시되었다는 SNS 글이 떴다. 놀랍다. 김래빈 이놈 서치 좀 치는데? 하지만 이 타이밍은 좋지 않았다.

'싫은 놈 찍는 제도가 막 도입됐는데 굳이 튈 필요 없다.'

여기서 꽤히 행복한 목격담이 나왔다가는 '박문대 자신 있는 듯?' 같은 개소리가 무조건 나온다. 게다가 김래빈, 차유진과 함께 간다? 벌써 욕 하나 뚝딱 머릿속에서 나왔다.

―마이너스 투표 개쫄리나 봐 잘 나가는 애들한테 X나 친한 척 하네ㅋㅋㅋ

이딴 잡음을 굳이 만들 필요가 없지. 박문대를 응원하는 사람들의 위를 가능한 한 지켜주도록 하자. 일단 7화가 방영될 때까지 두고 보는 게 낫겠다.

나는 곧바로 답장을 입력했다.

[박문대 : 일이 있어서 힘들겠다. 다음에 보자.]

[김래빈 : 예... 그럼 또 연락드리겠습니다.]

촬영에서나 보겠군. 나는 그렇게 짐작하며 운동에 들어가기 앞서서 스트레칭을 하기 시작했다.

'체력이나 만들고 있자.'

이때는 김래빈이 다음 촬영까지 매일 안부 인사를 보낼 줄은 꿈에도 몰랐다. 그것도 그냥 안부 인사가 아니라 어르신들이 만든 것 같은 오색찬란 안부 이미지 파일로 말이지.

[김래빈 : (웃으면^^ 복이 옵니다~ 즐거운 아침으로 행복한 오늘을 만듭시다~)]

"……?"

분야가 예체능이라 그런가, 근래 만나는 청소년마다 정말 유니크한 감성의 소유자들이다.

그리고 드디어 돌아온 금요일 저녁.

[김래빈 : (행복한 금요일 되세요 @-)--- 장미꽃에 마음을 담아 ^^ 행복과 건강을 나눕니다)]

"……."

어째 이놈의 어르신 짤이 점점 업그레이드돼 간다. 이젠 반짝이 효과도 있네.

[박문대 : 그래 너도 잘 지내라]

[김래빈 : 감사합니다.]

어쨌든 김래빈의 이미지 파일 속 문구대로 '행복하고 건강한' 금요일이 되려면, 오늘 7화가 잘 빠졌어야 할 테다.

나는 맥주를 마시며 7화를 시청하기 시작했다. 내 분량은 7화가 끝날 때쯤에 나올 확률이 높았다. 제작진이 등수 평균이 제일 높은 팀을 분명 방송시간 맨 뒤로 미뤘을 테니까.

예상대로 다른 팀이 줄줄 나왔다. 별 관심은 없지만, 치고 올라올 만한 놈이 있을지 확인해야 하니 주의 깊게 보았다.

'별놈 없네.'

특별히 눈에 띄게 우호적이거나 적대적인 편집은 없었다. 그냥 평범한 파트 갈등과 실력 부족으로 헤매다 극복하는 스토리 라인이었다.

그러다 중후반부에 최원길이 고른 팀이 나왔다. 선아현과 큰세진을 포함해 지난 1차 팀전의 같은 팀 참가자들이 대거 포진한 팀이었다.

편집 포텐셜은 여기서 터졌다.

[최원길 : 왜 저한테만 그러시는 건지 모르겠어요……]
[하일준 : 뭐……?]

우는 최원길의 인터뷰 컷과 당황한 팀원들의 모습이 교차됐고.

[최원길 : (노려보며) 문대 형 너무 하시는 거 아니에요?]

최원길은 완전히 떡락했다.

"와……"

이걸 이렇게 보내네.

제작진은 1차 때 최원길의 비협조적인 태도를 여기서 터뜨린 것이다. 솔직히 저놈이 1차 때 어지간히 귀찮게 굴기는 했지만, 이렇게 원기옥으로 쌓여서 터질 줄은 몰랐다.

근데 이 업보 스택을 나한테만 쌓은 게 아니었다.

[권희승 : …말을 안 받아주니까요.]

1차 때부터 골드 2가 욕 좀 본 모양이었다. 카메라 없을 땐 말도 제대로 안 받아줬더라.

[권희승 : 제가 나이도 제일 어리고… (등수도) 제일 낮으니까 그런가.]

물론 그걸 고정 캠으로 잡아서 송출한 제작진도 징그러운 놈들이었다. 시청률 떡상 각 보려고 또 참가자 하나 멍석말이하네.

[이세진(B) : 자, 자! 원길아. 마음은 잘 알겠어. 여기 앉아 봐봐.]

선아현에게 들었던 그대로, 갈등은 큰세진이 나서서 봉합한 것으로 방송을 탔다.

[최원길 : 제가 좀 감정적이었던 건 맞으니까요.]

저 인터뷰와 함께 열심히 연습한 팀이 무대에서 좋은 모습을 보이는 훈훈한 모습으로 끝났지만, 눈 가리고 아웅인 것을 모르는 사람은 없을 것이다.
벌써 인터넷 페이지는 욕으로 도배되고 있었다.

-최원길 인성 실화냐
-지가 좀 감정적이랰ㅋㅋㅋ 지랄한다 니가 한 건 분노조절장애급임

└근데 또 만만한 사람한테만 저 지랄하는 것 같아서 더 기분 나빠

-희승이 무시하는 거 봤어? 나 진짜 학교에서 힘들 때 생각나서 PTSD 올 뻔…

-박문대 재평가해야 함 저 꼴 보고 파트를 그냥 주다니 보살이었음

'음, 박문대가 거론되는 건 곤란한데.'

자기들 마음대로 인성을 치켜세우다가 또 의심스러운 점이 생기면 괘씸죄로 욕이 두 배가 된다.

다행히 이 팀 무대가 괜찮았기 때문에 무대에 대한 감상이 지분을 먹으면서 최원길에 대한 화제는 좀 밀려 나갔다. 다시 이야기가 올라올 때는 아마 최원길을 비난하는 것에만 초점이 맞춰져 있을 것이다.

'멘탈 안 좋아 보이던데, 고생 좀 하겠군.'

나는 혀를 차면서 댓글 페이지를 껐다.

이제 남은 건 두 팀. 곧 내 분량이 나올 차례였다. 물론… 다른 놈이 다 처먹지 않았다는 가정 아래에서 말이다.

'등수 높은 놈들이 워낙 많아야지.'

나는 기대를 내려놓고 시청을 계속했다. 그리고 놀랐다.

두둥!

화면에는 김래빈의 인터뷰가 웅장한 배경음과 함께 재구성되어 나오고 있었다. 황금빛으로 번쩍이는… 뭔가의 오마주 같은 자막과 함께.

[〈김래빈의 팀원 모으기 여정〉]

[김래빈 : 일단 박문대 참가자님을 모실 생각입니다.]

"쿨럭."

나는 마시던 맥주를 뿜었다. 내가 그러든 말든 화면 속 김래빈은 침착하게 연유를 설명했다.

[김래빈 : 박문대 참가자님은 곡을 타지 않는 가창력의 소유자이기 때문에, 선곡의 측면에서 부담이 없습니다.]
[김래빈 : 또 단체활동에서 다른 팀원을 유연하게 받아주시는 장면을 많이 목격했습니다. 1순위 팀원입니다.]

직후, 김래빈이 순식간에 미니게임을 이기고 '박문대'를 지목하는 장면이 교차되었다. 그리고 멍한 표정의 박문대 인터뷰가 나왔다.

[박문대 : ……?]
[박문대 : 고맙긴 했지만…. (대체 왜?)]

BGM과 추가 자막 덕에 김래빈에게 합류하여 꾸벅 고개 인사를 하는 박문대는 굉장히 당황한 것처럼 보였다. 그리고 김래빈이 두 주먹을 꾹 쥐고 작은 승리감을 표출하는 장면이 또 한 컷.

무슨 위튜브용 콩트 같았다.

"……."

제작진이 리액션을 창조하는 거야 한두 번이 아니다만, 이렇게 속마음을 정확히 짚어낸 건 또 처음이다.

[김래빈 : 다음은 차유진 참가자입니다.]
[김래빈 : 그리고 류청우 참가자님.]

김래빈이 자기만의 논리로 한 치의 망설임 없이 팀원들을 뽑아가고, 팀원들이 아리송해하는 장면이 계속 이어졌다. 나름대로 귀여운 맛이 있는 연출이었다.

'김래빈은 살려주려나 보군.'

1차에서의 살벌한 모습을 대놓고 중화시켜 주는 편집이었다.

그러나 그 분위기는 길게 가지 않았다. '하지만'이라는 시뻘건 자막이 화면에 뜬 뒤, 백색소음만 가득한 숨 막히는 분위기의 장면이 송출되었다.

[며칠 후 중간평가]
[영린 : 편곡 누가 했나요.]

고개를 떨구는 김래빈과 녀석을 돌아보는 몇몇 팀원들의 모습이 교차되더니, 커다란 자막이 다시 떴다.

[대체 무슨 일이?]

그리고…… 중간광고가 들어갔다.

"……흠."

나는 남은 맥주를 목에 털어 넣었다. 어떻게든 시청률을 뽑아내려는 저 모습이… 이젠 감탄이 나온다. 대단하다, 〈아주사〉 제작진 놈들.

막간을 이용해 확인한 인터넷에서는 온갖 추측이 판치고 있었다. 중론은 '김래빈 또 팀전 망한 거 아니냐'였다.

-박문대 뽑은 이유 나올 때부터 사람 보는 눈 존나 없구나 싶었음ㅋㅋㅋ

"아니……."

여기서까지 박문대가 먼저 까이냐.

맥주가 들어가니 사람이 좀 풀어졌나, 평상시보다 좀 더 열 받았다. 나는 떨떠름하게 화면을 끄고 다시 Tnet을 틀었다. 막 광고가 끝나고 있었다. 이어지는 프로그램에서는 예상대로 곡이 결정된 후 토의 장면부터 화면에 송출되었다.

[류청우 : 우선 세진이부터 의견 들어볼까?]

대체로 사회성 떨어지는 팀원들까지 잘 챙겨가는 류청우를 부각하는 편집이었다. 특히 이세진의 신경질적인 반응에 침착하게 대응하는 것이 그대로 스크린을 탔다.

'이세진도 텄고.'

이거 또 류청우가 다 먹는 그림으로 가나? 안무 짜는 차유진의 천재성을 매력 있게 조명해 주는 장면이 몇 컷 들어갔고, 김래빈이 편곡에 시간을 쏟는 장면이 몇 컷 들어가긴 했지만 아직까지는 류청우의 판정승이었다.

상황이 변한 것은 중간평가 때부터였다.

[원곡을 이것저것 많이 건들긴 했는데, 원곡보다 못한 느낌이에요.]

심사평은 본래의 미적지근했던 분위기보다 더 심각하게 편집되어 나왔다. 원곡자의 뜬금없는 뒷북 발언이 짜깁기되어 심사평 중간에 끼워진 효과였다.

[여러분의 무대에는… 〈태양처럼 타오르는〉 곡이 가진 힘이 느껴지지 않았어요.]

이 개소리가 촌철살인이라도 한 것처럼 방송을 탈 줄은 몰랐다. 어쨌든, 심각한 분위기에서 한 팀원이 편곡 당사자로 김래빈을 지목했다.

[(곧장) 래빈이가 진행했어요.]

팀원들이 김래빈에게 시선을 휙휙 놀리는 것이 노골적으로 강조되어 방송을 탔다. 등골이 싸해지는 편집이었다

'망할…'

이걸 커버치겠다고 그 쇼를 벌였는데 설마 다 같이 나가리 되나?

그 순간, 화면은 갑자기 '박문대'를 클로즈업하기 시작했다.

"어?"

'설마.'

화면의 박문대는 어쩐지 곰곰이 생각하는 표정이더니, 갑자기 회상 컷이 들어갔다.

[키를 낮춘 다음에 하는 게 좋을 것 같아요.]

[랩도 좀 넣으면 어때요?]

[편곡은 응원단 컨셉에 어울리게.]

[…예.]

김래빈에게 몇몇 팀원들이 안 어울리는 편곡 요소들을 넣어보라고 이야기하는 장면이었다. 박문대가 그것을 유심히 관찰했던 것처럼 시선이 연출되어 들어갔다.

그리고 다시 돌아온 중간평가 시점의 화면, 박문대는 아무렇지 않게 입을 열었다.

[네. 래빈이가 편곡이 가능하니까 편곡자님과 상의해 줬고, 편곡 방향은 저희가 다 같이 의견 내서 정했습니다.]

놀란 표정의 김래빈 얼굴이 클로즈업되는가 싶더니 곧바로 박문대의 인터뷰가 들어갔다.

[Q : 왜 김래빈 참가자를 감싸줬나요?]

[박문대 : (의아함) 그냥 사실대로 말했던 거라서요.]

저건… 1차 팀전 때 했던 편곡 관련 인터뷰를 잘라 넣은 컷이다. 달라진 머리색이 안 나오게 후드 뒤집어쓴 장면을 골라냈다.

"…허."

저 때도 자꾸 자기 자랑하게 유도하길래 자연스럽게 말 돌려 버리려고 일부러 덤덤히 이야기했었는데, 편집의 마법을 거치고 나니 남 눈치 안 보는 박문대가 그냥 사실을 말해 버린 것처럼 방송에 나왔다.

'아무리 겪어도 황당하군.'

내가 그렇게 떨떠름하든 말든 방송은 계속 진행되었다.

[전하는 진심]
[김유준 : 미안해……]

팀원이 김래빈에게 사과를 한 뒤에는 분위기가 급격히 희망차고 훈훈하게 바뀌었고, 김래빈의 감동 인터뷰로 방점을 찍었다.

[김래빈 : 팀원분들을 잘 모은 것 같습니다.]

그렇게 말하며 희미하게 웃는 김래빈의 얼굴은 의외로 성격 나빠 보이지 않았다.

그리고 새로운 편곡은… 어처구니없게도, 김래빈과 박문대가 잡담 중에 갑자기 자기들끼리 신나서 후다닥 만든 것처럼 나왔다.

[류청우 : 둘이서 쉬는 시간에 무슨 이야기를 나누는 건 봤어요.]

[류청우 : 그런데 돌아가 보니까… 래빈이는 이미 건반에 가 있고, 문대는 우리 (삐-)할 거라면서 신나 있던데요?]

류청우의 인터뷰가 내레이션으로 깔리며 배속 처리된 편곡 의논 과정은 정말 그렇게 보여서 더 어이가 없었다.

[류청우 : 천재들은 원래 그런가? 하하.]

이후, 마치 류청우가 비사교적인 두 천재를 귀여워하며 팀이 잘 융합된 것처럼 짧은 컷들이 이어지며 무대 준비 분량은 끝났다.

"……."

이걸 이렇게 풀 줄은 진짜 상상도 못 했다.

어쨌든 악편은 아니었으니 이 정도로 먹힌 것으로 만족해야겠지. 게다가 무대는 원래도 개중 제일 잘했다고 생각했었는데, 제작진에서 대놓고 신경 써서 편집해 준 덕에 아주 만족스러웠다.

엔딩도 괜찮았다.

[3위?]

[아무도 예상하지 못한 상황]

이 팀의 3위를 중간광고까지 넣어가며 굉장히 의아하고 충격적인 것

처럼 조명해 줬기 때문이다. 뽑을 건 다 뽑았다고 볼 수 있다. 깔끔한
이득이었다.

"괜찮네."

나는 곧바로 이부자리를 정리했다. 긴장이 풀리니 피로가 몰려왔다.

'인터넷 모니터링은 내일 해도 되겠지.'

이때 곧바로 반응을 살펴보지 않은 탓에, 7화에서 내 분량이 가져
온 여파가 예상보다 훨씬 컸다는 것을 알아차린 것은 다음 날 점심 즈
음이었다.

　-박문대 품기로 했음. 개빵은 1차 팀전 놈들하고 비교하니 선녀였다
　-문대 다시 보니 얼굴도 괜찮네 래빈이랑 합 괜찮은 듯 계속 같이 팀 해라
　-토끼와 댕댕이는 환상의 조합인데 중세 토끼와 시고르자브종이기까지 하
니 금상첨화야ㅜㅜ
　-오이오이, 이 조합 떡상할 날이 올 줄 알았다구? (으쓱)
　-의외다 싸울 줄 알았는데 친해졌네;;

"……오."

놀랍게도 7화가 방영되자마자, 김래빈의 팬들 사이에서 박문대의 여
론이 급격히 돌아섰다. 다른 참가자를 비방하지 않던 정상적인 팬 계
정이 대부분이었으나 일부는 어제까지만 해도 '박문대'를 멸칭으로 부
르며 낄낄거리던 계정도 있었다.

정말 태세전환이 대단했다. 박문대의 팬 계정들은 마이너스 투표 걱정을 덜어 안심하는 것 같았지만, 화가 난 사람들도 몇 분 보였다.

-그렇게 욕할 때는 언제고 입 싹 닦고 저러는 걸 보면 진짜.. 할 말을 잃게 만든다. 그 와중에 안도한 내가 싫어지기도 하고ㅠㅠ
-둘 다 데뷔하면 저런 애들이랑 같이 덕질할 걸 생각하니 한숨부터 나옴...문1대만 보고 가야지 뭐...
-문대가 멋진 태도를 보여주고 멋진 아이디어를 내고 멋진 무대까지 했는데, 왜 내가 다른 걸 신경 써야 하냐구요ㅋㅋ

'너무 스트레스받지 않았으면 좋겠는데.'
돈 쓰면 재밌어야 하는데 이분들은 그러지 못한 것 같아서 마음이 썩 좋지 않았다. 이 프로로 데뷔를 하게 된다면 같은 팀이 된다고 하더라도, 현재 오디션 중인 참가자들은 다 경쟁 관계니 어쩔 수 없는 부분일지도 모르겠다.

그래도 대부분은 무대가 잘 뽑힌 것을 즐거워하는 분위기였다. 본방이 끝난 직후 자정부터 오늘 아침, 점심까지 내내 7화가 하나 걸러 하나꼴로 방송 스케줄에 편성되어 있는 덕분에 유입 효과도 보고 있었다.

무대 영상은 위튜브 실시간 인기 순위에도 곧바로 진입했다.

-이런 미친 컨셉을 이렇게 잘 소화하다니 이런 미친 놈들;;;
-내 학점을 조지러 온 히어로들이지만 사랑합니다

-야구장 응원가를 히어로물 테마곡처럼 바꾸다니. 무대는 물론이요 그 발상과 편곡 능력까지 모두 비상하기 짝이 없다.

-아아아 애들 자기 색깔도 맞췄나봐요 깔별로 아이템 하나씩 끼고 있네! 이런 디테일에 덕후 심장이 뛴다ㅠㅠ

-이 무대가 3위? 견제표 부끄럽지 않나요?ㅋㅋ

-정리글입니다. 0:06 차유진(레드), 0:16 민정훈(그린), 0:24 류청우(블루)… (더보기)

새벽에 공개된 개인 직캠들도 무섭게 조회수가 불어나고 있었다. 1차 팀전보다 판이 커진 것도 있지만, 그걸 감안하더라도 '박문대' 직캠의 조회수는 메인보컬치고 엄청나게 빠르게 늘어나고 있었다.

댓글도 1차보다 호의적이고, '싫어요' 비율이 낮아졌다.

-천재인 건 부정 못함

-문대야 금발 해줘서 고마워 덕분에 누나가 힘내서 사직서를 참았다 우리 문대 주식 많이 살게ㅠㅠ 꼭 데뷔해서 은발도 하고 핑발도 하자ㅠㅠㅠ

-호러에 이어서 히어로 컨셉까지 떠올리다니, 이 친구 대단하네요! 많이 응원합니다. 데뷔하시길! ㅎㅎ

-왜 볼 때마다 더 잘생기고 더 잘하지? 이러다가 데뷔하면 승천하는 거 아니야?ㅠㅠ

쑥스러웠지만 좀 뿌듯했다. 어쩔 수 없이 하는 일이긴 하지만 성취감이 있다는 건 부정할 수 없을 것 같다.

그렇게 생각하는데, 마지막 베스트 댓글이 눈에 들어왔다.

-나이 어리고 외모 귀여운데 춤도 괜찮은 메보는 좌완 파이어볼러 같은 거임. 지옥에서라도 잡아 와야 하는데 자기 발로 돌판에 걸어 들어 와줘서 너무 고맙다 문대야 이제 못나감^^

"……."

솔직히 조금 무서웠다.

'설마 데뷔하면 '은퇴 못 함' 같은 상태이상이 걸리는 건 아니겠지.'

나는 하등 이득도 없는 불길한 망상을 얼른 털어내고, 마음을 정리했다. 어쨌든 이 정도면, 다음 순위 발표식 때도 걱정할 건 없어 보였다.

'이제 남은 건 두 단계인가.'

앞으로 두 번의 팀전을 더 거치면 이 프로그램이 끝나는 것이다.

벌써 중후반에 접어들기 시작했다는 생각에 기분이 묘해졌다. 이 쓰레기 같은 상태이상을 떼어낼 날이 가까워지면 시원할 줄 알았는데, 꼭 그런 것만은 아니었다.

아마 내 예상보다도 훨씬 성적이 좋아서일 것이다. 지난 몇 년간 공시생으로 방구석에 처박혀 있으면서 아무 성취감도 느끼지 못했기 때문에 이 성공의 맛이 상당히 자극적이었다. 물론 기 빨려서 피곤한 게 더 크긴 하지만.

'돌연사를 피하고… 한 몇 년 뒤에 돌아보면, 의미 있는 경험이었다고 생각하게 될지도 모르겠다.'

물론 그건 뒤지지 않았을 때의 이야기니 일단 생존부터 생각하자.

지이이잉.

다짐하는 순간, 메시지가 들어왔다.

[큰세진 : 문대문대 잘 지냄? 촬영날 같이 가실? 아현이 포함ㅎㅎ]

그래서 촬영 날 만난 놈들의 얼굴이 완전 죽상이었다.

아니 트롤짓을 일삼던 최원길도 보내 버렸는데 왜 죽상이냐. 누가 꼴받게 해?

"어, 문대 하이~"

"아, 아안녕…."

선아현과 큰세진이 촬영장에 들어가기 전에 뭐라도 먹고 가자고 조르기에 음식점에서 만났다.

그러나 음식을 앞에 두고도 둘 다 표정이 너무 어두웠다. 한 놈은 사회생활용 리액션 자판기가 됐고, 한 놈은 금방이라도 질질 짤 것 같은 얼굴이었다.

'마이너스 투표 때문에 이러나.'

가장 상식적인 추측이었다. 그냥 내버려 둘까 하다가, 밥 먹는데 무슨 짓인가 싶어서 한 번 물어봐 줬다.

"투표 걱정돼서 그래?"

"으, 으응?"

"둘 다 표정이 별론데."

그러자 둘이서 반사적으로 서로의 얼굴을 쳐다본다. 아마 자기 상태가 메롱 해서 상대도 기분이 별로라는 걸 깨닫지 못했던 모양이다.

"…아, 문대 귀신이네~ 아니, 뭐…… 걱정 안 하기가 힘들지. 인터넷을 너무 봤네, 하하."

큰세진이 영혼 없는 너스레를 떨었다. 그 말에 선아현도 시무룩한 얼굴로 고개를 끄덕였다.

"마, 많이 싫어할까 봐……."

어이고.

아무래도 볼 필요 없는 글까지 있는 대로 찾아본 모양이다. 분위기 보니 밤새 SNS를 떠나지 못하고 계속 자기 이름을 검색한 게 분명했다. 이제 촬영장에 들어가면 누가 날 얼마나 싫어하는지 숫자로 확인하게 될 테니 밥이 목구멍에 잘 안 넘어가는 것도 이해가 갔다.

'…그래도 밥은 먹고 들어가야지.'

나는 잠시 고민하다가, 결국 한숨을 쉬고 말했다.

"오디션 프로니까 싫어서 찍는 사람보다 견제해서 찍는 사람이 많지 않겠어? 표가 많이 깎였다는 건 유망해 보인다는 뜻일 수도 있지."

"…!"

당장 전 팀전만 해도 등수 높은 놈들이 모인 팀이 현장 투표 3위로 끝났지 않은가.

"어지간히 많이 나오는 거 아니면 신경 쓸 필요 없다는 뜻이야."

물론 이렇게 말한다고 신경을 안 쓸 수는 없다. 하지만 정신승리할 구석이 있으면 좀 낫겠지.

예상대로 큰세진이 먼저 회복했다.

"그렇긴 하지."

그리고 쓴웃음을 지으며 숟가락을 들다가, 혼잣말처럼 중얼거렸다.

"…내가 이번에는 정말 뭐라도 성과를 내야 하거든. 연습생 기간도 너무 길었고……. 뭐, 아무튼, 잘 먹고 힘내서 가보자!"

놈은 무심코 튀어나오던 말을 얼른 갈무리해 버리고 전투적으로 식사를 재개했다. 선아현은 여전히 걱정으로 초조한 표정이었지만, '밥은 먹고 가는 게 낫지 않냐'는 말에 전투적으로 식사는 했다.

'밥 한번 먹기 힘드네.'

나도 한숨을 참으며 식사를 재개했다.

후발주자라 좀 두들겨 맞기는 했지만, 인지도도 괜찮고 편집으로 작살나 본 적 없는 애들까지 이러고 있으니 다른 참가자들은 뻔했다.

'오늘 촬영 분위기 장난 아니겠군.'

그리고 이 예측은 정확히 맞아떨어졌다.

"……."

탈락 위기 참가자부터 등수 높은 참가자들까지 모조리 초상집 분위기가 따로 없었다. '맘에 안 들면 퇴출하세요' 투표가 도입된 후에 인터넷에서 참가자에 대한 비방과 루머가 더 심해졌기 때문이다.

신난 놈은 차유진뿐이었다. 1위의 자신감은 아니고 그냥 성격 문제인 것 같다.

"왜 같이 안 갔어요?"

심지어 나한테 와서 광고 보러 간 날 썰을 혼자 신나서 풀고 가기까지 했다. 정말 대단한 성격이었다.

얼마 지나지 않아 촬영이 시작되었다.

"〈재상장! 아이돌 주식회사〉, 그 두 번째 순위 발표식에 오신 여러분을 환영합니다!"

방송에서는 어떻게 나올지 모르겠지만, 순위 발표식은 어느 때보다 침체된 분위기에서 진행되었다.

"새롭게 도입된 제도, 〈주식 매도〉가 합산된 첫 등수가 오늘 발표됩니다. 얼마나 많은 분이 사고파셨는지에 따라 순위가 결정되었습니다."

꿀꺽. 누군가가 침을 삼키는 소리, 기도하는 작은 소리가 들렸다. 다 큰 어른들이 애들 데리고 참 못 할 짓 한다 싶다.

"그전에 지난 팀전 최종 1위를 발표해야겠지요? 최종 1위 팀에게는 엄청난 상품이 기다리고 있다고 말씀드렸었는데요."

MC는 무거운 분위기 속에서도 유쾌하게 자기 할 말을 다 했다.

"바로, 〈주식 매도〉 무효입니다!"

"…네?!"

"헐."

순간, 주변이 경악으로 가득 찼다.

"1위를 하신 팀은 〈주식 매도〉를 통한 마이너스 수치가 포함되지 않은 수치로 등수를 평가받게 됩니다!"

리액션은 더 커지지 않고, 오히려 힘없이 잦아들었다. 그리고 누군가 작게 웅얼거렸다.

"너무해."

확실히, 참가자를 존중한다면 할 수 없는 발상이기는 했다. 제작진들 마음대로 혜택을 뗐다 붙였다 하는 꼴이니까.

'애초에 마이너스 투표도 사전 공지 없이 6화와 함께 때려 버린 놈들인데 뭘 바라겠냐'

"1위는… 축하합니다! 〈Fingerprint〉를 재해석한 '기간틱' 팀!"

그리고 최원길이 뽑았던 팀이 결국 최종 1위를 가져갔다. 아마도 이번 〈주식 매도〉 제도 때문에 탈락이 확실시됐던 최원길에게 구조신호가 온 것이나 다름없었다.

최원길은 울면서 안도했지만, 사실 좋은 일은 아니었다.

'저놈 큰일 났네.'

만일 마이너스 투표 때문에 떨어지게 됐다면 동정여론이 치고 올라올 확률이 높았다. 하지만 저렇게 운 좋게 붙어버리면, 다음 팀전에서 어마어마한 일을 내지 않는 이상은 부정적인 여론이 폭주할 게 틀림없었다.

어쨌든 적당한 소감과 함께 1위 발표는 마무리되었다.

"그럼 이제부터, 순위 발표식을 시작하겠습니다!"

이번 합격자 총수는 30명. 지난 순위 발표식처럼 2명을 남겨두고 28위부터 발표되기 시작했다.

"28위, 박준경 참가자입니다!"

사실 20위까지는 큰 변동이 없었다. 특출나게 표수가 깎인 놈도 덜 깎인 놈도 없다. 그냥 그 등수에서 붙을 만한 참가자들이 별 반전 없이 불렸는데… 이변이 나타난 것은 20위 안에서부터였다.

"20위는… 최원길 참가자입니다!"

"와."

"대박."

골드 2보다도 높은 등수였다. 아마도 마이너스 투표를 의식한 팬들이 결집해서 투표를 몰아준 탓에 오히려 올라간 것 같았다.

최원길은 주절주절 긴 소감의 끝에 사과를 붙였다.

"…또, 제 성숙하지 못한 태도를 깊이 반성합니다……. 아, 앞으로는 좋은 모습 보여 드리겠습니다, 흑."

그리고 울먹거리며 자신의 등수 자리에 앉았다.

'차라리 골드 2 집어서 사과하는 게 낫지 않았나?'

뭐, 내가 걱정해 줄 문제는 아니었다. 내 등수나 걱정하도록 하자.

그 후 순위를 요약하자면… 이세진은 폭락했고, 김래빈은 회생에 성공해 6위에 안착했다. 그리고 큰세진 등 최원길의 팀이었던 참가자들은 상승했다. 애초에 상승세였던 분위기에 마이너스 투표를 제하니 등수가 확 오른 것이다.

흐름을 보니 아마 나도 좀 떨어질 것 같았다. 그래서 빠르게 불러도 즉각 반응할 준비를 하고 있었다.

그러나 그럴 필요가 없었다. 나는 등수가 올랐다.

"4위는… 박문대 참가자입니다!"

"…?"

이 아수라장에서 기대도 안 한 선방이었다.

5위까지 안 부르기에 설마 28위 아래로 폭락했나 싶었는데, 설마 4위에서 부를 줄은 몰랐다. 당황해서 벌떡 일어나니 더 당황스러운 일이 기다리고 있었다.

"축하한다!"

류청우가 일어나서 다가오더니 흐뭇한 표정으로 등을 두드린 것이다. 차유진도 다가와서 류청우를 따라 하며 축하 인사를 했다.

"축하합니다!"

'가는 길에 대충 아는 척만 하고 가려고 했는데……?'

아무래도 무대 반응이 워낙 좋다 보니 마음의 거리를 마음대로 좁힌 모양이었다. 특히 류청우는 지난 팀전 사람들이 다 떨어지는 바람에 별로 친한 참가자가 없는 것도 한몫한 것 같고.

나는 대충 인사를 받아주고, 엉거주춤하게 서 있던 선아현과 하이파이브까지 하고 단상으로 올라갔다.

무슨 희대의 인싸라도 된 기분이었다. 굉장히 낯설다.

"…우선, 주식을 사주신 주주님들께 감사합니다. 실력에 비해 과분한 등수인 것을 명심하고, 투자해 주신 만큼 성과를 내도록 언제나 노력하겠습니다."

정석적인 감상이 끝나기 무섭게 MC가 치고 들어왔다.

"박문대 참가자, 매번 무대마다 톡톡 튀는 아이디어로 주주님들을 즐겁게 해드리고 있는데요. 혹시 다음으로 써보고 싶은 아이디어가 있나요?"

더럽게 어려운 질문이었다. 차라리 애교 좀 부려보라는 게 쉬울 것 같다.

그냥 적당히 포괄적으로 말해 버리자.

"…다음은, 좀 유쾌한 걸 해보고 싶다는 생각은 있습니다."

"하하, 〈POP☆CON〉이 슬슬 그리워지는 건가요? 박문대 참가자, 다음 무대 기대하겠습니다."

유쾌를 팝콘으로 엮어버리는 MC가 있다?

물론 MC를 노려볼 수는 없으니 얌전히 고개를 숙이고 자리로 올라갔다. 4위에게 주는 화려한 소파는 솔직히 민망한 모양새였다. 하지만 허리는 솔직했기에 나는 한결 편안하게 남은 순위 발표를 기다렸다.

"3위는~ 차유진 참가자입니다!"

"헐."

"1위였잖아."

지난 순위 발표식 1위였던 차유진은 2계단 떨어졌다. 그러나 본인은 크게 신경 쓰지 않는 듯. '높은 등수 받아서 좋아요'라는 해맑은 소감과 함께 올라와서 소파에 안착했다.

그리고 대망의 1, 2위 결전. 결승전에 올라온 건 류청우와 선아현이었다.

'쟤 쓰러지는 거 아니냐?'

선아현은 비틀거리면서 일어나 단상에 섰다. 1위를 하면 당장에라도 혼절할 것 같은 얼굴이었다.

"〈재상장! 아이돌 주식회사〉, 영광의 1위는… 축하합니다! 류청우 참가자입니다!"

"감사합니다!"

1위는 류청우였다. 사실 이변이 일어나지 않는 이상 이럴 줄 알았다. 국대 출신에 방송 이미지도 호감이니, 마이너스 투표 영향도 별로 안 받았겠지.

류청우와 선아현의 소감이 끝난 후, 진 빠지는 29위, 30위 참가자 발표가 이어졌다. 하도 시간을 끌어서 소파에서도 등이 배길 지경이었다.

그러나 진정한 하이라이트는 그다음에 나왔다.

"만일 여러분이 〈주식 매도〉 제도가 없었더라면, 받게 되었을 등수입니다!"

제작진 놈들이 득표수와 깎인 표수를 다 공개하고 재정렬해서 스크린에 띄워 버렸기 때문이다. 여기저기 탄식 소리가 이어졌다.

"못 보겠어."

나도 얼른 '박문대'를 스크린에서 찾아냈다.

[매수 : 893,452 / 매도 : 12,257]

[합산등수 : 4위 / 매수등수 : 3위]

3위라고?

원래 내 등수였던 4위를 확인해 보니 선아현이었다. 아무래도 최상위권의 투표수가 유사한 탓에 마이너스 투표에서 유의미한 차이가 났던 모양이다. ……하지만 아까움보다는 다른 감정이 들었다.

'이거 의외로… 꺼림칙하다.'

[매도 : 12,257]

그렇다. 분명 결과가 좋았는데도, '박문대'가 떨어졌으면 좋겠다는 의지의 만 단위 숫자를 보는 것은… 좀, 이상한 기분이었다.

'이거 생각보다 타격감이……'

…잠깐!

'개소리 그만하자.'

내 목표는 데뷔해서 돌연사를 피하는 것이다. X발 오로지 그것만을 생각해도 모자랄 마당에 90표 중 하나꼴로 싫다는 놈이 나오는 게 뭐 어떻다는 말인가.

'돌연사를 막아줄 89만 표에 감사나 하자.'

나는 상황을 정의하고 생각을 종료했다. 그러나 주변을 둘러보니, 대부분은 등수가 어떻게 나왔든 간에 '나 미치게 신경 쓰여요' 얼굴을 하고 있었다.

'이번 팀전 꼴 아주 잘 돌아가겠다.'

벌써 눈물 콧물 짜는 애들 몰골이 눈에 선했다.

"잠시 대기하고 계세요!"

제작진들도 초상집 같은 분위기에 당황한 모양인지, 원래라면 순위 발표식이 끝나자마자 이뤄졌어야 할 다음 팀전 촬영이 잠시 중지되었다. 대신 제작진들은 무슨 이상한 미니 기획을 들고나왔다.

[아이돌 장기자랑]

…급조한 기획답게 촌스럽기 짝이 없군. 그리고 이어진 제작진의 설명은 간단했다. 릴랙스도 할 겸 놀면서 상품도 타가라. 즉, 속뜻은 이런 의미였다.

'니들끼리 재롱 좀 떨면서 수학여행 바이브 좀 즐기다가 T1에서 PPL 받은 상품 홍보 겸 좀 받아가라.'

아마 다들 뉘앙스를 짐작했겠지만, 그래도 순위 발표식 직후보다 분위기가 괜찮아졌다. 상품이 괜찮았고 룰이 헐렁했던 것이다.

"등수 없고, 자원으로 진행되는 거예요~"

"아…."

"일단 나오시면 뽑기로 상품 중에 하나 무조건 타가실 수 있어요!"

"…네!"

대답하는 목소리들이 한결 편했다. 손해 볼 것 없는 구성이기 때문이다.

'MC가 없으니 좀 쉬는 것 같은 기분이 드는 점도 한몫했을 테고 말이지.'

…솔직히 나도 건조기는 솔깃했다. 어차피 원룸이라 둘 곳도 없긴 했지만, 급조한 기획의 상품으로 대형 전자제품이 나올 줄이야.

'프로그램이 엄청 잘 되고 있긴 한가 보군.'

상품에 포함된 김치냉장고 사진을 보며 그렇게 생각할 때, 스크린에서 상품 사진들이 사라지고 커다란 글자가 떴다.

[장기자랑 : 랜덤 댄스]

[마지막까지 남는 사람이 승자!]

'얘네 폰트도 안 만졌네.'

함초롱바탕체가 영롱했다.

내 감상이 어쨌든 간에, 곧 스크린에는 5초 카운트다운이 들어갔다. 그러자 그나마 상태가 괜찮던 놈들이 몇 명 달려 나와서 대기하기 시작했다.

[시작!]

그리고 유명 KPOP 후렴구들이 쉴새 없이 연달아 흘러나왔다.

"어어억."

"야 너 틀렸어! 들어가야 돼!"

"악, 뭐야."

처음에는 분량 때문인지 기계적으로 참가했던 참가자들이 끝에 가서는 거의 콩트를 찍으며 승자를 가렸다. 그렇게 대충 12곡쯤 지났을 때, 승자가 나왔다.

"아, 감사합니다~"

큰세진이었다.

"아무도 안 물어보셨지만, 소감 말할게요. 이날을 위해 PR 라이브에서 실력을 갈고닦았던 게 아닐까 싶습니다! 하하하!"

"우-우-우~"

PR 때 유사한 컨텐츠를 했던 큰세진이 뻔뻔하게 웃으며 말하고, 얼른 뽑기 통에 손을 넣어 쪽지를 뽑았다.

"자, 제 상품은……."

[(진)직화무뼈닭발 1 Box]

"문대를 주도록 하겠습니다."

큰세진의 빠른 태세전환에 참가자들이 폭소했다. 스탭들까지 입을 가리고 웃는 통에, 이쪽을 보며 눈을 찡긋거리는 큰세진에게 정색할 각은 나오지 않았다.

'대체 이 닭발 이미지는 언제까지 갈까.'

계속 이렇게 회자되다간 은퇴할 때까지 따라올 것 같다는 예감이 들었다. 어쨌든, 큰세진이 큰 웃음을 주고 들어간 탓에 분위기가 한층 더 풀렸다.

"다음 거 주세요!"

"이건 내가 타간다, 진짜."

그런 식으로 네댓 번 승부가 더 이루어진 후에는 참가자들 대다수가 장기자랑에 진심이 된 상태였다. 그리고 아직 비싼 가전제품 몇 점이 상품으로 남아 있었다.

그 상황에서 여섯 번째 장기자랑이 스크린에 떴다.

[장기자랑 : 랜덤 노래방]
[1절 완창하는 사람이 승자!]

"이건 날 위한 종목이지."

"와, 나 진짜 나가고 싶은데 이미 이겨 버렸네? 어쩌지?"

나는 깐족대는 큰세진을 무시하며, 잠시 망설이다가 앞으로 나갔다.

"오~~ 문대 자신 있나?"

사실 별 자신은 없었다. 크게 하고 싶은 마음도 없었고. 다만 등수가 오른 다음에 소극적인 모습을 보이면 거만해 보일 수 있다는 점을 방어한 것뿐이다.

'…기왕이면 이겨서 건조기 가져가면 더 좋고.'

남은 상품이 7가지라 14%는 될 테니 희망을 품어볼 법한 확률이다. 나는 안면만 있는 네 명의 참가자와 함께, 카운트다운이 끝나길 기다렸다. 제작진이 슬그머니 바닥에 마이크를 두고 갔다.

[시작!]

화면이 바뀌자마자 곧바로 전주가 흘렀다. '쿵짝쿵짝 쿵짜라 꿍짝~' 중독성 넘치는 뽕짝 멜로디가 강당을 울렸다.

"……?"

"응?"

KPOP이 나올 줄 알았던 참가자들의 얼굴이 멍해졌다. 그렇다. 흘러나온 것은 K-트로트 노래방 반주였다.

"어……."

"잠깐, 잠깐."

참가자들은 혼란스러운 표정으로 열심히 전주를 들었으나, 도저히 전주만 듣고는 무슨 곡인지 알 수가 없었다. 트로트에 신나는 뽕짝 리듬으로 시작하는 전주가 한두 곡이 아니었기 때문이다.

"······."

나는 갈등하다가, 슬그머니 앞으로 가서 마이크를 주웠다.

"···!!"

"문대가 트로트···?"

골드 1의 중얼거림이 여기까지 들렸다.

"그냥 잡은 거 아닐까?"

"형, 그 곡 진짜 알아요?"

나는 수많은 아우성에 대답하지 않고, 그냥 전주가 끝나는 타이밍에 맞춰 노래를 시작했다.

"서울 남대문 거리에 비는 오는데~ 내가 찾는 사람이 없네~"

"···!!"

참가자들이 수군거렸다.

"헐."

"어떻게 알았지."

어떻게 알긴, 많이 봐서 안다.

행사 촬영을 몇 번 가다 보면 트로트 가수의 무대를 보는 일도 많았다. 특히 아이돌 무대 직전에 배치되는 경우가 잦아서, 행사 후반에 나올 만큼 어르신들에게 인기 있는 곡들은 나도 제법 많이 들었었다.

이 곡도 원곡 가수의 무대를··· 흠, 많이 봤을 때는 하루에 두 번도 봤었던 것 같다. 나중에는 가수가 날 알아보고 카메라에 윙크도 날려주더라. 양심상 위튜브에 직캠을 업로드했던 기억이 새록새록 떠올랐다.

음, 이렇게 도움이 되는군.

"아~ 내가 찾던 그대는~ 내가 바란 그대는~"

제법 유명한 곡이라 후렴구에 들어가자 참가자들이 따라 불렀다. 행사에서 그 가수가 이런 기분이었을까 싶다.

"서울을 떠나 버렸네~"

"오오."

괜히 분위기를 타서 1절을 열창하고 나니 참가자들이 감탄사와 함께 박수를 보냈다. 이건 환호보다는…… 마술쇼에서 신기한 장면을 봤을 때의 반응 같았다.

좀 민망했지만, 어쨌든 성공했으니 상품 뽑기에 집중하기로 했다. 나는 몇 번 참가자들을 향해 인사하고는 마이크를 내려놓고 뽑기 통을 잡았다.

뽑은 쪽지를 펼치자 사진에서 언뜻 은색 몸체가 보였다.

'설마 건조기…!'

[김치냉장고]

"……."

미쳤다.

"야! 김치냉장고!!"

"문대 운 무슨 일이야~!"

"문대가 찾던 그대가 냉장고였던 거임."

참가자들이 우르르 쏟아져 나와서 나를 둘러싸고 흥분해서 떠들어 댔다. 나는 얼떨떨한 기분으로 쪽지를 보다가, 문득 현실을 깨달았다.

'…상품은 세금 떼고 주지 않나?'

세금으로 납부할 돈이 없었다. 아무래도 상품 수령하자마자 중고거래로 팔아서 세금부터 내고 통장이나 채워놔야겠다.

어쨌든 비싼 걸 잡으니 기분이 좋긴 했다. 옆에서 축하하던 큰세진이 은근하게 속닥였다.

"문대야 우리 상품 바꿀…."

"안 해."

"넹."

닭발이나 먹어라.

마지막 닭싸움을 끝으로 장기자랑이 화려한 막을 내린 뒤, 한결 풀린 분위기로 팀전 촬영이 시작되었다. MC는 조정된 촬영 스케줄 상 진행이 힘들었는지 사라졌고 놀랍게도 영린이 진행을 맡아 새로운 팀전을 발표했다.

"〈재상장! 아이돌 주식회사〉, 벌써 3차 팀전입니다. 참가자 여러분, 77명으로 시작해서 30명이 된 지금까지 버틴 스스로를 칭찬해 주시길 바랍니다."

MC의 활기찬 목소리는 아니었지만 영린은 차분하고 진중하게 상황을 진행했다. 무엇보다 이미 성공한 아이돌의 말이라 참가자들이 더 의미 있게 받아들이는 것 같았다. 당장 옆에서 골드 2가 히죽 웃으며 자신의 머리를 셀프로 쓰다듬고 있었다. 가관이었다.

"이번 3차 팀전은 다소 특이한 방식으로 팀원을 짰습니다."

어디 보자, 지금까지는 참가자의 선택에 의해 팀이 구성되었으니, 슬슬 다른 요소가 개입할 타이밍이긴 했다.

하지만 그 요소가 좀 특이했다.

"바로 빅데이터 알고리즘입니다."

"…네?"

"빅데이터요?"

갑자기 IT 뉴스에서 볼 개념이 등장하자, 참가자들이 어리둥절한 표정으로 영린을 쳐다보았다. 영린은 미소 지으며 멘트를 이었다.

"〈아이돌 주식회사〉는 주주 여러분께서 여러분의 주식을 사는 패턴을 분석했습니다. 그래서 다수의 주주분께서 동시에 함께 매수하신 주식들을 중심으로 팀이 구성되었습니다."

한마디로, 돈 쓰는 시청자가 묶어서 좋아하는 참가자들끼리 팀을 정해줬다는 뜻이었다.

"자세한 분석 데이터는 〈재상장! 아이돌 주식회사〉 홈페이지에서 확인하실 수 있습니다. 여러분, 그럼 주주분들의 빅데이터가 선택한 여러분의 팀원들을 만날 준비가 되셨나요?"

"허억."

"너무 신기해."

참가자들은 얼빠진 표정으로 수군거리며, 과연 누구랑 될 것인지 주변을 살펴보기 시작했다. 나도 적당히 참가자들을 둘러보았다.

'일단… 선아현, 큰세진은 있을 것 같고.'

이 둘은 그냥 SNS만 봐도 알만했다. 아니나 다를까, 선아현까지도 눈을 초롱초롱하게 빛내며 나에게 작게 손을 흔들어 보였다. 큰세진은 한술 더 떠서 내 등을 치며 이렇게 말했다.

"야, 잘 부탁한다."

"어. 그래."

큰세진은 덤덤한 내 대답에 혼자 낄낄거리며 폭소했다. 아무래도 놀리려고 말을 걸었던 것 같았다.

"준비가 되신 것 같군요. 그럼 순서대로 나와서 상자를 받아가시면 됩니다."

영린의 뒤로 검은 상자가 주르륵 놓인 탁자가 세팅되었다.

"상자 안에는 배지가 들어 있습니다. 상자를 받으신 뒤 복도로 이동하셔서, 그 배지의 모양이 표시되어 있는 방 안으로 입장하시면 됩니다."

그리고 영린은 가나다순으로 참가자를 불러서 상자를 건네기 시작했다. 당연히 'ㅂ'으로 시작하는 '박문대'는 꽤 초반에 불렸다.

"박문대 참가자. 상자를 가져가시기 바랍니다."

'박문대' 이름이 적힌 종이가 붙은 상자를 들고 문밖으로 나갔다. 복도에도 자연스럽게 카메라를 든 스탭이 대기하고 있었다. 눈치껏 그 앞에서 상자를 개봉하니, 토끼 대가리 모양 배지가 모습을 드러냈다.

"…토끼?"

나는 약간 황망하게 중얼거리다가, 카메라를 의식하고 얼른 입을 닫고 고개를 들어 복도에 늘어선 방들을 확인했다. 방마다 명패가 달려 있었다.

[병아리]
[고양이]
[사슴]
[강아지]
[곰]

그리고 맨 마지막 방에 찾던 이름이 보였다.

[토끼]

"……"
전체적으로… 유치원 교실 같은 네이밍 센스가 돋보였다.
'뭐, 팀만 나누는 거니까.'
유머를 잡을 의도일 것이라 짐작하며, 나는 곧바로 방문을 열었다. 같은 팀이 될 가능성이 있는 참가자들이 모두 나보다 늦게 불릴 것이기 때문에 큰 긴장은 하지 않았다.
'내가 처음이겠지.'
하지만 문을 열고 성큼 들어서는 순간, 바닥에 앉아 있던 사람이 번뜩 고개를 들고 나를 쳐다보았다.
"…?"
김래빈이었다. 네가 왜 여기서 나오냐…?

"박문대 형."

김래빈은 반가운 얼굴로 벌떡 일어서더니 슬금슬금 자리를 옮겨서 옆으로 물러났다. 가운데 앉으라는 배려인 것 같았다. 둘밖에 없는데 굳이…?

"또 같은 팀이 될 수 있을 줄 몰랐습니다. 정말 반갑습니다."

"…그러게. 잘 부탁한다."

"예."

평온한 대화가 오갔지만, 머릿속에서는 복잡한 추리가 오갔다.

'왜 김래빈이 같은 팀이지?'

내가 김래빈과 교류가 있는 장면이 송출된 것은 직전의 7화뿐이었다. 그럼 7화 이후의 득표율이 그놈의 '빅데이터 알고리즘'에 영향을 줄 만큼 컸다는 말인가?

'물론 직전 순위 발표식의 주식만 고려했다면 가능한 일이긴 하지만……'

나는 가능성을 가늠해 보다가, 간단한 사실을 깨달았다.

'아하.'

김래빈이 엮인 참가자가 드물어서였군.

어떤 식으로 가중치를 준 건지는 모르겠지만, 아마도 김래빈과 연관성이 있는 참가자가 그나마 나와 차유진뿐이라서 내가 있는 팀에 들어오게 됐다는 것이 제법 설득력이 있었다.

뭐, 등수 높은 참가자가 있으면 좋지. 깔끔하게 생각을 정리하고 방바닥에 착석했다. 김래빈이 곧바로 또 말을 걸었다.

"형, 방금 장기자랑에서 부르신 곡, 저도 좋아하는 곡입니다."

"…그래?"

김래빈이 트로트를 좋아한다는 것을 내가 굳이 알아야 할 필요가 있을까 싶었지만, 어쨌든 다음 팀원이 들어올 때까지 대충 대화를 나누며 시간을 때웠다. 그리고 제법 시간이 지난 후에야 다음 팀원이 방문을 열고 들어왔다.

나 다음으로 〈토끼〉 방에 들어온 참가자는 선아현이었다.

"…아!"

선아현은 긴장한 얼굴로 방 안을 슬그머니 들여다보다가, 나와 눈이 마주치자마자 표정이 밝아지더니 얼른 안으로 뛰어 들어왔다. 그리고 활짝 웃었다.

"이, 이번에는 같이해서 조, 좋네."

"어, 잘 부탁해."

"으응, 여, 열심히 할……."

신나서 바로바로 입을 열던 선아현이 멀뚱히 이쪽을 보던 김래빈과 눈이 마주친 것은 그 시점이었다.

"…!!"

선아현은 그제야 김래빈의 존재를 깨달은 건지 화들짝 놀라며 굳었다.

'그러고 보니 이 둘은 접점이 없군.'

등급도 다르고 팀전에서 만난 적도 없으니까 말이다. 선아현은 황급히 나와 김래빈을 번갈아 보더니 침을 삼키며 김래빈에게 인사를 건넸다.

"자, 자, 자잘 부탁드립니다……."

비장하기 그지없었다.

"예. 저야말로 잘 부탁드립니다."

"아, 아아니 저야말로……."

김래빈도 진지한 표정으로 꾸벅 고개를 숙였다. 그러자 선아현도 얼른 고개를 바닥을 향해 박았다. 어딘지 인터넷 유머에서나 봤던 것 같은 기묘한 풍경이었다.

'이 둘만 두면 대화가 진행이 안 되겠군.'

그렇게 영원히 계속될 것 같은 김래빈과 선아현의 인사 배틀을 관람하고 있자니 네 번째 팀원이 방문을 힘차게 열고 들어왔다.

"토끼 누구야?!"

큰세진이었다. 한 손으로 토끼 모양 배지를 흔드는 게 이유는 모르겠지만 방 컨셉에 완전히 심취한 모양이었다. 큰세진은 선아현과 김래빈을 재빠르게 확인하더니 나를 보고는 폭소했다. 또 왜.

"뭐야, 문대 왜 여기 있어?"

"…?"

무슨 헛소리냐는 표정으로 쳐다보자 큰세진이 느물느물하게 말을 이었다.

"아니, 〈강아지〉 방이 있어서 당연히 거기 있을 줄 알았지. 이번에 같이 못 하나 했다?"

"……."

티벳여우 인터뷰로도 모자랐나.

강아지 이미지야 구성상 챙겨가려고 했던 거지만 현타는 별개의 문제라 이놈을 한 대만 쥐어박고 싶었다. 큰세진은 눈치 빠르게도 슬그머니 사람들 곁으로 다가오며 말을 돌렸다.

"어쨌든 같이하면 좋은 거 아니냐~ 우리 이번에도 팀원이 좋다! 잘해보자! 이제 한 명 남았나?"

명패 달린 방문은 총 6개였다. 현재 30명의 참가자가 생존 중인 것을 고려하면 방당 5명이 배정될 확률이 극히 높았다.

'그럼 지금까지 온 게 4명이니, 한 명 남은 것이 맞지.'

근데 누가 올지 모르겠다.

일단 순위나 포지션은 이대로도 다 잡은 상태다. 겹치는 이미지 없이 골고루 팀원이 잡힌 데다가 순위도 상위권, 실력들도 다 괜찮았다.

편곡은 김래빈이 할 테고, 리더 롤은 어차피 큰세진이 냉큼 주워갈 것 같으니 그것도 됐다. 올라운더인 선아현이 있어서 무대 구성도 편했다. 사실 이대로 4명이 해도 상관없다는 뜻이다.

'트롤러만 안 오면 된다.'

최원길을 포함해서 몇몇 정도 거를 타선이 생각났다. 그놈들만 아니면 사실 누가 와도 상관없었다. …문제는 지금까지 팀원이 순탄하게 구성된 적이 없다는 점이었다. 나는 상황을 가늠해 봤다.

'여기서… 이세진까지는 커버 가능하다.'

비협조적이라 그렇지, 이득 보려고 남에게 폭탄 돌리는 스타일은 아니니 살살 구슬리면 됐다. 그래도 이번 순위 발표식에서 멘탈이 터졌을 가능성도 있으니 기왕이면 같이 안 하는 게 좋았다.

그럼 마지막 조원 희망 편이라면… 음, 가나다 순서상 이미 매진된 놈 빼면 남는 게 하나군.

'골드 1이 제일 편하지.'

가능성 측면에서도 가장 높은 참가자를 떠올리고 있을 때 큰세진이 히죽 웃으며 제안했다.

"우리 문 뒤에 숨어 있는 건 어떨까요? 마지막인데 아주 열과 성을 다해서 한번 환영해 주면 좋잖아요."

뻔한 발상이었지만, 마지막 팀원의 리액션이 괜찮다면 방송에 잘 나올 장난이기도 했다.

문제는 이러다가 최원길 들어오면 분위기 이상해지는 게 아닌가 하는 생각이 들었다는 점인데, 이미 다른 셋이 조르르 문 뒤로 가서 그냥 포기했다. 여기서 말려봤자 카메라 앞에서 나만 그림 이상해지겠지.

그렇게 문 뒤에서 팀원들이 작게 숙덕거리는 소리를 한 귀로 흘리고 있자니, 벽에 붙어 있던 큰세진이 작게 소리쳤다.

"왔다!"

그리고 검지를 들어서 입술에 대며 호들갑을 떨었다. 나야 어차피 입 다물고 있었기 때문에 계속 다물고 있어 줬다.

곧 발소리와 함께 문이 열렸다.

"실례하겠… 엥?"

"짜잔!"

시간 차를 두고 문 뒤에서 머리통이 튀어나왔다.

"갸아아악!!"

방문을 열고 안을 살펴보던 참가자가 하늘로 펄쩍 뛰어오르며 몸개그를 했다. 예상보다 새가슴이다.

'방송 분량 축하한다.'

희한한 비명과 함께 나뒹구는 마지막 팀원은 익숙한 얼굴이었다.

"아이고, 미안해요. 형!"

예상안이던 골드 1이 합류했다.

'…괜찮네.'

나는 처음으로, 팀원 구성을 보고 긍정적인 평가를 내렸다.

〈2권에서 계속〉

데뷔 못 하면
죽는 병 걸림